Death of A River Guide

河流引路人之死

〔澳〕理查德·弗兰纳根 著
刘昱含 译

Richard Flanagan

南海出版公司

新经典文化股份有限公司
www.readinglife.com
出　品

一个游魂在讲述

余 华

《河流引路人之死》是理查德·弗兰纳根的第一部长篇小说，是在中国出版的第二部，中国读者之前读到的是《深入北方的小路》。《深入北方的小路》是一部了不起的小说，弗兰纳根用虚构的力量呈现了他父亲的经历，一个名叫埃文斯的军医的经历，在澳大利亚的爱情经历和在二战时期被日军俘虏后修建泰缅铁路的经历。弗兰纳根这部献给父亲的小说为他带来很多声誉，也顺利来到中国，但是我要告诉大家，在《深入北方的小路》之前，弗兰纳根已经是当今在世作家中杰出的一位，他写下的澳大利亚塔斯马尼亚的故事，他家乡的故事，已经在当代世界文学里占有了不可或缺的位置。

弗兰纳根比我小一岁，我在阅读同时代外国作家的作品时，总是抱有一种亲切的好奇心，我写下自己故事的时候，他们正在写下什么？因此当我阅读《河流引路人之死》时，几次不由自主想到自己的第一部长篇小说《在细雨中呼喊》，当然这是两部绝然不同的小说，共同之处都是作者的第一部长篇小说，我在写作《在细雨中呼喊》之前，差不多有九年时间的短篇小说和中篇小说的写作训练，《河流引路人之死》是弗兰纳根第一次小说写作，这菜鸟出手就是一部杰作，通篇读下来没有一点生硬之处，作者胸有成竹，似乎是一个已经写过十部长篇小说的老手，他之前只是写过几个非虚构作品。另一个共同之处是我们在写作第一部长篇小说时，都在追求叙述的自由，我们都不想被故事的完整性束缚手脚，我在《在细雨中呼喊》里的做法是把故事切成片断，弗兰纳根在《河流引路人之死》里做得更绝，不仅把故事切碎了，还把很多情节切成片断，奇怪的是竟然不影响阅读进程，让我手不释卷读了下来。

在这部小说里，弗兰纳根拥有一个最佳叙述角度，也是这部长篇小说得以成功的视角窗口——阿利亚什，一个死去的河流向导的讲述，一个游魂的讲述，时隐时现地向我们讲述，一个没有时间的空间在向一个有时间的空间讲述。

我能够理解弗兰纳根在获得写作的自由以后，也给自己的写作带来最大的挑战。弗兰纳根无疑喜欢挑战，否则他不会胆大妄为把情节都切开来，经常是一个情节没有完成，另一个情节开始了，这另一个也还没有完成，又有一个出来了，一个情节要经过其他一些情节之后才会最终完成，所以他必须让每一个片断都是精彩呈现，这样的写作需要作者非同寻常的洞察力，需要高超的技巧天赋，还需要一个好身体，这些弗兰纳根都有，所以他做到了，这部书吸引了我，我几鼓作气读完了，如果我年轻二十岁，我的眼睛还没有老花，我相信自己会一鼓作气读完。

这部小说有着众多人物，弗兰纳根既然要让每个片断在叙述里令人难忘，他笔下人物登场时必然生机勃勃。玛利亚·马格达莱娜·斯维沃，在阿利亚什这个游魂的讲述里断断续续出现，最先出现是接生妇的身份，她解开缠绕阿利亚什脖子上的脐带，让阿利亚什来到人间。这个总是大笑的女人喜欢抽雪茄，一种澳大利亚本地牌子的雪茄，喜欢说一句澳大利亚的俗语“不去悉尼，就去荒野”，在阿利亚什母亲的葬礼上，“在神父肃穆地诵着‘尘归尘，土归土’时，她一指头把烟灰弹进了墓穴。”接下去自然是神父嫌恶地看着她，其他人不再垂头看着墓里，也都去看着她了。

玛利亚·马格达莱娜·斯维沃在这部小说的开篇就出现了，弗兰纳根用了将近五页的篇幅描写她，这五页是用不同的片断组成，玛利亚·马格达莱娜·斯维沃的片断，阿利亚什的片断，阿利亚什母亲的片断。玛利亚·马格达莱娜·斯维沃出现的叙述方式奠定了这部小说的叙述方式，弗兰纳根发现了属于自己的叙述逻辑，不按照故事来讲，不按照顺序来讲，时间是错开的，上一个段落还是过去，下一个段落已是以后了，然而叙述却是如此的流畅，读下来没有丝毫中断之感。弗兰纳根是过渡叙述的大师，细节之间的过渡，片断之间的过渡，他在读者不经意之时就完成了，而且精彩纷呈。

阿利亚什知道自己不是在澳大利亚的塔斯马尼亚出生的，是在意大利与斯洛文尼亚交界的一个名叫的里雅斯特的小城出生，是在他十岁的时候听说玛利亚·马格达莱娜·斯维沃回去探亲，在的里雅斯特的一个集市里，被两个醉醺醺的骑着踏板小摩托车的学生撞了，“两个学生没撑过一天就去世了，八十多岁的玛利亚却在医院里躺了三个月后回到了澳大利亚，甚至比启程之前更加生龙活虎”。

这个段落的上面段落写的是玛利亚·马格达莱娜·斯维沃正在清洗阿利亚什出生后产房的地板。而下面的段落是多年后阿利亚什母亲的抱怨，因为玛利亚·马格达莱娜·斯维沃嫌给的接生费少了，顺走了一瓶珍贵的威士忌。“我母亲唯一的一瓶威士忌，是她与我父亲一夜春宵后获得的报偿。那瓶酒和我这个不受欢迎的儿子，就是母亲当时从正在附近一所监狱里服刑的我父亲那里获得的全部了。”所以阿利亚什的母亲会哀叹“假如当初玛利亚·马格达莱娜·斯维沃带走的是我，而留下了那瓶威士忌，她的境况会好很多”。这三个段落呈现出来的时间像是一次三级跳远，差不多一跳就是一个十年。

我继续来讲讲弗兰纳根如何让他笔下的人物登场，关于玛利亚·马格达莱娜·斯维沃最初的描写，只要还记得两个细节，玛利亚·马格达莱娜·斯维沃的形象就会栩栩如生，一个是两个撞伤她的学生当天死了，她却生龙活虎回来了；另一个是她往阿利亚什母亲墓穴里弹烟灰。

阿利亚什父亲哈利的登场，前面章节里关于他正在监狱里服刑的那句话不是正式登场，哈利的正式登场是在醉酒的时候，在烧烤聚会上，“哈利会向一大串动物致辞，但除了几只流浪猫和长疥癣的狗，其他动物听众旁人根本看不见。可哈利声称，动物们都很享受这种盛宴”。

弗兰纳根总是让笔下人物在最合适的时间地点登场亮相，玛利亚·马格达莱娜·斯维沃是这本书里少有的几个安稳度过一生的人，她的登场是用生动的生活细节表现出来，哈利是不幸的，所以他登场时是潦倒的模样。

也有刚登场就退场的人物，阿利亚什还是小男孩的时候，几乎每天都被同学欺负殴打，这让他懂得了还击，即使他被打得遍体鳞伤，只要仍在还击，他就认为他们不会赢。他发现一个名叫埃迪的同学也是这样，一直被欺负，一直不屈服，这两个一直在与其他孩子打架的人成为了好友。可是埃迪刚登场，弗兰纳根就让他退场了，埃迪的退场就像其他人物的登场那么精彩。四年级的时候，埃迪一家要搬到北部去，把行李搬上一辆老旧的奥斯汀汽车，埃迪利用最后的时间与阿利亚什一起玩。“埃迪为接下来的旅途戴上了呼吸管和护目镜，说以免待会儿跟五个兄弟姐妹一起挤在后座上时，要闻一路他们放的屁。阿利亚什哈哈大笑。”

《河流引路人之死》是一部小说，也是一部叙述学指南，对于热衷探索文学奥秘的读者，这是一部值得细细品味的书；对于刚刚走上文学创作之路的作者，这是一部关于叙述的教科书。我们可以在这里读到叙述的无所不能，阿利亚什的讲述，一个游魂在讲述，有阿利亚什看过听过经历过的，也有阿利亚什没看过没听过没经历过的，一个溺水的游魂，一个飘扬的游魂，一个静坐的游魂，一个无所不知的游魂，讲述了很多的自己，讲述很多的别人，出生后的讲了，出生前的也讲了，最远讲到了他父亲哈利的曾外祖父。弗兰纳根的描写有时候快速推进，可以几页讲完一生，有时候慢下来，仔细描写事物，尤其是关于富兰克林河的动态描写，堪称是文学对于河流描写的典范，阿利亚什和绰号“蟑螂”的两个河流向导带着旅客的历险经历是这部小说的两条线索之一，另一条线索讲述了众多家人和众多别人，这条线索可以说是天马行空，正是这条天马行空的线索让弗兰纳根敢于在叙述里把情节切成片断，同时第三人称和第一人称之间来回转换，如同在客厅和房间之间来回走动那么自然。需要说明的是，弗兰纳根在让叙述获得彻底的自由的时候，他把握叙述分寸的能力也凸显出来，他深知重要的情节是不能切开的，要一气呵成写完。

阿利亚什与蔻塔·何，一个有着中国血统的女子的认识、相爱、分离就是一气呵成。弗兰纳根不会错过任何的叙述机会，在这个章节里，他趁机写下了何氏家族的历史，也让阿利亚什向蔻塔·何说起了母亲的死，这是阿利亚什第一次说起母亲索妮娅是怎么死去的。我们读到第七页的时候就知道索妮娅去世了，在第九十七页才知道她是怎么死去的。这是弗兰纳根的风格，发生了什么，原因是什么，他经常会分开告诉我们，又总是时机恰当。

弗兰纳根描写阿利亚什与蔻塔·何分离时，有着深沉的宁静和忧伤，他们的宝贝女儿杰玛来到人间两个月就死了，蔻塔·何沉入到痛苦的深渊，阿利亚什努力安慰蔻塔·何，“生活必须继续”“我们至少拥有过她两个月”，这样的话只是阿利亚什的自我安慰，对蔻塔·何来说是不可理喻的，之后当阿利亚什给蔻塔·何拥抱或者亲吻时，蔻塔·何的反应是对这样举止的憎恶。让我们看看弗兰纳根是如何描写他们的分离，女儿去世八个月后，两个人餐后洗碗时，阿利亚什对蔻塔·何说，他想了很久，最好的办法是他离开。蔻塔·何的反应是虚弱地微笑了一下，“好像他说的不过是要去街角商店买牛奶这种无关紧要的话。‘好吧。’她说，‘好。’然后露出第二次微笑，仿佛这件事对她来说没有任何意义”。接下去他们继续洗碗，他们之间已经结束了。两个人在一起的最后一个晚上，“肩并肩躺在一起。他握住她的手，但她把手抽走了，交叠在胸前”。

弗兰纳根描写河流时让人读来有着水声喧哗的激动，描写亲人的分离和失去时，则是让人感到无声的心酸。

还是孩子的哈利在捕猎季开始时，跟随父亲波伊走进深林，那是小哈利与父亲相处最好的一段时间，那个回家只会睡觉喝酒动手打母亲的父亲，在小窝棚生活和一起外出捕猎时，变得“安静、快活、温暖，乐于与儿子沟通”，小哈利学会了做他父亲最喜爱的沙袋鼠肉饼，学会了爱他的父亲。可是父亲死了，父亲外出捕猎时被一棵腐烂的树砸死的，风吹断了树干刚好砸在他身上。父亲死的第一天，小哈利因为发烧躺在床上，接下去的四天里他都不知道父亲死了，弗兰纳根用了两页篇幅细致地描写了小哈利的等待，他如何做沙袋鼠肉饼，做完后他把油脂和肉饼放进平底锅里，没有放到火上，他在等待父亲回来。四天后他才把做好的肉饼吃完，出去寻找父亲，弗兰纳根差不多用了三页的篇幅描写小哈利如何找到死去的父亲，然后如何回家，这个懂事的孩子“去晾皮革的棚子里，拿麻绳把三十六张沙袋鼠皮用波伊的防水布外套仔细包好，捆在背后。他知道，如果不背点东西回去，这趟捕猎就白跑了”。虽然棚子里还有上百张皮革。小哈利走了一天半的路，遇到了他的两个叔叔乔治和巴吉尔，在三个人相遇的整整一页描写之后，乔治才问“波伊呢？”，小哈利的回答是“有棵树”。

这就是洞察力，弗兰纳根没有让小哈利回答“死了”，而是“有棵树”。接下去弗兰纳根准确地写下了乔治和巴吉尔的平静反应，在穷困生活的重压之下，亲人的死亡对于他们来说不算什么，“就好像只是赛马输了点钱”。读完这个章节，回想哈利登场时醉醺醺地向几只流浪猫和长疥癣的狗致辞，并且觉得猫狗们很享受时，我们也许会感慨，感慨读到了什么是人生。

我在读到《河流引路人之死》第十五页的时候，意识到讲述者是一个死去的游魂，作为写作者，我一页一页往下读的时候，会关心弗兰纳根是如何描写阿利亚什的溺死。我对弗兰纳根有信心，相信他会写出精彩的篇章，因为我在《深入北方的小路》最后的篇章里，读到埃文斯与艾米这对相爱的恋人多年后在悉尼大桥上擦肩而过的惊人一笔。在《河流引路人之死》最后的时候，弗兰纳根没有让我失望，他精彩地写下阿利亚什之死，富兰克林河的激流让阿利亚什几次处于危险之中，可是阿利亚什却溺死于平静。

几年前，弗兰纳根来到北京，我手里拿着《深入北方的小路》，指着作者简介里的作品目录问他，这上面哪本书是写塔斯马尼亚的？他告诉我，除了我手上这本，其他的都是写塔斯马尼亚的。现在理查德·弗兰纳根的塔斯马尼亚来到了中国。

此刻我想起这本书中的一个段落，阿利亚什的父亲哈利带着母亲索妮娅从意大利坐船回到澳大利亚的塔斯马尼亚，“第一眼从船上看到它，索妮娅就哭了起来”。索妮娅看到一个小镇，那些木质建筑因为年久失修而摇摇欲坠东倒西歪，她问哈利：“你带我来的这是什么地方？”下面我要引用一个段落，我没有丝毫嘲笑塔斯马尼亚的意思，我在《河流引路人之死》里读到了活泼的塔斯马尼亚和坚韧的塔斯马尼亚，我之所以引用，是要告诉大家，理查德·弗兰纳根的写作是多么生动有趣，这样的生动有趣在这本书里俯拾皆是。索妮娅下船后，在塔斯马尼亚见到的第一个情景是这样的：

> 他们看到一个男人在与一根电线杆争吵，一个女人在恳求他别出洋相。
>
> “滚开。”那个男人说，“这是私人谈话。”

2021年11月28日

河流引路人之死

献给玛伊达

我的岩石，我的爱

他看见现在、过去和未来
他的耳朵听得见，
那神圣的字眼，
漫步在那古老的树林间。

——威廉·布莱克

根本上来说，这是我们被要求拥有的唯一一种勇气：勇敢地面向我们所能遇到的最稀奇、最怪异、最不可解的事物。就因为许多人在这个意义上是怯懦的，所以使生命受了无限的损伤；人们称作“幻象”的那些体验、整个所谓的“幽灵世界”、死亡，所有这些同我们如此相关联的事物，都被我们日常的防御远远地排挤出生活之外，以至于我们用以接受它们的感官都枯萎了。更不用说上帝了。

——赖纳·马利亚·里尔克

一

我出生的那一刻，脖子被脐带缠绕。我就这样双手乱抓着来到了人世，哭不出声来，也吸不进能让我在子宫之外开始生存所必需的空气。那根此前救助着我、维系着我生命的东西，却在此时成了我的绞索。

那绝对是你此生未见的情景！

我这么说，不仅是因为那时我被勒得半死，还因为我是裹在胎膜里出生的。那是个半透明的卵，我在子宫里时就生长于其中。早在我那湿漉漉、血迹斑斑的脑袋从母亲起伏的躯体间探出，再被她痛苦地推挤到这世上之前，那胎膜就该破了；但奇迹般的，我从母体娩出时，仍封闭在那个充满弹性的生命之球中。那时降临人世的我，和此刻将要告别人世的我，竟经历着相似的光景。我在羊水乳蓝色的浊液里手舞足蹈，四肢不协调地抽动着，徒劳地推搡着那层膜。从液囊外看，我的头被脐带盘桓包裹着，若隐若现。我的手脚挥舞得诡异而绝望，仿佛被施以惩罚，永远只能透过一层黏稠的薄膜窥看人间，仿佛那些护我至此之物又将我与余世相隔，与余生相隔。无论是那时还是此刻，我的出生委实是一场奇观。

当然，那时我尚不知晓，我马上就要被逐出我那不完全的圆。那圆刚刚被自己外部同样闭合的圆圈——母亲的子宫——驱逐在外。就在不到一天前，子宫四壁突然开始最为猛烈和决绝地收缩。假如我能预知将要降临在我头上的麻烦事，我会老实点，待着不动。不过那也没什么用。四壁搏动着，推挤着，一心要把我赶出一个自始至终唯令我安心的世界。而我没做过任何危害它的事，除非，我从寥寥细胞到完整人类那持续不断、至关重要的生长进程，也能被视作某种挑衅。

我这个世界的顶部和底部自此开始不停摇晃，力量一波强于一波，如同浪潮，每冲过一方礁石，就汇聚成更大的规模。面对如此狂暴的意志，我自然别无他法，唯有顺从，在产道狭窄的四壁上冲撞，脑袋四处磕碰。我凭什么沦落至此？我那么爱此前的世界，爱它安静律动的黑暗、温暖甜美的水体，爱它让我随心翻来覆去的轻松。是谁非要给我的世界带来光？是谁让我曾无须理由、无惧后果的行动变得疑虑重重？是谁？是谁为我开启了这段我从未要求踏上的旅途？到底是谁？

而我又为什么默然应允？

但我现在又是怎么知道这一切的？我不可能知道。这一定是我的幻想。

可是……可是……

接生妇娴熟地飞快解开了我脖子上的脐带，再将拇指抠进胎膜，就像从馅饼上抠出梅子的小杰克[1]，她冲着我头顶向上一撕，扯破了

① 出自英语童谣《小杰克·霍纳》（*Little Jack Horner*）。

这个口袋。一股细小的激流泼洒在的里雅斯特[1]那个小房间脏兮兮的木地板上，让它变得像生活一样滑滑溜溜。接着是一声啼哭。继而是大笑。

我母亲留下了那团胎膜。她后来把它晾干了。因为包裹胎儿的这层东西被视为无上的护身符，意味着命运做出保证：生于其中的婴孩及其保有者都不会溺水而亡。她本打算留着它，等我成年后再交给我，但我在出生后的第一个冬天就染上了严重的肺炎，她便把它卖给了一个水手，好买些水果给我。那个水手把胎膜缝到了夹克里，或至少他告诉我母亲，这是他预期的用途。

在多年前我出生的那个晚上，当产妇痛苦的尖叫终于止息，不再折磨外面街坊的耳膜后，那个接生妇——她有个响亮的名字玛利亚·马格达莱娜·斯维沃，还有个她讨厌的真名艾蒂·施密茨——关掉刺眼的电灯，拉开了百叶窗。令人愉悦的秋季夜风和亚得里亚海的腥臭涌入了产房。那是种凝结了上千年战火、哀愁与挣扎求生的窒闷气味，独属于欧洲。一股初生的新鲜血腥气也侵染进产房，与那遗自欧洲的窒闷气味相互抵抗。这产房狭小空荡，一条毯子垂下充当门户，石灰墙壁斑驳，那幅孤单的画像被蠹鱼啃噬已久，画上的圣母伸出右手，触碰一颗血淋淋的心脏。啊，圣母的指头！那些修长、柔软、如丝般滑润的完美手指，和玛利亚·马格达莱娜·斯维沃饱经风霜的粗短指头截然不同。

玛利亚·马格达莱娜·斯维沃跪了下来。她用那双做工的糙手抓起抹布，开始擦除那些尚未渗入木地板的鲜血和生育的污液。而那些已经渍下的，她想，是人类生命的档案，褪色的血斑、酒浆、

---

① 意大利东北部港口城市。

精液、尿液与粪便记录了人从坠地到盛年、经历情爱与病痛、直至死亡的长路。玛利亚·马格达莱娜·斯维沃清理地板时，我母亲就望着她前后摇晃的宽大圆背；满月将宁静的清辉洒满我出生的这间产房，而她的后背像一轮半月，被镶上了银边。

我是怎么知道这些的？玛利亚·马格达莱娜·斯维沃，那个哈哈笑着解开我脖子上脐带的女人，此后每每见我都会旧事重提，又笑上一场。但关于我出生的细节她讲的不多，所以告诉我的人不会是她。我母亲对这件事几乎只字未提。甚至等到我十岁那年，当我们听说玛利亚·马格达莱娜·斯维沃回到的里雅斯特探亲，差点因为一场略显滑稽的事故死在那里时，母亲才肯费心告诉我，我就是在那里出生的。肇事者是两个醉醺醺的学生，他们骑着踏板小摩托在集市里撞了她。两个学生没撑过一天就去世了，八十多岁的玛利亚却在医院里躺了三个月后回到了澳大利亚，甚至比启程之前更加生龙活虎。她素来顽强、倔强，因此事情的走向也在大家的意料之中。不过我父亲哈利那时常说，比起应得到的，她总要攫取更多。

当我母亲付给她接生的标准费用时，她嫌不够，临走时还顺走了一瓶珍贵的威士忌——我母亲唯一的一瓶威士忌，是她与我父亲一夜春宵后获得的报偿。那瓶酒和我这个不受欢迎的儿子，就是母亲当时从正在附近一所监狱里服刑的我父亲那里获得的全部了。我母亲总是哀叹说，假如当初玛利亚·马格达莱娜·斯维沃带走的是我，而留下了那瓶威士忌，她的境况会好很多。这话也让玛利亚·马格达莱娜·斯维沃哈哈大笑。

“你们姓柯西尼的全他妈一个样，”她会这么说，“老天赐你们性命，可你们呢？你们不想要！你妈妈想把你送人，你连生出来都不情不愿的，一看要出洞见天日了，还想把自己勒死。嘀！”她说完这话，又吸了一口雪茄。这是她跟我母亲共享的小嗜好，她挺乐意从我母亲这里偶尔扒一根抽抽。

“她减自己的寿，倒帮我长命了。”我母亲这样评价此类小偷小摸，“如此一来，我这辈子跟她待在一起的时间能短点，可真是谢天谢地。”

这话有些违心。事实上，她们无比享受彼此的陪伴，只不过讨厌承认这一点罢了。当玛利亚·马格达莱娜·斯维沃罕见地自掏腰包买雪茄时，买的是一个不出名的澳大利亚本土牌子，纸盒包装，上面印着凸起的双头鹰。“帝国的最后一点火星。”她会笑起来，从烟尾处吮出带着诱人果香的最后一口，然后把烟按灭。最后一口雪茄的愉悦是她最喜欢谈论的话题。“有多少人从来不知道，这最后一口多让人开心？不管是雪茄还是香烟，道理是一样的。告诉我，阿利亚什，有多少人？”从她口中吐出的我的名字，总是那么轻柔而优美。有时我甚至想象她乐在其中，感受着我的名字一点点抚平她那坑坑洼洼、烟熏火燎的喉咙，再从她臃肿的嘴唇间缓缓腾出烟云。“阿利——亚什，阿利——亚什，阿利——亚什。”她像在对着虚空咏唱一首童谣，而我便会抬起眼来微笑，有时她会注意到我，便回我以微笑，再继续发表关于吸烟的长篇大论。

“这些人哪，躺着快死了，抽了第一口，又抽了一口，再抽一口，永远不知道何时才是死前最后一口，可就没法好好品尝那终结时的香气喽。”为表强调，她会用那根粗大的雪茄指着我，像对着乐团挥舞指挥棒，“所以啊，阿利亚什·柯西尼，你可得注意了，至少每年得戒一次烟。这么一来，你每年都有个盼头，过后也能念念不忘。就像泡进温泉水。”她会敲敲印着双头鹰的纸盒，狡黠地朝我眨眨眼，大笑起来。“就像帝国宣布开战。”她说的话我几乎一句也听不明白，可它们似乎都刻在了我的记忆中，像纸盒上的双头鹰一般印在脑海里，栩栩如生，充满意义，好像真有人能明白这些似的。

对于她的最后一口雪茄，玛利亚·马格达莱娜·斯维沃能讲出无数个故事。其中的某些与精彩绝伦、刻骨铭心的浪漫或悲情的瞬间相关，她在谈起时满怀爱意；另一些则是唾手可得的微小愉悦，由她漫不经心地忆起。有时候，这最后一口令人惆怅，就像她离开的里雅斯特、迁居去澳大利亚的那天，坐在她所厌恶的女婿恩里克·穆鲁埃尔那家小破旅馆的阳台上，最后一次望着太阳在她深爱的故乡上空升起时抽的那一根。她会格外动情地讲述，当时她的泪水如何滴落到手上，接着滑落到雪茄上，给这最后一口掺了丝又苦又咸的余味。有时候，这最后一口让人快活，就像她和我母亲一起、在霍巴特港的果酱厂找到给罐子贴标签的工作后抽的那根。那截烟头被封进了一听菠萝蜜瓜味果酱。玛利亚·马格达莱娜·斯维沃是个视品质为一切的女人，她特别钟爱那句澳大利亚俗语“不去悉尼，就去荒野”，这也正是她大部分生活态度的写照。如果问她，为什么要把那截烟头塞进果酱罐里，让某个住在澳洲狂风肆虐、开垦之初的郊野中可怜的主妇中奖？“不去悉尼，就去荒野。”她就会回以这句话，吐着强调般黑沉的烟，“他们做的果酱像屎一样。人就不该蠢到去买。要么做好果酱，要么干脆别吃。我那烟头是在警告澳大利亚的老实人们，好好考虑一下这个问题。”她会握紧右拳，朝空中虚挥几下，夹在指间的雪茄如同一截闷燃的护指套，浮夸地佐证着自己的观点。“要么好果酱，（挥拳）要么没果酱。（挥拳）但就不能吃那种垃圾。（挥拳）不去悉尼，就去荒野。”

有时候，这最后一口引人悲哀，就像她在我母亲葬礼上抽过的那一根，在神父肃穆地诵着“尘归尘，土归土”时，她一指头把烟灰弹进了墓穴。这一口我终于亲眼得见。神父停了下来，嫌恶地抬起视线。每个人都不再垂头看向墓里，而是转头看着玛利亚·马格达莱娜·斯维沃。她穿着一袭黑裙子，戴着一顶黑帽子，二十世纪三十年代，宽阔的帽檐在的里雅斯特也许还算时髦，但到了一九六八年塔斯马尼亚岛的霍巴特，则必然已经落伍。若戴在除玛利亚·马格达莱娜·斯维沃以外的任何人头上，这顶帽子都可能会显得颇为滑稽，然而在她头顶，它却显得气派十足。她那双深棕色的大眼睛半蛰伏在宽帽檐下的阴影中，而双眼嵌在深深的眼纹里，好似我母亲用来做辫子面包[1]的半腌葡萄干——这双让你觉得仿佛深潜其中便再也无力浮起的非凡眼睛，以最为愤怒的目光狠狠瞪着神父。玛利亚·马格达莱娜·斯维沃是个身材矮胖的女人，但能让自己看起来凶狠无比。在这种时刻，她身上有某种东西，会让你无可回避地感知她的存在。她用她那歌唱般起伏的的里雅斯特口音，以一种最不容违拗的语气说道：“‘传道者说：虚空的虚空，凡事都是虚空。’[2]”说着，她弹掉了那截烟头：“‘一代过去，一代又来，地却永远长存。’[3]”那尚在燃烧的烟头扬起又落下，在众目睽睽下划出一道最为华丽的抛物线，闷闷燃烧的烟雾打着转落入墓穴。而当所有人的目光从墓穴中再次抬起，却只捕捉到了玛利亚·马格达莱

---

① 原文为德语。

② 引自《圣经·旧约·传道书》1:2。

③ 引自《圣经·旧约·传道书》1:4。

娜·斯维沃的鞋子高跟旋转的一瞬（那鞋是她特意为这种场合购置的）。她大踏步离开了。

啊，玛利亚·马格达莱娜·斯维沃，如今你会否在此处，在我溺倒的此处，独独就在此处。我在富兰克林河水底，朝上透过充满气泡的水体，看向头顶岩石的缝隙，在那之上，我能辨出天光。那片光并不遥远，假如你在这里，我会告诉你，我有多想触碰它。不去悉尼，就去荒野。不是生，就是死。没有其他选择。

你吸了那么多烟，到头来却是我即将死于肺衰竭，一想到这里我就想笑。我的肺曾经像一对被裂火鼓胀起的巨大气球，那已经过去了。哦，倒也不尽如此，它们依然给我那种感觉，只是我再也不为此忧心；事实上，我的意识已经与身体上的痛苦完全分离，就像我头顶那些气泡般古怪地随波颤动，先朝一个方向猛冲，又仿佛被某种强劲的磁力暗流攫住，再朝反方向翻滚而去。如同那些气泡，我的思绪也没有特定的方向，哪怕我努力想集中于一点，并沿着它指示的方向前行下去。肺中的火焰就像一团逐渐远去的篝火，我的意识便转向需要更为迫切应对的事物。即便那些事依然悬而未决，即便我依然无力深入探寻，我至少能清晰地看到，在它们降临时，我从未拥有过它们。

随后，在我能思考之前，我知道了。

我被赋予了幻象。

突然间，在我身上发生的事变得清晰可解。

我，阿利亚什·柯西尼，河流引路人[①]，*我被赋予了幻象。*

我的第一反应是不相信。我告诉自己，这不可能，我进入了传

① 即后文“河流向导（river guide）”。

说之域，或幻觉之域，毕竟一个快要淹死的人不可能有这样的体验。但与我的理智相悖的，是一种我此前从未意识到自己拥有的认知，为我的理智所奋力驳斥：比如，雨林里的睡眠与死亡之神会四处游荡，一切皆落入他们眼底；比如，我们对自身的了解其实远远超出了自己通常愿意承认的程度，除非那些一生中涉及真相的伟大瞬间发生，比如在爱恨中，比如在生死时。而这些瞬间之外，我们的生命如同一场浩荡的旅程，背离于我们共同保有的真实，远行于我们的过去与未来、我们曾经的模样和终将回归的形态。在这远去的旅程中，理智会充当我们的向导和老师。但这一切都被颠覆了。我的理智未能被新的认知——我的认知——所说服，它不相信我看到的一切都是真的，都确实发生了。无所谓了。它们也许不是新闻报道中的真相，却依然是真实。一代过去，一代又来。然而是什么让两代相连？是什么留了下来？大地之上，又是什么会永远长存？

我被赋予了幻象——我看到的幻象雄壮、宏伟、恣意野生、无所不容。当它们降临在我眼前，我的头脑会随之震颤。

于是，我必须将它们分享出来，以免它们的魔力令我不堪重负。

二

我得说，我对幻象这种事并不感到惊讶。一点也不。据我所知，这来自家族遗传。哈利一直能看见幻象，大多是在每一个跟“滑头鬼”特德——他那艘龙虾捕捞船的老船长——共同沉醉于苹果酒和廉价雷司令[①]的周末。哈利每星期都会组织烧烤聚会，然而，由于他靠谱的时间越来越少，醉酒的行为越来越多，我们中去的人渐渐变少。在聚会上，哈利会向一大串动物致辞，但除了几只流浪猫和长疥癣的狗，其他的动物听众旁人根本看不见。可哈利声称，动物们都很享受这种盛宴，有时还宣称它们是他的血亲。还有我的表兄丹·贝文。我有些亲戚认为他是个疯子，但不可否认，他依然是家族中的一员。这个能用视线祛除瘊子、喜欢咬开威士忌瓶盖后咕嘟几口灌酒下去的人，同样能看到东西。只不过，他的这种能力不仅会在一瓶见底时发动，还能从看瘊子的形状时看出门道来。他能看透种种，有好有坏，在他居住的福斯区，街坊们很相信他对瘊子和毒疮的解读。我母亲的家族也一样。外祖母有第三只眼睛，能用土

① 一种浓烈的莱茵白葡萄酒。

耳其咖啡[1]渣占卜。她正是通过这种方式，预言到会有蠕虫从我母亲的肚子里爬出，后来事实也差不多如此。预测我的命运时，外祖母[2]语焉不详：她只看到一只鸟在天空盘旋。

因此，我可以说，我对幻象这种事并不感到惊讶。但我不知道，看到了什么是否有那么重要。我是说，假如我看到一只血淋淋的鸟，它对我有什么意义呢？我能用它来预测自己是否注定能逃过一劫，从而判断该不该奋力求生吗？不，我能告诉你，预测不了。一个幻象理应给你某些答案，对吗？可我看到的只有更多的问题。不该是这样的，我告诉你，这是不对的，是个骗局。但这同样没让我感到惊讶。生活于我而言素来难以捉摸，我又凭什么期待死亡会在一瞬间揭示真谛呢？

我还可以告诉你，如今我即将溺亡于此，我甚至对此仍毫不惊讶。“猪喘”第一次给我来电，问我要不要来做这份活儿时，我就知道这事不会有好结果。连“蟑螂”都知道这会是个悲剧。那我为什么还是接受了呢？圣母啊[3]——这是玛利亚·马格达莱娜·斯维沃发脾气时爱用的口头禅。圣母啊。艰难的人生不会说谎。我能怎么回答？我的人生总是出差错。就像他们说的，命运早已注定，既然我的际遇可以归咎于任何事物，我又何必自问，当初为何接受了这份导致我如今下场的工作呢？我其实早就不存在了，远早于这次溺水发生之前。让我好好给你讲讲。嗯，从哪里开始呢？我的家族？墙壁淌血的教堂？那所教人们向后跑的学校？我那曾经为鬼魂和从

---

① 用细致研磨成粉的咖啡豆烹煮而成的饮品，无须过滤。

② 原文为斯洛文尼亚语。

③ 原文为意大利语，后文同。

未存在过的人们举办盛大烧烤聚会的父亲？那个婴儿和所有丑陋不堪的往事？带着永远洗不掉的泪痕的床罩？蔻塔·何那疯狂的信号旗？“猪喘”那个狗杂种？“大地脑袋”那个白痴？单单只是想到这一切，我的胃里就翻江倒海，但在那时，那么多痛苦蜂拥着侵袭上我的身体，我无暇一一在意。自从杰玛夭折，就再没有任何事能让我真正在意了。人们担心他们的发型是否好看，给房子刷的新漆能否得到别人的称赞，我上次还遇到一个女人，问我该给她的洗衣机盖多大的衬罩。但如果你躺在水底，渐渐窒息，这些事都不再重要——我这么说你应该能够理解。而我现在确实正在水底，渐渐窒息。我不在乎你是否做了头发，你的房子是否刷了新漆，甚至你是否有一栋房子，或一台可以盖上衬罩的洗衣机，都和我毫无干系。诚然我应该在乎。这我同意，但当时我一直是个随性的家伙。懒惰，有些人可能会这么说我，但我不同意。也许我该同意。也许他们对我的一切评价——懒惰，放任自流，毫无未来可言，生活没有目标——都是对的。

也许我一直都在水底，渐渐窒息。

此刻唯一的不同是，我再也不用忍受周围那些浑蛋了。他们曾推挤着我，让我想离开，想逃跑，想像俗话说的那样，滚出他们的视线。如果不是因为疼痛如此纯粹而剧烈，我甚至感到一阵安定，仿佛已经习惯了被湍急的白色水流包裹的感觉。我该从哪里开始讲？也许该从我现在看到的东西讲起。因为它们让我感到可笑，我正看着的这些。因为我从未见过这些东西，至少不是以我此刻所目睹的这种方式。就像是一场电影，对吧？只不过我看到的幻象在中间，其他所有事情环绕着它一一发生。在这一刻，这就是它呈现自己的方式。

首先，一股气味。洪水的气味——土壤在风化，泥炭被冲刷，雨林吸饱雨水的气味。说得更精准一些——尽管为人懒惰，我却始终赞赏准确——更精准一些：一种腐烂过程中生机勃勃的恶臭。然后，一种声音。河水的咆哮、喧嚷之声，冲垮往日堤岸，席卷匍匐的灌木，形成崭新而宽阔的激流；雨幕声如斧凿，劈进峡谷深处。

接着，一束光以一个古怪的低角度俯冲而出，照耀在峡谷上，点亮一个曾被上方浓郁雨云笼于黑暗的世界。那水反射着洁白的莹光。从我观察的地方看去，那大片闪烁的白几乎能让人暂时失明。我的眼睛花了些时间才适应那样亮的白光，辨认出了河流。富兰克林河。一个纯净、统一、完整自备的世界。在这里不会有橡胶安全套、橡胶轮胎、废弃易拉罐、二噁英[①]，也看不到早已弯曲生锈、却仍然提醒着它们曾经是汽车某一部分的镀铬零件。我们的世界特有的任何渣滓似乎都不存在于此处。这是个全然陌生的世界。这就是河流。从切恩岭涌起。到盖尔峰坠落。在“法国人帽”山那巨峦脚下的荒野，像蛇一般蜿蜒曲行。河流走过那些劈裂山峰的宽阔峡谷，走过直削入底、被人们称作“游廊”的峭壁，走过被冲蚀的巨岩和水底金蛋般美丽的圆石，走过随着年岁和潮汛不断变迁的碎石河滩。那些碎石曾是水底的圆石，圆石曾是被冲蚀的巨岩，巨岩曾是下削的峭壁，峭壁曾是山峰，而一切又将回到那里，开启下一次轮回。在行经过的这一个又一个地方，河流一路书写着它的过去，预言着它的未来。然后我看到他们，在那白光的顶部，有两艘红色的皮艇，每艘都载着人，每个人都热切地探眼朝激流之下望去，望向他们如

① 主要来源于焚烧化工业品的一种有毒物质。

今将要坠下的去处。

阿利亚什

那片白光前方有一块岩石。一块倾斜的巨型岩石，有几座房子加起来那么大，一侧靠着一面峭壁，另一侧下接一幕瀑布。有八九个人在那里，他们乘着的两艘红色橡皮艇就停在巨石前。但我看不清那些人的脸。南水青冈①的叶子在我眼前的激流中打转，让我难以分辨他们脸上的细节。那群人聚集在巨石临近瀑布的一侧，仅隔着数米远，盯着一条从瀑布里伸出的鬼魂般的手臂。

如剧院里的聚光灯，阳光低层的光束照亮了那条手臂，更凸显出它本质上的虚无。巨石上的人们以一种入迷的恐惧看着那臂上张开的五指，它们仿佛在询问什么一般地伸向那束光，伸展到人类肢端所能伸展的极限；手指颤抖着，手掌绕着手腕轴片般转动，似乎在这方被阳光照亮的狭小局促的空间里洄游，寻找着可能抓住的些许希望。就在这催眠般转动着的手臂伸出的地方，有一段一两米高的落水，瀑布还未于此决然下坠。水落之处，水流打着狂暴的漩，混乱一片。而被卡在水底岩石之间的，被困在汹涌河水之下的，便是拥有这条手臂的男人。

是我。阿利亚什·柯西尼，河流向导。

更准确地说，那聚光中的手臂是我的手臂。

我的头卡在岩石中间，站在巨石上的人绝对能清楚辨认。毫无

---

① 学名 *Nothofagus cunninghamii*，是一种原生于澳大利亚塔斯马尼亚和维多利亚州的常青树种。本地惯称“myrtle”。

疑问。隔着区区几厘米向下张望，我那顶向导帽的蓝色和我脸部的轮廓都清晰可辨。（有几厘米？七、八或者九？有什么用？对我而言，那群人和他们呼吸着的美妙空气几乎触手可及，但我却触不到他们，触不到空气；他们于我也是如此。）我的身体已被岩石挂住，已被下方暗黑的水流吞没，任何人都看不到。在那些眼含绝望、无能为力地向下探看的人眼里，我脑袋的样子很可能像施洗约翰的头颅一样，正被置于盘中呈给希律王①。这个类比挺有趣。在濒临死亡时还能想到这么有趣的类比，这一点也很有趣。或许幽默也是恐惧的一部分。

接着，下一个念头击中了我：我的死亡之地将会成为人们热衷一游的纪念地，哪怕只是以一种细微渺小的方式。这个念头——这个真相——把我逗乐了。此刻我在痛苦中煎熬，却会在此后人们的谈笑中得到永生。我觉得，我已经成了这该死的笑话的参与者。这个念头让我无法承受。我哈哈大笑。我的大笑散落成一串串更小的气泡，与激流中的其他气泡合为一体，我被迫开始吸气。水涌进我的口腔，顺着我的喉咙奔流下去。

我感到眩晕。

我感到自己仿佛正在溶解。

而当这感觉漫过我的全身时，它也冲走了我。不是我的身体，不，而是我。它把我带去了别处，到其他时间，到另一条河。不，依然是这条河，只是那么柔缓、慈悲、温暖，仿佛换作来自另一个世界。现在我认出了这里——这是我们下水起航的地方。科林伍德

① 典出《圣经·新约》。施洗约翰，因其奉上帝之命为耶稣施以洗礼而得名，因反对希律王娶兄弟之妻希罗底而触犯王室。希罗底的女儿莎乐美在希律王生日宴上跳舞，换得希律王满足其一个愿望的允诺。在希罗底的授意下，莎乐美要求将施洗约翰的头置于盘中呈上。

河大桥。当时一定是六天，不，五天，五天半以前。就是那时，就在那里。看吧，那边的就是我，站在河沿。回头看着恍若隔世的自己，我只看到了一个陌生人。但那的确是我。我能通过那鹰嘴般的轮廓辨认出我粗笨的钩鼻，还有那体形；是的，我那身体轮廓明显到一眼可认。我的天哪，你还能找到比那更蠢的模样吗！那是我的身体，如今我能看到，它粗短、敦实，但我不再像当初那样对它厌恶至极。那时，我恨的是它有些地方瘦弱不堪，有些地方却赘肉累累。作为一个向导，在该长肌肉的地方，我却统统长了肥膘，颜色像烤肉时渗出的油汁。然而现在看去，我的身体能完美地适应生存，甚至还不止于此。双腿能让我用那种确实笨拙而又略带喜感的方式大步慢跑，那样子与其说像个人类，不如说更像只狒狒，但不管怎样，这双腿能走路。而双臂又足以拾起和放下物品，手臂应该具备的其他全部功能，它也都能做到。至于脸，好吧，它至少能让我毫不费力地呼吸。

毫不费力！

想想，一个呼吸起来毫不费力的人最大的担忧，竟是害怕那些花钱来游玩的客人会因为略显松垮的腰线而看不起他。这太可笑了。我可是该哈哈大笑。

最有趣的是，这种令他紧张的虚荣没有显露分毫。他特有的羞怯也藏得严严实实。他看起来轻松又自信，不修边幅的外表也激起了客人们的信赖，他们惊异于他行事的处变不惊。至于那张丧气的脸——嗯，我倒不觉得有多乏味。的确，它缺少他同行脸上那种孩子般的生气勃勃，是一张萧条的脸，暗黄多棱，遍布胡楂；颧骨突兀地耸起，仿佛众多象征生命力的关键元素都会从这里如被缆索拉拽的木头般运走，然后，又在岁月流逝中被冲蚀，变得像片已砍伐殆尽的山坡，却带有某种乖张的魅力。这张脸是一片荒原，历经风化，露出黝黑的底色，唯有那巨大的鼻子，像一座废弃采矿塔般坐落在荒芜之中，稍稍缓解了脸庞的单调。那鼻子如此雄伟，让我不禁怀疑，这张脸就是为了它才被捏就的，至于脸上的其余部分则得以随意退化。这张脸上到底为什么会有些令人着迷的东西呢？也许是它过早生出的暗紫色皱纹，是它肮脏的牙齿，是它干枯的红发或黝黑的皮肤在隐约提醒着人们：这张脸的主人背负着过去，经受过煎熬，说不定还掌握着智慧。

说不定。

还有那燃烧的双眼，一团参差不齐的蓝色。就像关掉燃气时，氧乙炔摇曳不定的黄焰当中那蓝色的火芯。红头发，黑皮肤，蓝眼睛，大鼻子。奇怪的组合，还让人心神不宁。脆弱，无可救药的倨傲，以及过于巨大的鼻翼。

我入神地望着这个阿利亚什·柯西尼蹲下去，把手探入河中，让身体与地面近乎平行，然后慢慢俯下去，用双臂支撑着体重，仿佛准备做一个俯卧撑。他的头消失在河水里。水面之下，阿利亚什睁开眼睛，观察着身下亮棕和金色的石块。光束穿过水流，穿过空气，穿过无边无际的雨林中阳光交叉后落下的空隙，洒在河底的石块上，使整条河都蕴满玫瑰金色的光亮。在观察这一切的同时，他也张开嘴，汲了一口河水，让冰凉的水一路流下咽喉。我看着他，知道他在想，没有水能像如此饮下一般可口。我看着他，知道他在思考，身体溶入这条河会是什么感觉。当他薄薄的红发在水中像浅滩上的水草般来回飘舞，我看着他，知道他在想，也许就像这一刻的感受。转念又想，也许那感觉无可比拟。然后再想，沿着这条被向导们称为“小水沟”的富兰克林河一路下行时，这旅程中他最喜欢的一点或许就在于此。就在于那些山峦、河流和雨林对他的无动于衷。对它们而言，他既不属于它们，也不独立于它们而存在。它们不要求他进入这个世界，也不会驱赶他离开。它们对他无爱无恨，不嫉妒亦不贬损他的努力，也不会评判他本质的好坏与否。在它们眼中，他不比一根落下的木棍或是一整条河更值得说道。他感到赤身裸体，无欲无求。他感到自己被山峦和雨林构成的墙包裹起来。这么长时间以来他第一次感到舒适。也许这就是死亡的感觉，他想。在某种虚空的中心获得安宁。

呼，呼，呼。那个来自阿德莱德的医生，穿着昂贵的紫色摇粒绒外套，露着鸸鹋般枯瘦的白腿，正在一上一下地踩着充气泵。橡皮艇侧边那又大又闪的红色浮筒开始膨起，即将载他们顺流而下。

呼，呼，呼。我旁观着自己给他的体力活加油鼓劲，那种假惺惺的语气让我乐在其中。“干得好，里奇。真不错。那么踩就对了。”那么踩不对。但阿利亚什知道，让别人来分担些活儿总比自己一个人全做了要好，就算别人做得一塌糊涂。“继续踩，里奇。”我看着里奇露出一个志在必得的微笑。我看着他感到被人希冀，被人需要，被人感激。

“终于能来富兰克林河，”呼，呼，呼，“你不知道这意味着什么。”里奇说。呼，呼，呼。

“意味着累得腰酸背痛，没好饭吃，还赶上坏肚子。”阿利亚什说。我发现，这个阿利亚什有点喜剧演员的天分——他意识到自己不仅要充当向导，取悦他人也很重要。我发现，他借着戏剧性的夸张表达掩盖了自己本质的内向。

我看着这个阿利亚什慢慢地从河里抬起眼来，望向沿河岸生长的灌木丛。我看到他笑了。我知道他在此时此刻想的是什么：终于回到河上，回到这条蚂蟥横行的糟糕“小水沟”，他感到愉悦。在他周围，南水青冈、檫树、海桐和革木聚积成墙，矗立成这看上去无法逾越的雨林。在他面前，茶色的河水流动着，日复一日地给河底的石头镀上层叠的金色与铜色。

我知道他在朝他的主顾们微笑。这些人尽管拒不承认，尽管坚称这里就是最美的田园风光，但实际上，他们已在这片古怪而陌生的环境中愈发不安。这里与那些装点在他们客厅与办公室里的日历风景画看着那么相像，却又如此迥异。此地的土壤强烈地散发出一种刺鼻的、丰饶的气息，而那种温热的潮润就像精神病院的束缚衣一样，压迫在他们的感官上。无论转向何处，他们都找不到逃离这里的路：眼前永远只有更深的雨林，深沉得无法被取景框凝缩。这里没有石膏板墙或咖啡桌来充作构图的边缘，这片土地无法被简化成它所理应扮演的装饰角色。他们并不是没尝试过：几乎每次旅行刚开始时，团里就至少有一个人焦躁又雀跃地拍完了一两卷胶卷。但对阿利亚什来说，这个总让团员们觉得在他们背后暗自移动的地方，这个让他们不时紧张兮兮地回头张望的地方，是他阿利亚什的家。

“瞧那家伙。”阿利亚什的同伴、另一个向导“蟑螂”小声说，指着那个墨尔本来的大块头会计，“他看着可真蠢啊。”

“像只鸸鹋。”我听到阿利亚什说。

“像个……”“蟑螂”说，我能看出他在寻找某种动物，来比拟这个笨拙又傲慢的家伙，“像个该死的……”可惜他没能找到精准的比喻。“他叫什么来着？”“蟑螂”悄声问。

“德雷克。”阿利亚什答道。他再打量一下德雷克的体形，然后说：“螳螂。”

“不错，”“蟑螂”说。“不行，”他又说，“不行。挺形象了，但还差点。”“蟑螂”又想了想，说：“像条蝗虫。他就像条该死的蝗虫。”这个形容准确无比。

德雷克的体形硕大到不像人类，而像某种奇怪的生物。他的瞳孔巨大，里面既有一种古怪的敏感，又含一种全然的冷漠，看起来空无一物的同时，也能显出某种贪婪。他神经质的双手很少离开嘴边，不是在塞填食物，就是在抽烟。而在那团臃肿的躯干之下，可笑的、棍子般的双腿裹在亮绿条纹的保暖内衣里。

阿利亚什转身面向一条支流。初夏时节，人们会赶蜂群来这里采集革木花蜜。革木的白花沿河飘落，为它缀下斑点。仿佛这是一场婚礼，花瓣便是飘下的彩屑。阿利亚什感觉很好。就连他的肠胃也是，这么久以来第一次没有在揪成一团后抽搐作痛，让他忍不住又一次腹泻。我看到阿利亚什开始换上他的漂流装备。他穿得不紧不慢，享受着再一次用各种零碎物什将自己武装齐全的感觉。先是泳裤，然后是有着鲜亮荧光绿条纹的连身潜水服。阿利亚什喜欢潜水服紧贴身体的感觉。它似乎能给他某种既有力量又有目标的幻觉。下一层是保暖上衣，接着是亮蓝白相间的尼龙外套，也被称为防水服。最后是已经充满气的亮紫色救生衣，一边肩上配着带鞘匕首，另一边挂着哨子、颜色鲜明的阳极氧化[①]铝安全扣和安全绳。啊，那

① 一种金属工艺，通过电化学氧化技术，为铝制品形成一层保护性的氧化膜。

些陪伴我多年的安全扣。团员问向导，他们为什么要在身上装挂这些，于是向导会以带着优越感的语气解释说，这些东西用途重大、不可或缺；他们描述这些安全扣怎样成为力挽狂澜的关键：假如他们被困在涨水的河中央，向导们会怎样利用它们组装起一套滑索，来帮助大家上岸。然而事实是，他们把这些事说得格外夸张，营造了一种必要的危险氛围，从而在团员心里同时埋下恐慌和崇敬——对即将面对的危险的恐慌，和对从此刻起成为他们唯一救命稻草的向导的崇敬。这是一堂展示生命和生之渺小的课，一切都在眼前上演。向导们身上四处挂满安全扣，就像全身挂满子弹带的墨西哥革命军，像夸张的死亡戏剧里一个个微不足道的角色。不过是玩笑的一部分。阿利亚什腰间缠着两头有环的绳索，三米半的彩虹色攀岩带，也用一个安全扣扣住。他还在绳索上挂了个投掷袋[①]。最后他给脑袋扣上安全帽，回到团员面前，看上去像是某种发光的野生热带昆虫。

团员们正在搬运装备下河。阿利亚什注意到希娜——那个牙医助手——只用左手递接东西。她的右臂似乎完全不能动，像根用铰链挂着的木棒一样悬在身边。“不好意思，”阿利亚什问道，“你胳膊受伤了？”

“不，没有。好着呢。”

阿利亚什看着那条手臂，他不相信。

“它看着完全没有力气。”希娜没有回答。“你的胳膊。”

“所以呢？”

“这次行程很耗费体力，希娜。你得划上十天的橡皮艇，还要搬

① 将救援绳放在内部、投掷给救生对象的网袋。

重东西……”

“我有力气。”

“我不是说你没力气。”阿利亚什停了一下。他还能说什么呢？她人都来了。让她沿河而下是他的工作。无论如何。

“听着……”希娜开口了。但没等她说下去，阿利亚什就打断了她，说出他该说的话：

“没关系，别担心。你会有段很好的旅程。如果觉得有点撑不住，马上告诉我就行。”

之后，他走到正在把装备架固定到艇上的“蟑螂”那边，把这件事讲给他听。

“他就不该让体格不符合要求的人上艇。”“蟑螂”说，这里的“他”指的是“猪喘”。

“能付钱就符合。他唯一的物质要求[①]就是这个。”

他们看向河边。希娜正在那边忙活，把房车里的装备用左手拖到橡皮艇上去。她姿态中有些特别坚定的东西，使得阿利亚什难以忍受。

“她到底为什么要来报这种团？不知道自己什么样吗……”他摇着头。

“我带过一个小儿麻痹的，”“蟑螂”说着，还笑起来，“其实是个不错的家伙。”

“我让她上我的橡皮艇吧，”阿利亚什毫无热情地说，“我想，她算是我的职责。”

他们把装备架固定在充好气的橡皮艇中央，接着开始装载物资。

---

① 原文“physical requirement”，同上文“体格要求”一词，有双关之义。

我看着阿利亚什站在艇上，指挥人们按顺序搬来东西。首先是几个装满食物的巨大的塑胶黑桶，每个都超过六十千克。这样的一个桶得用两个团员来抬，但向导必须能独自搬运。阿利亚什抓起一个桶拎了拎，感受到它不可思议的重量，怀疑自己如何提得动。我能看出阿利亚什的身体状态相当糟糕。但这不过是个关乎意志力的问题。游客认定自己体力不够，因此在这种情况下应格外小心；相反，阿利亚什就必须显得强壮而无所畏惧，无论他心知自己的真实状况是什么，内心有多么脆弱恐惧。他的伪装对完成整段旅行而言必不可少。假如连向导都承认恐惧的存在，那么这种情绪便会像传染病般迅速扩散，而伪装便是解药。这是个令人沮丧的教训：人们必须相信，就算在万不得已的时候，必须相信一个谎言。如果没有信念，一切都会不复存在。然而，就像一切看起来远悖真实证据的盲信一样，它们反过来又将塑造出自己的真理。只要恐惧不被承认，伟大的壮举就有可能发生。而赌一把的人[①]也能拥有他们自己都从不敢相信的坚忍与勇气。因此，阿利亚什把桶举到肩上扛着，把它转了个方向，再轻轻地放进装备架上的网兜里。重负之下我能看到他微笑的脸，嘲笑着这一整件事的荒唐。

旅程的开头洋溢着狂欢节般的气氛。有人拿出了一瓶廉价朗姆酒，在众人中传递。每个人都在痛饮，有些人为自己的肆意之举咯咯笑着，另一些则摆出见怪不怪的架势，假装这种事在他们做会计、护士、银行职员或公务员的日常生活中屡见不鲜。那瓶酒到了“蟑螂”手里。此前，他刚在那辆空荡荡的小巴里，在盈满尘灰的孤独

① 原文“punters”，既有“赌马者”又有“主顾”之义，同前文的“主顾”一词，此处也兼指阿利亚什的团员们。

中跟司机尼诺分享了一支大麻，此刻已经有些飘飘欲仙。他喝干了那瓶酒，打出一声尖促的酒嗝，然后抓住希娜，开始跟她踩着河石跳起舞来。他把她举到空中挥动，还把她抱到河里，最后在那里慢慢放她下来。希娜踉踉跄跄地站稳了，用那条完好的手臂抽了“蟑螂”一记耳光。“蟑螂”没预料到这种反应，一屁股跌倒了。

阿利亚什折回去继续装填物资。装上团员们各种鲜蓝、鲜绿、鲜红色的防水行李包。装上塞着帐篷、油布和厨具的袋子。装上打算填在装备架下、任它摇晃的蔬菜筐。装上装备箱，里面塞满急救箱、修理箱和团员们的相机。装上挂在装备架各处的绳索、备用安全扣、与安全扣配套的滑轮、救援用袋和舀水桶。装上能供十个人在野外生存十天的全部物资。

我能看出阿利亚什喜欢旅程的开头。它给他确定感，能理顺他头脑中一团乱麻似的思绪。它给了他确切的恐惧对象，真实的恐惧对象。在这十天里食物能保持干燥吗？团员们能安全结束旅程吗？会不会有人被烧伤？或者淹死？溺水始终是一个重大的——对阿利亚什而言最为重大、盘桓不去的恐惧：有客人死在河里。这太容易发生了，过程顺畅无比。惨烈的死亡可能伴着欺人耳目的优雅前来：那么快速，那么轻易，那么安静，事态发生时教人很难立即察觉。人们转过身，以为站在身后的人是打算吓他们一跳的，然而，事实并不是一个精心设计的玩笑。他们已经死了。简单地死了。这句话单独看也意味深远——死亡确实不像生存那么复杂。至少对死者而言不是。

“我以前在赞比西河[①]就见过一个淹死的女人。”“蟑螂”说。他

① 非洲第四长河。

已经从河里回来了，浑身湿透，但依然微笑着。他跳上橡皮艇，站在我身边，帮我一起解开装备架下的固定网袋。“她当时报的是其他公司的团，不是跟着我。她掉到河里，被救援绳给缠住了。我们赶到后，他们已经把她捞了上来，但太晚了。她已经发青了，他们还在给她做心肺复苏。可他们都知道，她已经死了。你从他们的操作手法就看得出来，过于冷静而高效，就好像不是在努力救她的命，而是在准备给尸体防腐。我艇上有个人转过头来，就像只是看到一条鱼跳出水面，他说：‘她就是淹死了，是这么回事吧？’那个又秃又蠢的英国佬。她当然就是淹死了，她肺里刚好[1]全是水。我当时就想这么冲他吼。”

但阿利亚什的心思不在这个故事上。他的思绪飘到了别处，而我跟着它。他正在想，如果没有这次旅程，他的头脑会如何被他无力抗衡的黑暗所支配。至少在这条“小水沟”上，他可以直面自己的恐惧，赋予它们名号——“坏槽口”“大溪谷”“奶桶”“雷冲涧”“大锅”“猪食槽”[2]——可以在与他的全部恐惧一一会面以后，最终与它们挥手告别。如果没有这次旅程，他的思绪会挣脱控制，滑向一个他永远无法看到，却会因其存在而感到彻骨寒冷的临界线。在那种时刻，他会觉得自己头脑的运转完全悬系于几根细线，一旦线断裂，他便做不了任何事，甚至无法在早晨起床，经历那些被人视为理所应当的最简单的日常。他会在问好时忍不住痛哭流涕，会在寒暄时感到肚肠被最深切的恐惧攫紧，会在与朋友见面时体验到最可怖的眩晕，仿佛自己会突然跌倒，坠入无底深渊。

① 原文“just”，同上文“就是”一词，有双关之义。

② 富兰克林河上一些特殊地貌的名字。

"然后，突然，""蟑螂"继续说，"突然，她的肌肉抽搐了两下，让她把水都吐出来了，他们一时间又看到了希望。但那时已经来不及了。我知道。连那个秃头英国佬都知道。她已经是个死人了。"

现在我才知道，蔻塔·何早就明白这一点。在那么早，那么早以前，当她说需要时间来治愈一切，但时间永远无法完全填满那个空洞时，并不是因为没有其他好话可说，而是因为真相便是如此。我曾经在很长时间里耽于心魔，她曾经寻回我一次，尝试着留在我身边，如月亮一般不离不弃。而我，却像一颗脱离轨迹的卫星逐渐飘远。等我返回时已经太迟了。太迟，太迟了。

第一天

我看着这次河上旅途在我面前徐徐展开。第一天，河流水位过低，沿科林伍德河向下七千米直至与富兰克林河交汇的大部分路程里，一行人必须拖着橡皮艇前进。水位极低，就算是处在交汇处的富兰克林河，也比寥寥蓄着几片积水的干河床好不了多少。对阿利亚什来说，第一天的旅程处处艰难。体力上来说是种折磨，因为团员们既没有本事，也没有意愿去搬动和拖拽那两条各重数百公斤的橡皮艇，他和"蟑螂"只好承担了大部分体力活。他的身体不大能应付这么繁重的苦差。他细腻的手被尼龙绳勒得火辣辣地疼，扛起浮筒时后背上有如刀刺。旅行团在两河交汇处的一小片卵石滩上扎下营来，在雨林之中。夜空如此晴朗，他们甚至没有睡在帐篷里。阿利亚什知道，如果明天还不下雨，水位只会更低，他们的身体会更酸痛，瘀青的挫伤会更多，要干的活儿也会更辛苦。

那个晚上，他们围着篝火坐成一圈，喝着比利茶[1]和班达伯格朗姆酒，望着即将圆满的月亮高高升起，银光染遍河谷。他们疲惫不堪的身躯仿佛沐浴在水银中。篝火和岸边涌动的雨林倒映在黑与白构成的河面上，像一幅起舞的银版照片[2]。他们如同一群河流传说领域的向导，你一言我一语地讲着故事，大谈各种伟大或可笑的事迹，比如一场洪水，半夜怒吼着把人惊醒，水涌上岸困住帐篷，再将它们一一冲垮，卷走里面的大部分东西，最终把帐篷遗弃在下游某个悬崖上，让它和被连根拔起的树、死去的蛇与袋獾堆在一起。又说到干旱时节，水位太低，人们只能在干涸的河床上拖着橡皮艇走上四五天，直到河水终于深到可以载舟而行。渐渐地，团员们的故事变得短小而哀伤。来自布里斯班的莱克斯三个月前刚刚被电信公司当作冗员裁掉，如今全然迷茫无措。“我才三十五，”他不停地说，“才三十五啊。我以后怎么办？”

“继续旅行吧，”德雷克建议道，“只要有钱，你想看什么、想做什么都行。我离婚之后省下来的每一分钱都用来旅行了。干吗要浪费这么好的年纪！”

其他人都给莱克斯提不出多少建议，除了里奇。他说他认识一个相当不错的掮客，等这次旅行结束，他可以给莱克斯引见一下。希娜认为莱克斯有些小题大做，其他人则对他显得颇为同情。

路讲了他在以前的《太阳报》做犯罪新闻记者时的故事。当时他被派去采访一个遭悬赏追杀的犯罪分子。那人住在墨尔本菲茨

---

①用澳大利亚传统煮茶方法、由“比利罐”（billycan，一种金属罐筒状的便携厨具）放置在火上煮出的茶。

②由法国画家达盖尔于1839年发明的摄影方法拍出的照片，利用水银蒸汽对曝光的银盐涂面进行显影作用。

罗伊一间肮脏的小公寓里，一天只出门两次，一次去附近越南人开的商店买东西，另一次去一家叙利亚咖啡馆吃茶点。“你怎么不跑呢？”路曾经问过他，“你可以直接溜到达尔文或者达博，或者什么别人找不到你的地方。”采访全程，那个犯罪分子都坐在他自己的床上，看起来平和又愉快。他承认，逃跑确实是明智之举，但他表示，生活并不总是那么简单。“这是我家，”他说，“我住在这里，”他说，“我还要死在这里。”他果然死在那里了。两天后，追杀他的人来了，路告诉我们，他当时正躺在床上，被他们拿枪爆了头。

路讲那个故事的时候，我一直在桶里翻来找去，想再找出一瓶朗姆酒来，他的话没听进几句。但现在我觉得这个故事相当有趣：一个原本可以逃出生天的人却选择不听良言，为了自己的某种信念坦然面对死亡。这到底是勇敢还是懦弱之举？体现了愚蠢还是智慧？该说是无知还是通透？我给不出答案。我希望我能想通这一点，因为这会帮我解决该怎么做的问题——我到底是该继续挣扎，还是现在就放弃？我自己的这场战役，全部的奇思怪想，看到的那些诡异的幻象，我为什么要对它们的一切念念不忘？如果我最终的命运，不过是像水中的泥炭一般被这条河相携而去，我又何必在意什么？

但就在这个我最需要时间来回想和思索的节点，我的思绪因我看到的幻象而凝滞了。我看着这个孤零的小营地在广阔的南部天空下，躺在雨林的荫蔽中沉睡。夜之河如同水银，流淌过熟睡的人们与河谷。阿利亚什感到明亮的月光轻轻拍打着他的睡袋边缘。随后，月亮升得更高，月光漫过他的身体，而他仿佛一块过于沉重的石头，难以被这流动的夜色之水撼动分毫。他感到奔跑的暗影像流动的纹络抚触着他的身体。他变得越来越轻盈，听见自己的身体在思索，还有多久才能漂浮起来，升入夜空。在他迂回曲折的梦里，蔻塔·何站在海滩上朝他挥动旗帜，而他正乘着小船远行出海，看不清楚，也无法解码其中飘舞的信息。

第二天

我看着月亮升上天顶，再缓缓落入黎明前的黑暗。我看着第二天的清晨开始，河流的世界染上新的色彩。然后，我看着自己醒来。

阿利亚什用指关节揉了揉眼窝。他的双手沿着两颊愈发粗糙的皮肤抹下来，在下巴处汇合，仿佛在感激地祈祷，把这血肉捏成他即将顶着一整天的那张脸。他朝帐篷看去。还没有团员起身。他看向火堆，"蟑螂"已经起来了，正在拨弄昨晚留下的焦炭，重新生起火来。阿利亚什从睡袋中爬出，站起身来，沿着一条陡峭的短径向河岸走去。他在近岸边的石头上小解，睡眼惺忪地观察着从他尿液中升腾起的热气，如何追逐着从滚落河里的湿黑树枝上升起的白雾，与之合二为一。他沿河向上游走了五十来米，来到昨晚设置了三条钓线的地方。第一条被下游堆满树干河水里的某种不知名生物钩住了。第二条被扯断了。第三条的末端咬着一条两英尺长的鳗鱼，正像野海蛇般扭动着。阿利亚什收起其他钓线条段，拎着这条从鳗鱼那远古生物式的大嘴和咽喉一直贯穿至深腹的线，把不停前后抽打着的鳗鱼带回了营地。鱼钩深陷在内，不可能取得出了，对这可怜的家伙来说，真是一种使之振奋不歇的恐惧。阿利亚什来到篝火边，用闲着的手拿木棍在炭堆里清出一块空地来，小心地把鳗鱼放了进去。鳗鱼在最后的痛苦中扭动着，滑来滑去，模仿着自己曾经在水中畅游的姿态，却没能够、也再不能游出这滚烫的火灰。渐渐地，滑腻的皮开始被焖烧，肉开始被炙烤，身体的汁液缓缓沸腾，它便放松下去，以一种甚至有些情色的方式缓慢扭动着，直到最终变得僵硬，不再动弹分毫。阿利亚什小心地铲起烧焦的鳗鱼，用刀劈开它炭黑色的背脊，揭开烤煳的鱼皮后细致地撕去，露出香甜、散发着热气的白色鱼肉。他和“蟑螂”坐在雨林的地上分享了它，尽管没有一个团员愿意跟他们一起吃。

团员早餐吃的是粥，德雷克煮的，煮煳了。两小时后，德雷克还成功地跌下了“蟑螂”那艘橡皮艇，掉进了一条狭窄的激流，随后被挂在河中央一截枯死的树干上。橡皮艇没法划回到德雷克被困的地方，于是阿利亚什和“蟑螂”只好跳下橡皮艇游了过去。阿利亚什割开德雷克的救生衣，帮他脱了身。“蟑螂”带着他顺流而下，游至河岸。等在那里的团员们如释重负，喜笑颜开，连德雷克都笑了。团员们拥抱了他，他也拥抱了众人，仿佛在将他的失足落水视为一次伟大的成就来庆祝。自此，团员们看向阿利亚什和“蟑螂”的目光中都带着敬畏。两个向导也知道，如今因为他们救了德雷克，他们的权威已不再有人质疑，他们的任何言论或建议都会被当成神谕执行。而这令阿利亚什感到害怕，人们的这种盲目信仰素来令他胆寒。

“要是他们知道了咱们的底细。”他悄声对“蟑螂”说。

“他们总得相信点什么，”“蟑螂”说，“就算只是信咱们。”他转过身，毫不吝惜脸上的笑容，拍了德雷克的后背一掌，大声说给在场所有人听："我们俩是你们逃出这个泥坑的门票，对吗，德雷克？"德雷克点头表示赞同。

"你们不会让我们失望吧？"德雷克问道，依然惊魂未定。

"那要看你下次会不会再煮煳粥了。""蟑螂"说，笑容纹丝不动。

第二天天气很热。两名向导僵直地坐在橡皮艇尾部，以微小到无法察觉的幅度划着桨来控制航向，他们戴一副如爬行动物黑眼珠一般的雷朋墨镜，就连隐匿其后的眼睛也僵直地空睁着。他们静坐在烈日之下，仿佛蛰伏着的澳洲巨蜥，正从周围环境里吸取能量，等待着跃起出击的时机。

到了晌午时分，水位在无数微小支流的增援下稍稍涨起了一点，河流的深度让他们得以划桨前行一段旅程，快一千米后，才需要再次下艇拖行。他们顺流而下，河水拍打着橡皮艇两侧，团员们分散坐着，一人占据一角，把各自的单叶桨探入水中推开波浪。阿利亚什随着各个浪尖的缓慢涌动摇来摇去，想着，也许他们作为团队并不算过于糟糕，毕竟才第二天，他们就已经知道该用什么节奏拍桨了。尾部的浮筒为橡皮艇拼成一面后墙，而他在正中坐着，把桨伸入河中充当舵。艇上的四名团员以悠长而缓慢的节奏挥着桨，他便任由身体摇摆，让思绪随意飘荡。黄昏时很暖，太阳慢慢爬下山谷，消失在河面上。阿利亚什脱掉外套和保暖衣，穿上救生衣，戴上头盔。"那边那棵是什么树？"里奇问道，指着岸边浓密的雨林。

"*Erica ragifola*。"阿利亚什说，某次蔻塔带他去到一所幼儿园时，他看到过某株植物叫这个名称。

"*Erica ragifola*。"马尔科跟着念道。

水蛇从他们艇边游过，在温暖的平湖中搅开团团涟漪。鸭嘴兽与他们擦肩而过。橡皮艇靠近时，它像浮木一样漂着，然后在某个团员的惊叹里像石头一样沉入水中，只在水面留下几个圆胖的气泡。他们惊起一群栖息在峭壁上的雨燕，还看到一只巨大的龙虾伏在河畔的一根原木上，被日光照耀，闪烁着斑斓混合的绿色、蓝色、紫色。它的身姿完美骄傲，团员们甚至一时间给不出反应。

他们继续向前划去。现在水位足够高，桨也能挥开了，阿利亚什便告诉他们该怎么划。他特意花时间指点希娜，向她展示了该怎么扭动躯干，才能用全身而不是手臂的力量去带动船桨。希娜学得很快，划桨时手臂保持不动，仅用它们来传递躯干的力量。他们继续向前划去。希娜坐在前面，讲述了她那条残废胳膊的由来。她讲到二十世纪五十年代时，她在瑞士接受放射疗法除痣；讲到那种疗法如何去掉了痣，但也毁了她的胳膊，让它再也无法正常发育；讲到那种疗法断绝了她怀孕的可能。德雷克说自己目前还没有孩子，因为还没找到适合给他传宗接代的好女人，又问阿利亚什有没有孩子。“没有。”阿利亚什说，脸色如常。“那我们可真是一条船上的了。”德雷克大笑起来。“是吧。”阿利亚什答道，然而他和其他人谁都没有跟德雷克一起笑。残废与死亡，阿利亚什心想，我们所有人都是残废，都已死亡，以相异的方式，在不同的地方。阳光下，希娜轻松地讲着自己的遭遇，神色甚至称得上欢快。她一边讲，一边微笑。他们继续向前划去。

他们遇到了三个人，两男一女，站在一片长满苔藓的大石头上，旁边一条清澈的溪流打着漩并入富兰克林河。三人的模样看上去不是喝了酒就是嗑了药，或是既喝了酒又嗑了药。女人只穿着一条老旧的阿迪达斯运动裤，用鼻笛[1]吹着一些不成调的音符。两个男人跳着舞，动作既对不上伴奏，也合不上他们会在之后的交谈中提到的所谓“大地的韵律”。他们站在一处，垂耷着头，以缓慢而夸张的动作挥舞手臂。一个男人留着染成红色的脏辫，另一个剃掉了全部头发，露出一些文在额头上的宣言，其中最显眼的是“这颗头专杀法西斯”。阿利亚什将橡皮艇泊岸，靠近这个古怪的三人组，和他们聊了起来，因为这条河上往来的所有人他都不愿错过。他喜欢搜集热腾腾的河上新闻，并和外面的世界互通有无。这三个人没什么新鲜事可讲述，他们只会滔滔不绝地对大地母亲的现状发表意见，控诉全人类邪恶与毁灭的本质，赞颂这条河的伟大和至美。他们已经下河八天了，走同样的航行距离，阿利亚什的旅行团只用了他们四分之一的时间。阿利亚什一行是他们从科林伍德河大桥出发后遇见的第一批人，不过他们对跳舞和鼻笛音乐以外的任何事都兴致缺缺。两个男人看起来都极为渴望那个女人，女人却没有看中任何一个，她只关心如何抵达某种与宇宙之力——看上去是她独属的神力——相谐调的超自然状态。三人携带的食物已经快要见底，阿利亚什便留给他们一些新鲜红薯和圆白菜，不过，一如他后来对“蟑螂”说的，都不知道自己何必多此一举。那个女人甚至因为他胆敢携带红薯就骂得他狗血喷头，说这是种糟糕透顶的食物，蕴含着过高的攻击性能量。不过，尽管心理上拒绝，她还是收下了阿利亚什给的菜。这三个人是划着两条老旧的黄色橡皮艇来的，船艇状况很差，亟须修补，他们把其中一条叫作“大地追寻者”，另一条叫作“法格斯路标”，多半是南水青冈拉丁文学名“*nothofagus cunninghamii*”的变

[1] 流行于环太平洋国家某些地区的一种乐器，用鼻腔吹奏。

体。交谈时，阿利亚什仔细地观察了他们的装备：用销钉固定的胶合板桨，没有安全帽，仿佛从搁浅自战前时代的某艘曼利[①]渡船里挖出来的木棉救生衣[②]。"那个什么'大地脑袋'和他两个朋友是什么情况？""蟑螂"后来问他。

阿利亚什扭头朝上游瞥了最后一眼，那两个男人疯狂舞动的身影在蜜罐花和岸边的灌木丛间依稀可辨。他还能说什么呢？于是他什么也没说。

"蟑螂"说："有故事吗？"

"没有，"阿利亚什说，"他们没有故事。"

第二天的下午，他们在一条激流边停靠休息。一年前，有个皮划艇运动员在这里淹死了，于是这里就像河上其他淹死过人的地方一样，成了游览的热门景点。阿利亚什朝曾经卡住那个划手的窄缝里望去。如今水位极浅，那石缝便不像水深时那样成为河流的一部分，而不过是一堆露出水面后被烤热的礁石，底部因受到侵蚀而显得头重脚轻。在被侵蚀出的孔洞中，树枝与断木构成了一道滤网，让涓涓河水在流经时轻柔地溅洒开来。但在划手淹死的那天，这团滤网应该毫无轻柔可言。他很可能被汹涌的河水推到了网里面，就像一片树叶被冲刷下人行道。他的身体被猛地拍进了那条石缝里，就此卡紧。他的脸压在枝条上，鞋或救生衣被某根树干挂住，让他无法自行逃脱。他可能就这样待了数日，脸色从窒息的红润，慢慢变为一种被泡发了的死尸般柔和的惨白。不断冲刷而至的河水将他钉死，直到水位降至某点，人们才得以发现并打捞出他的遗体。

① 悉尼一处休闲胜地。

② 填充木棉纤维作为浮体的一种救生衣。

装备箱被打开，六七部尼康和佳能相机隔着一段距离，刷刷地轰炸着那堆潮湿的礁石，在胶卷上记录下这个曾经把一个人按在水下、直到他永远停止呼吸的地方。团员们围着阿利亚什站成半圆。他到底是在哪里淹死的？他们问。他具体是怎么淹死的？这些问题让阿利亚什和“蟑螂”都感到不舒服。他们行过那么多次船，早已明白也许某天死的就是他们中的一个，甚至更糟——团员中的一个。“他张开嘴，让水灌进去。”阿利亚什答道，继而笑了。团员们怀疑地面面相觑，而后尴尬地别过脸去，不再问东问西。

阿利亚什和“蟑螂”继续站在岸上，看着团员们煞有介事地检查着死亡地点，做着记录。“我想知道，旅游业靠这个赚到的钱会不会给他家人分点，”“蟑螂”说，“你要是不想死在水里，努努力说不定还能捡条命，可你要是不想死了以后变成旅游景点——那可由不得你了。”

“就像昆士兰[①]。”阿利亚什说。

两个向导遥望着那个人淹死的地方，在他们黑色的墨镜下，在他们抹了含锌软膏的嘴唇、颧骨和鼻子后，酝酿着不可感知、难以捉摸的情绪。他们就像给脸上抹满油彩的小丑，整套动作既可以用来表达拒绝，也能示以庆祝。“蟑螂”笑了笑。“要是他们对一整个州都能下手，单个人根本没机会反抗。”

阿利亚什转过身去。“难怪那个可怜虫变成了鬼。”他大笑起来，忽然觉得自己有点喜欢“蟑螂”这个人。团员们像群蚊子一样回来了。向导们的微笑消失了，白色的嘴唇抿回成一道带有拒意的直线。

“不可思议。”马尔科说。

① 澳大利亚东北部州，此名称是为了纪念维多利亚女王。

“真他妈有趣。”德雷克说。

就好像那个划手的生命无关紧要，而他的溺亡仅仅因为赋予游客拍照的机会才有了意义。就好像这地方的美丽正是由他的死亡造就。

圣母啊！下一个会不会是我？会不会是我？

我看到阿利亚什假装没听到他们在说什么。我看到他抬眼望向天空，隔着深色镜片看着片片薄云，飘入伊莲娜比斯峡谷一侧山岭间的狭窄天空。

他想：雨要落了。

三

当然，尽管我能看到包括过去的自己在内的幻象，幻象中的人却看不到我。此刻，我是一个不可见的人，就像我终其一生都不可见一样。世界改变了，前进着，充斥在报纸周末版、女性杂志、电视脱口秀和广播谈话节目中的话题，无外乎是现在什么流行，什么过时，谁在改变什么，谁在掌权，谁又逐渐失势。人们要么移动自己，要么改变外界。但我从不是他们中的一员。尽管我总在飞来奔去，我身上的某些东西本质上却是静止不变的。世界滚滚前行，我却无法居于其中。我望着一切，不敢置信：这世界上的战火与饥荒，在菲茨罗伊街上贱卖自己的孩子，被保安赶出购物商场的乞讨老妇——她们因此也得以享受这样绝妙的隐身状态。这个世界上没有我的位置，我看到它的一切疯狂与失序，可它看不到我，我得说，这让我感到一种奇特的自由。这个世界同样看不到一切坏事、恶事与错事，也看不到因这些而饱受煎熬的人。我不是说我反对这一点，我甚至都不在意。只是在这个世界上，我有一种渐渐滑落的微妙感觉，它让我大笑，而笑总比哭好。因此，哪怕我总是一个不被看见的人，这也不是什么新鲜事，甚至不足为奇。我始终在别人看不见我的地方旁观着他们，而如今，只不过是要我再跨越时间，来拥有这看到幻象的诡异力量。

这些幻象以形形色色的鲜奇模样向我涌来。我再也无法全然确定，我的眼睛究竟是睁是闭。只知道我好像在看着一大片不知从何处升起的气泡，有些时候，它们中的一个个逐渐膨大，慢慢形成人脸的形状，而那张脸便是一次幻象的起始；另一些时候，一些脸凭空出现，形成广阔而巨大的魅影。我仿佛能看清身下峡谷的全貌，而整个峡谷又统统被那不断扩张的巨脸填满，像是准备开口说话。无论这些脸是气泡化成，还是以巨大的形体出现，它们往往一开始都奇怪地扭曲着，就像被时间的流逝卷裹而成。但它们并未以相同的方式从我眼前消失。有时，它们会化作新的景象。还有时候，我缓慢而模糊地意识到，我已经有一段时间没想到、感到或看到任何东西了——或许是寥寥数秒，或许是无限久长。

我所受的诡异折磨模糊了我眼前激流的白色，使其变成一片广阔的虚空。痛苦将这虚空吟唱成一种崭新的、全然的色彩——蓝。

一片无边无际的蓝。天蓝。在这片宽广的虚空中央出现了一个斑点，像一粒苍蝇粪。落在一床闪亮蓝色绸缎上的一小粒苍蝇粪。它在移动，而我，在那里，跟着它移动。

跟着什么？

一条船。

一条小船。一条通常被称为“方头平底船”的小型钉板木船，用免于虫蛀和侵蚀的泪柏[①]木条精心打造，每边七条，铸形完美，木

① 学名 *Lagarostrobos franklinii*，是一种原生于澳大利亚塔斯马尼亚的针叶树。本地惯称“Huon pine”。

钉嵌入，填缝齐整，出自老格斯·多赫提之手——在塔斯马尼亚西海岸，你找不到比老格斯更好的伐木船匠人，他的手艺一英尺要价一镑，如果有人想买下这条船，那就得掏上足足十五镑。宽阔的船辐让这船载重力超群，船尾和船头打成方形，适合在激流中穿行，船上堆满了装着谷糠、面粉、洋葱和土豆的棕色粗麻袋，以及装果酱、黄油和糖的板条箱。一条狗睡在麻袋堆顶上。一把斧子和一把横锯躺在舱底。一个人正在划船，他的头脑就像他此刻正在横渡的、被称为“麦考瑞港”的内陆海那样空茫、广阔、风平浪静。他正在把船划往荒郊野外的河流，深入雨林的河流，在那里潮湿润泽的窒闷中，在泥炭堆积的湿土散发出的凝重、微甜的气息中，他的斧子和横锯将有节律地工作。在他周围，高耸而多褶的南水青冈上缀满悬垂的地衣，树皮开裂，布满了荧光橘色的真菌；革木散发出香气；浅绿色的黄樟树气味浓郁，它芬芳的叶片据说能让女人渴望男人（至少渴望女人的男人们这样说）；潘达尼斯树疯狂生长，树干衰弱，变得细长，尖刺般的叶片形成了它们凤梨状的顶端；此外，还有芹叶松、柠檬味的蜜罐花与疾速爬升的海桐。他的斧子和横锯将在那里潮湿润泽的窒闷中，在泥炭堆积的湿土散发出的凝重、微甜的气息中有节律地工作，去砍下那洁白如蜡、湿奶酪般色泽、无比珍贵的泪柏。

更准确地说，我正看着我年轻的父亲向他工作的地方划去。

哈利，一九四六

在一段时间，很长的一段时间后，他来到了河口。又过了一会儿，当这个名叫哈利·刘易斯的男人继续向前划行一段后，河口消失了，它后面的内陆海也消失了。在他的船下，流淌着的戈登河深邃而黝黑。深邃、黝黑而寒冷。哈利·刘易斯抬头看向低矮的山，上面覆盖着的雨林如驼峰般朝背离河流的方向延伸。河如死亡般平静。没有一丝风。河水的寒意来自上个星期一场大寒最后的融雪。尽管水中的寒气穿透泪柏木船板向上袭来，哈利也只穿了一件蓝色背心和一条牛仔裤，但一天内奋力划过的二十英里仍让他全身发热冒汗。他出发得很早，当他逆河而上，逐渐远离不知是否能称作“人类文明”的斯特拉恩时，太阳仍晒着他的背。哈利望向西边，手中的船桨却总先划向东边。东西，东西，再向东，船桨如此运动着，把哈利和他的船带进那片广阔荒野的深处，而那里仅有地理上的描述作为名称：大西南。他正在披覆雨林的荒野里前行。沿伟大的戈登河，上行至它的支流富兰克林河，又沿富兰克林河继续向上寻溯它的支流简恩河，他始终行驶在这蜿蜒河道于绿茸茸的温热丛林间割出的小水路里，目的地是一片曾经被称为“特兰西瓦尼亚”[①]的土地。如今，在哈利油布书包里的一张政府绘制的地图上，那地方不过是一片被标注为“此处缺乏信息”的空白蛮荒，但哈利和他的工友们却对它了如指掌。

那里有些相当不错的柏树，哈利想。

我能感到哈利有他的痛苦和悲伤，但它们都在未曾止歇的躯体疼痛中化成了小小的担忧，变得无足轻重，毕竟他的后颈处还有被烧红的拨火棍烙下的伤口，以及那随每一次挥桨动作从胸口与臀部涟漪般散开的疼痛。河水的流速开始加快。哈利把船带到河的边缘，

① 原文“Transylvania”，由拉丁语演化而来，原意为“越过森林”。

流速较缓的地方，又正好避开岸边密匝围拢的泪柏和本地桂树。他喜欢抬起头来近距离观察这些大树，望着南水青冈四处歪倒，威严的巨木上长着五彩斑斓的大块真菌。

哈利总是很讨厌划船时最初的那一小时，因为他的身体会抗拒头脑下达的命令。但一会儿后，身体活动开了，旅程中就有了些享受的事。最初的痛苦不易察觉地转化为有节奏的刺痛，需要划桨的动作给予其坚定的抚慰。每划一次都会带来痛楚，但哈利的身体沉迷于随痛苦而来的力量感。动作开始时，他可以感受到手臂与上半身的每一块肌肉、每一根肌腱，能够将它们统筹起来，伸展某些的同时收紧另一些。他可以在每次划动中获得力量，再以最顺滑、轻松的动作与之配合。他的脑海中再也没有思虑与担忧；当他的身体完全主宰了这条伐木船，操控它在急速流动的河水中随机应变，以最省力的方式上行时，他的思绪便飘到了遥远的山间，攀上杳无人烟的国王河河谷，翻越提普卡纳高原上的遗迹，横穿克罗蒂镇的旧址，深入琳达镇，再来到遍布怪异、秃颓丘陵的采矿小镇昆士敦——那里曾覆盖着密集的雨林，如今却因为一团团从铜矿熔炉中升起的浓硫烟脱去了一切植被。那些烟饱含重金属物质，郁结着肮脏的财富，张开死亡的拥抱，触抚着下风处的丘陵与山峦。他的脑海中映出那些仿佛流着脓液的河。当雨水落下（雨几乎从未停歇）时，它们会化作一道道如绿脓与血浆般色泽俗艳的细流，沿那些悲伤的丘陵一路流下，再折回昆士敦镇上，回到帝国酒店，流进格温妮的双眼中——那双眼睛曾引诱他来到酒馆后巷；她允许他触碰她的乳房，然后向他索要五便士作为这点乐趣的报酬；那些河，流进了那双幽暗而空洞的瞳孔，什么都不说，掩蔽起一切；那些河，越过了它们之间空茫的宇宙，回到了斯特拉恩码头，就在那里，当他在那个清早的晨雾中起航时，一头垂死的海豹倒卧于附近的礁石。据说，溺亡者的灵魂会停栖在海豹身上，因此艾丽姑妈以前会来照料它们，怕万一哪只就是吉米·兰金——他在“地狱之门”被海浪拍下船去；或是罗恩或杰克·霍华德——一年前，他们在格兰维尔港置放龙虾网时，距离一阵强风太近，他们的捕虾船便像玩具般被巨浪卷起，掼在礁石上。哈利的思绪继续漂流在“鹰涧”。它从戈登河流出，越过艾略特岭的一侧，流下富兰克林谷，涧底的岩滩上有大片红色或棕色的滚圆河石，当阳光穿越茶色的河水照耀其上，便为河床染上一层美丽的玫瑰金色。

伐木船拐过一个弯，哈利随挥桨的动作，发出粗重而规律的呼吸。桨架间刺耳的刮擦声与他喉间沙哑的喘息分享同样的痛苦，同样的决心。他的目光像点缀在青灰色戈登河两岸的白色革木花一般四处飘荡，未聚焦在某处，却将一切尽收眼底。他看到远方一片片烟从低处升起，然后慵懒地向下游飘散。烟。篝火。他沿河向上望去，视线搜寻着，找到了他熟识的事物：那座直伸到“约翰爵士”瀑布下面、年久失修的栈桥。他看到两个，不，三个男人走下河岸，向他挥手。是斯麦格希、老杰克和老波。老波是伐木工之王。哈利把船划到栈桥边，起身系好船。他年轻的四肢修长精瘦，肌肉尚且不多，像根绳圈一般放松开来，抬起，摸索，攀出船去。几人互相寒暄了两句，一个接一个大口喝起哈利带来的朗姆酒。哈利告诉他们，自己打算上划到简恩河去，跟诺里·海德尔一起干活。“那个该——死的简恩啊，”老杰克转着一根烟，摇着低垂而满是发楂的脑袋，用力吐出他最喜欢的那两个音节，“该——死，要上到第二个峡谷呢。”哈利知道老杰克在说什么，他已经听过这个故事无数次了。“我在那里给乔什·纽顿砍树，那得是十三年前吧。我还有好多木头在那个峡谷该——死的瀑布上卡着哪。”

哈利在那里过了夜。尽管夜空璀璨，四周寒冷，他们还是在外面生了火。“波不喜欢待在屋里。”斯麦格希说。老波坐得离火边缘很近。南水青冈的叶子在火堆上升腾的热气中缓缓飘舞。几个人都不怎么说话。“美国佬的那些牛仔电影里，”过了一阵，斯麦格希说，“大家总喜欢围着火堆说个不停，好像真有那么多话可说似的。我可不知道他们有什么好说的。在这里可是没什么好说的。这里什么也没有，只有一片死寂。”老波凝望着火焰，用棍子拨弄着炭块。哈利在老波肩上拍了一下，想让他坐过去一点，好再用比利罐烧点水泡茶。老波转过身来看着他，映着火光的眼中有一种极度的恐惧。他看着哈利，然后蜷作一团，从火堆边滚开，狗一样哭号起来。

“别管他，”老杰克说，“自打战后从日本人的战俘营回来，他就不大对头。”

“他一觉得受不了，”斯麦格希说，“就会一连消失好几天，过几个月以后，你才会听说有探矿人在‘法国人帽’，还是佩德尔湖，或者‘自由点’路附近看见他了。反正就他妈在西南边吧。鬼知道他去了哪里。”斯麦格希拿起已经喝干很久的杯子，把茶叶往火堆上一抛，站起身来。“一进该死的雨林，他就疯了。”老波像胎儿一样躺在篝火的光晕边缘，狗一样抽泣着，好像觉得谁会来踹他一脚似的。水烧开后，斯麦格希递给他一杯茶，另一只手环住了这个颤抖的老人。

“老毛病罢了，”斯麦格希对老波说，“没别的，伙计，你就是精神太紧张。”

我望着哈利，他次日的旅程还算畅快。沿戈登河上行，有半天时间里他没见着一个人影。他划过戈登河与富兰克林河的交汇点，然后顺着富兰克林河继续向上。他划过了“金字塔”岛，河水变得越来越浅，流速越来越慢。他划过维兰达峭壁，从那里望向高处，能看到新涨起的洪水里沉积着新鲜的浮木。他又经过一段锯齿状的石灰岩壁。挨近壁顶的地方，一根又长又粗的柏树干插在石孔中摇摇欲坠，是被洪水像穿针引线一般冲进峭壁里去的。哈利惊叹地大笑起来，继续划行。他向上游到达了大瀑布，在那里穿上装备，开始拖着船前行。

天开始下起毛毛雨，哈利拽过一块防水布盖在包上，又在背心外面套上羊毛法兰绒上衣。他走过“恶魔之孔”，来到另一条布满卵石的激流上。河水飞快地从石块上打着漩流过。他把船带到岸边，以尽可能快的速度划过旁边的漩涡，然后带着首缆①，跳下船来。他沿河岸向上游走去，蹚过没膝深的激流。他顺着激流走过大约二十码，又转弯走进浅滩，在浅水里挑了处稳固的立足点，面朝下游，开始拉绳。他颇有技巧地扯着首缆，把船拉到了水流中间，最大限度地降低了它被岸边横七竖八的原木撞翻或卡住的可能。然后，他开始以缓慢的节奏，像是跳起某种祭祀之舞一般，把船朝激流上游拉去：先伸直一条手臂拽住绳索，再缓慢而有力地扭转躯干，直到前面的手臂向后贴上腰际，而后面的手臂向前沿着绳索完全展直，做好拉下一段距离的准备。我充满敬意地看着他让伐木船在激流起伏的浪头上灵巧跃动。

① 又称“艏缆”，多见于救生艇等船舶的头部，用于防止船舶后移或船首向外偏转。

有东西让哈利抬起头来。那里，在下游一百码处，在一根南水青冈歪斜欲倒的枝条上，一只海雕迎向他的视线。哈利停下了拖拽的动作，身体凝固在原地，一只手臂直直地伸展开，另一只手臂停在这套循环动作的终点。是海雕。艾丽姑妈热爱海雕。她告诉哈利，它们是家族的守护神，家里人必须善待它们，哈利祖先的魂灵会附身海雕，回到这个世界。

突然间，那只海雕从树顶一头栽落。落到一半时，自由落体的动作骤然变为滑行，而这滑行径直冲向哈利，扑向他的面门。而正当哈利以为那鸟要用爪子抓他的脸时，它又突然向上冲去，只留下一团锥形热气在打着旋慢慢攀升，一圈圈慢慢扩大。它在空中伸直双翼，看起来没费什么力气，仅用羽翼与身体最轻微的颤动来调整上升的角度。哈利注意到，它的左翼少了两根翼羽。

如今，尽管它已经飞离了他的视野，他知道，海雕的目光始终沉甸甸地压在他身上。

哈利，童年时

海雕冲入白色云层，我眼中的幻象消失了。我疯狂检视着云层，其下的世界渐渐隐去痕迹，而云层逐渐幻化作一个大雪覆盖的乡村。一时间我不知道自己来到了何处，但接着，我明白了眼前的这条路起自帕拉迪斯，在通往比尤拉和下比尤拉的路途之中。这条路通常悠悠长长，草木繁盛，郁郁葱葱，但在这个晚上，这个深冬的雪夜里，这条路一片雪白，无法通行。这是哈利·刘易斯出生的那一晚。因为暴风雪的缘故，人们没法请来医生，帮助哈利来到人世间。

我的幻象仿佛寻求庇护一般，从外面寒冷雪白的世界，飘进了大雪之下静谧树丛中一座零落而粗糙的木屋。木屋的三个房间里数那个狭窄的厨房最为暖和，哈利的母亲罗丝正躺在其中，因分娩的痛苦而喘息号叫。厨房一头，火堆愤怒地燃烧着，发出噼噼啪啪的声音。火星从桉树柴堆上升起，飘进烟囱。罗丝的丈夫波伊[①]·刘易斯——他一辈子都被人这么称呼——自己动手帮她接生。等她终于娩出胞衣，他把两个小身体放到了她的胸口。一个死去的男婴，和一个活着的男婴。罗丝躺着，身下是一块铺在开裂发白的地板上的毯子，她听着外面夹杂雨雪的风在巨大的桉树枝杈间肆虐，想着，那是世界上最悲伤的声音。

罗丝给那个死去的孩子起名叫阿尔伯特，活着的孩子叫哈罗德。第二天刚刚拂晓，甚至早在附近蓝色的群山被第一缕冷冽的天光描摹出轮廓之前，我就看到波伊·刘易斯出门去，埋掉了那团庞大的胞衣，他觉得它像一份巨大的羊杂碎。他走出十码远的地方，找到一棵银纹环绕的桉树，把他已经冰冷发青的儿子埋了下去。他填好坑洞，原地站了片刻，什么也没想。然后他跪了下去。他们没想到会有两个孩子。医生什么也没看出来。所以，他想，他本不该有如今的心情。但他们的的确确是有过两个孩子的，只是其中一个已经不在了。波伊·刘易斯摇摇晃晃地站起来，转过身，慢慢走回了家。

那以后的每个冬天，无论多么寒冷，无论雪有多厚，那棵桉树都会开满一树繁花。过了一些年月，那树变成了一种地标般的景致，又过了一段时光，人们已能预想到它的独特花期，因而慢慢地对此

① 原文“Boy”，意为“男孩”。

习以为常，直到再也留意不到它。只有养蜂人会抢着把蜂巢挂到帕拉迪斯那棵于冬季开花的桉树下，因为没有哪里酿出的蜜能像它的那样香甜浓稠。

帕拉迪斯的那棵桉树长在果戈岭的背阴处，波伊·刘易斯曾去那里捕猎沙袋鼠。波伊也曾和他兄弟乔治在“无别处”附近捕过一次，但在那之后他们就闹翻了，而且走去那边也实在太远——至少波伊是这么告诉哈利的。捕猎时，波伊会一连离开好几个月，就住在积雪的野外高地上，在他自己用比利国王松[1]搭建的小茅屋里。

我旁观着，继续看着哈利·刘易斯一点点长大。我看到，哪怕在幼年哈利面前，他母亲的身形也看上去那么瘦小孱弱，从哈利有记忆以来，她就一直疾病缠身。她的身体和它要被役使去做的那些事是那么不相称：她要承受繁重无尽的家务活，把一个个孩子带到世上来的苦楚，以及她努力张罗、借以养家糊口的缝纫与熨烫。我看到哈利在罗丝难得有空温柔地抚摸他时躲闪了，因为她粗糙、生茧的双手刮擦着他属于孩童的柔软肌肤，令他厌恶。后来，他将为自己不曾希望被那双残破而美丽的手抚触而惭愧终生。在她生命的最后几年里，她的身体散发出一种疾病带来的窒闷气味，就算在每星期洗完澡后——清洁问题对她而言事关尊严——哈利还是会震惊地发现，那气味依然盘踞不散。无论她清洗掉了多少，那气味都只会越发浓郁，陈腐衰败，令人恶心。在哈利的记忆中，母亲的形象总是苍老的，甚至像是远古遗物，尽管他十岁时她也不过才三十五岁。她枯瘦的面庞布满刻痕。她脸上的肉并不像普通人那样落为弧线，构成浑圆的整体，而是被拉扯得扁平，让她看起来——至少在

① 塔斯马尼亚特有树种，树干结实且少有分枝。

哈利眼中——隐隐有东方人般的线条。罗丝的发怒已是家常便饭，这时哈利会跑出家门，冲进树丛，但他从来没有感到害怕。只有当她终于精疲力竭，暂停下手里永远看不到头的活儿，瘫坐进起居室里那把老旧的赤褐色扶手椅，她那双浅淡的绿眼睛茫然失焦，手指失神地扯着扶手垫里露出的马毛线头，每当那时，哈利瞥见的是母亲身上那种彻头彻尾的绝望，而这着实吓坏了他。家里的壁炉架上有张老照片，照片上哈利的母亲还是个小姑娘。那张相纸已经变黄，被虫蛀得布满斑驳，折卷得厉害，几乎已经立不起来了。它似乎只想倒下，卷成一束，连最微小的风都能把它吹翻。照片背面有一行粗大饱满的笔迹，写着“罗丝八岁时”，棕色的墨迹已经干涸褪色，就像很久以前溅上的血。照片上的罗丝看起来漂亮，柔和，无忧无虑。哈利有时会把那张照片取下来，用手指抚摸着它，对着那深褐色的人像悄悄诉说自己的秘密。他时常想，眼前这个快乐的孩子身上究竟有什么，在与自己那郁郁寡欢的母亲遥相呼应，又是什么令她们分道扬镳。

哈利生于塔斯马尼亚岛北部，果戈岭潮湿的背阴处，每当母亲说起她的出生地——南方里士满气候干燥的乡村时，他总无法产生共鸣。罗丝总喜欢说，里士满的居民懂得尊卑之分，而她的家族在那里备受尊敬，因为她母亲是个有文化的女人，能以优美动人的语言讲解《圣经》，并与一些音乐家往来密切。不仅如此，她的外祖父耐德·奎德曾在澳大利亚本岛的帕拉马塔小镇上担任镇长。对比之下，帕拉迪斯一带的人们普遍粗鄙不堪，有些甚至会在他们称作“家”的简陋小木屋里，公然谈论起他们因犯罪而被流放到这里的祖先。他们通常将木屋安置在围马场，场内树桩林立，体积大得无法拔除，只能等数年甚至数十年后它们自己烂在地里。这些谈话会让罗丝怒不可遏。她向来会抓住一切机会提醒当地人，她的家族尽管穷苦，却从没有辜负过他们身体里来自坚毅的自由民的血统。“人应该努力让自己变得更好，”她喜欢这么说，“所以他们告诉别人自己的祖先是罪犯，自己贬损自己，到底有什么意义？”

罗丝坚信，世间最耻辱之事莫过于罪人后裔的身份，而在她的家族里，她不是唯一持有这种观点的人。罗丝经常提起，她的家族在里士满地区算是有头有脸的，这令她感到自豪。她的众多兄弟姐妹中偶尔会有一个来到帕拉迪斯，看望她与波伊。她家的男人们行为举止都轻柔细致，他们会带来雪利酒，打开右上角以斜体镌刻着他们姓名首字母的铁盒，递上特制香烟。他们在霍巴特有一份做文员或教师的工作，有一种自命不凡的气质，就像狗总会带着虱子那样——无意冒犯，只不过在说明他们身上简单的某种本质。兄弟中最大的阿尔伯特是位神父。波伊最喜欢的是奥尔斯滕，他们都叫他鲁斯。罗丝说鲁斯是个音乐家，这话不假，只不过就像罗丝提供的关于她家族的其他信息一样，只体现了一半事实。另一半波伊则从杰克·洛奇口中得知——洛奇与他一起捕猎，在他和罗丝家里见到了鲁斯。“音乐家个鬼，”杰克告诉波伊，“你那个小舅子在霍巴特的‘蓝屋’就是个敲键盘的。我去的那个晚上，他喝得烂醉，弹琴的时候得叫德怀尔太太的一个姑娘扶着，才不至于从凳子上滑下去。”就连鲁斯也逃不过他们家族的弱点。他会一边啜着雪利酒，一边大谈那些名门望族又有了什么新动向，奥康纳家在本汉姆如何度过了不如意的一年，博柏利家又要如何扩张……如此这般，他以一种熟稔的口吻滔滔不绝地谈论着那个世界，而他言指的对象，对他这样一个每晚在霍巴特码头的妓院里弹琴的男人，只可能投以鄙夷的目光。

我可以告诉你，让一个溺水的家伙目睹他家族可悲的往事在眼前一一铺陈，这可远不是什么轻松的事。毕竟，让我目睹，就意味着我同时在将这一切转述给你，就好像我同时身兼导演、放映员与观众三职。而我不能确定，是否该以这种方式泄露家族的秘密，就算对象是身陷水窟的我自己。无论是刘易斯还是柯西尼家族，甚至只在自家人的口耳相传之间，都将忠诚自诩为家族品质。也许我仅仅旁观着这些，就已成为一个可悲的浑蛋，因为我看到什么，就会立刻知道什么，而我的所知即为你所知。我看到的是，罗丝的姐妹们都像罗丝一样有着一头充满活力的红发，也像罗丝一样，性格中有苛刻的成分。当青春的欢乐光辉渐渐暗淡下去，这一点便越发明显。波伊学着去尊敬她们，却永远也无法由衷地喜欢她们。随着年龄渐长，她们越来越固守于自己所相信的种种。她们像罗丝一样，渴望受人尊敬，但她们却将其等同于一定程度的教育，和一种让波伊忍俊不禁的奇怪口音。她们会去喝茶——一种必须在起居室进行、看似优雅但免不了僵硬又别扭的仪式——噘起嘴唇，把上唇推成“V”形，尝试着用比她们在厨房里说话时高半个八度的声音，来把她们通常发音干瘪的元音送气得丰满起来，不厌其烦地努力着，却从未成功过。她们挤出的词语滚落到地板上沉积起来，像泄了气的气球般在起居室的地上滚动。姐妹们的谈话包括认识的神父和从未得见的主教，但主要还是关于里士满，以及在那里陪伴她们长大的人们。对其中的一些，她们谈起时满怀爱意，而对另一些——比如普罗科特一家，镇上的面包师——她们则恨得咬牙切齿。这对她们而言很罕见。毕竟，奎德家的人虽然十分记仇，但对礼节尽极讲究。而且她们相信，悄悄嘀咕一些恶毒的念头无伤大雅，公然诋毁任何人却是粗鲁之举。然而，在提到普罗科特家的人，尤其是他们家的长子埃里克（如今镇上的当家面点师，提到他只需说一句“揉面的普罗科特”）时，她们会毫不避讳地表露恨意。这曾经让波伊很是不解。直到某天晚上，罗丝喝了两瓶雪利酒加一些威士忌，然后向他娓娓道来：当她们奎德姐妹们还是孩子时，每逢礼拜天，她们会坐着平板马车从农场前往里士满镇上的教堂。当马车慢慢驶上镇子的主干道，“揉面的普罗科特”会带着一群闹哄哄的孩子追着马车尾后的尘土，齐声喊道：“罪犯！罪犯！罪犯！”而那时，她们的母亲只是目视前方，仿佛她帽子上细致的线已经将她的世界封闭隔绝。

“他们为什么总那么做？”罗丝透露这件事后，波伊追问道。

“这个嘛，”罗丝说，“对一个骄傲的自由移民家庭来说，还有比这更大的侮辱吗？”

夜里某些时候，哈利会听到母亲在梦中哭泣，他想，到底是什么样的噩梦让她如此悲伤？

尽管罗丝常常谈到她的父母，事实上，和年长她十岁的鲁斯不同，她对他们的记忆已经很是稀薄，因为她的母亲杰西·奎德在她三岁时便死于肺结核。罗丝的父亲乔治不打算承担起责任，照料罗丝和她的三个哥哥埃迪、阿尔伯特和鲁斯，以及两个姐姐西莉亚和芙洛拉，因此，是杰西的姐姐艾琳和她的丈夫特隆斯（对于名字大家只知道这些）——一对没有孩子的夫妇——收养了杰西的遗孤，待他们视若己出。乔治去了澳大利亚本岛，四年间音信全无，再回来时已经和一个名叫莉尔·温特尔的年轻女人结了婚。两年过后，乔治和莉尔发现他们无法生育。既然无法延续自己的血脉，他们便开始频频拜访艾琳和特隆斯。乔治逐渐找回了和孩子们在一起的感觉，就好像是他们的父亲一样——当然，人人皆知，论及血肉确实是，可精神上却并非如此。这样过了数月后，他向艾琳和特隆斯宣布，他要把罗丝带走。他虽然没对艾琳和特隆斯明说，但事实就是，他对男孩和罗丝的姐姐们没有兴趣。“先看看罗丝跟莉尔能不能合得来，如果行，我们再把其余的带回去。”他告诉艾琳。这话几乎让艾琳伤透了心，因为她已经和所有孩子产生了感情，尤其宠爱罗丝。她也清楚，乔治永远都不会回来接走其他的孩子。他和莉尔·温特尔只是想要个漂亮的小女儿罢了。罗丝被乔治带上双轮马车，坐在他身旁，马匹艰难地拖着车，从里士满回贝勒里夫的漫漫旅途中，她哭了一整路。

“有什么好哭的？”乔治问道，“你现在要回家了，知道吗？”乔治用胳膊揽住她，微笑起来，毕竟，她确实是一个漂亮的孩子。

乔治领她进家门，莉尔也满意地笑了。“她可真美，看啊乔治，她的眼睛跟你的一模一样！”罗丝什么都知道，这让她哭得更凶了。然而，把女儿带回家，这也未能改善乔治酗酒的恶习，他和莉尔开始激烈地争吵。吵到最后无法收场时，他们决定离开塔斯马尼亚，责怪这地方是他们一切不快的根源。

“我们一走了之，不会有任何人知道我们和这孩子后来怎么样了，”乔治说，“这不就让艾琳和特隆斯恼火死了？”他们定了去悉尼的船票，而就在开船的前一天晚上，特隆斯姨父出现了，要求把罗丝带回去。艾琳继承了家族中通灵的一面，有些特殊的本事。她右手食指上长出了一个疣，让她预感到将有不祥之事降临在罗丝身上。她嘱咐特隆斯，必须去把罗丝带回来。乔治不想交出罗丝，但他当时醉醺醺的，又不如特隆斯健壮，于是在随后的扭打中被击倒在地。莉尔全程都在尖叫，不停尖叫，但她实际上仅仅朝特隆斯扔了一个花瓶，还没能砸中他。罗丝坐在特隆斯姨父身边，在回里士满的车马途中依然哭了一路。但他们没有在里士满停车，而是继续朝东前行，这时她停止了哭泣。当马车沿着那条车辙深深的老路向阿瑟港缓缓驶去时，她不再感到难过，而是陷入了困惑。特隆斯驱车穿过杳无人烟、林木繁茂的福雷斯蒂尔半岛。罗丝每每转身向后看，都仿佛看到那些参天巨树正在身后层层合拢，吞没着他们走过的这条狭窄的小径，直吞到他们头顶的月亮和星星。特隆斯继续驱车直下鹰颈峡，那条连接塔斯马尼亚主岛与塔斯曼半岛的狭长土地。在那里，一棵古老而巨大的杏树在清晨投下的长长影子之下，矗立着一座年久失修，半木质半砖瓦的建筑。它是曾经的军官营房，过去那条臭名昭著的“狗链”存在的最后遗迹——那是一条长度足以横跨地峡的链子，上面拴满饥肠辘辘的野狗，若有任何犯人从阿瑟港的那座大流放营里逃了出来，就交由这些野狗将他们撕个粉碎。如今，这些零散的军事建筑被改建为一片略显简陋的住宅，住在这里的特隆斯老朋友——科斯蒂洛一家——把罗丝藏了起来。

艾琳在里士满不断祈祷，不会有坏事发生在罗丝身上，甚至寄钱给法国的一些宗教圣地，请那里的人一起为罗丝祈祷。乔治跑来找艾琳和特隆斯，威胁、吓唬他们，却未能得逞。于是，他去霍巴特雇了一名律师，希望借此找到罗丝并带她回去。待在鹰颈峡的罗丝被这个古怪的地方吓得经常哭泣。她害怕夜里突如其来的巨浪拍上脚下荒凉的沙滩，海水的轰鸣如同嘶喊，好像女人被扼住咽喉，好像袋獾闯进菜园啃食卷心菜和大黄茎。鹰颈峡不是个能让罗丝感到丝毫快乐的地方。她终日啼哭，还在断奶后第一次尿湿了裤子，而这件事激起的羞耻和恐慌又让她哭得更加厉害。

一天，罗丝在距离菜园数百码的沙丘边玩耍时，发现了一块奇形怪状的骨头，对羊骨来说太大，也不像她见过的任何牛骨。孩子们把它带回了家，科斯蒂洛先生又把它送到了奴比纳的警察那里。起初，他们认为这块骨头属于某个几十年前死在越狱路上的倒霉犯人，但前往沙丘挖掘一番后，他们找到了不止一具骨架。所有骨架都摆着相同的姿势，膝盖蜷到下颌骨下方。从霍巴特博物馆赶来的科学家下了定论：这是土著人的埋骨之地。自此，罗丝的噩梦里有了一个反复重演的定式：骷髅们从沙丘里展开四肢站起来，追逐着她，一路将她赶回莉尔和乔治在霍巴特的家。她仓皇奔逃，而它们尖叫，声音和夜色里的袋獾一模一样。

对罗丝的所有权之争即将进入听证程序前的寥寥数日，艾琳的祈祷似乎终于有了些效果。乔治的律师被人发现脑浆尽迸。据说是自杀。就连特隆斯也被吓得不轻，终其一生他都爱念叨：永远别把艾琳逼急，不然当心她祷告得太狠，要了你的命。没过多久，又爆出了莉尔的丑事：她跟一个驯马师私奔去了西澳大利亚的卡尔古利。乔治没了钱，无法继续追究下去，只是酒喝得更多了，几个月以后他也离开了塔斯马尼亚，据他自己说，要去悉尼。在鹰颈峡的罗丝对这些事毫不知情。所有人都觉得不适合也不应当告诉她。哪怕乔治已经离开，特隆斯和艾琳依然让罗丝继续躲在鹰颈峡，一年后才敢带她回家。于是，她继续去地峡远端的那所小小的学校上课，继续在广袤空旷的白沙滩上和几个当地孩子玩耍，继续聆听大海潮起潮落，继续思考自己的生命是否会比那轻轻涨起又突然拍落的海浪更有意义，继续怀疑自己是否注定要在这个远离兄姐的荒凉地峡度过余生，直到某天，特隆斯终于乘着马车出现。

哈利从未见过特隆斯，后者在他出生前几年就去世了。在他的记忆里，艾琳是个麻雀般瘦小的女人，长着巨大的亮粉色鼻子，松弛的皮肤耷拉在鼻子两边，脚指甲是羊皮纸一般的黄色。这些记忆来自罗丝每年带着哈利回里士满与艾琳共度的假期，结束于哈利六岁那年艾琳的去世。艾琳的房子里很暗，充斥着苯酚皂和久置面包的气味，因为她像家族里的所有女性那样，随着年龄渐长而越发严厉刻薄，吃得很少。她在晚年变得尤为虔诚。哈利记得，那时假日里的大部分时间，他都要和艾琳召集的其他老太婆们一起跪坐咏唱《玫瑰经》[①]，帮她祈求上帝的宽恕。

艾琳的葬礼是霍巴特大教堂里的一场盛会。里士满镇上一半的人似乎都来了。神父开始宣读《圣经》，天突然下起暴雨，雨重重地打在教堂顶上，经空阔穹顶的放大后，淹没了神父的声音。哈利抬头朝天花板看去，发现墙壁顶端有什么在蠕动。是一滴滴猩红色的液体。哈利伸手拽了拽罗丝大衣的袖子。“妈妈，快看墙，”他悄声说，“墙在流血。”罗丝没有抬头，而是低头看向哈利。但就算她斥住了哈利，其他刚听见了哈利在说什么的人也抬起头，看到此时，沿墙壁正往下淌着更黏稠、更大片的红色液体。就连那些穿着他们最好的便服来参加葬礼的神父，也在抬头目睹后丢掉平日里的严肃，开始指指点点，交头接耳。当屋外的风雨愈加猛烈，惊雷不断，如

① 原文“The Rosary”，其名称来源于拉丁语，于15世纪正式颁布，是天主教徒用于敬礼圣母玛利亚的祷文。

注大雨冲刷在教堂顶上，墙上的血也流得愈发汹涌，直到那墙壁看起来就像在经历一场大出血。这群哀悼者无论看向哪里，那地方都在汩汩冒血。时不时地，有血落在神坛右边靠墙摆放的青铜烛台上，落在燃烧的蜡烛上。血流到了耶稣受难像上。血落在圣母玛利亚的雕像上，其中一缕自脸颊滑到唇边，又从唇边滴落到她张开的手掌上，让她沾染上食尸鬼般的面目。

然而，最奇异的景象在于神坛后那座巨大的十字架。起初，只有一点血小心地——看起来甚至庄严而崇敬地——滑过救世主被钉住的右手，再由此轻柔地滑落到地板上。这场面如此忧郁，完美地契合了雕像所展现的那种崇高的、重塑的痛苦。而接下来，暴风雨下得更加猛烈，那血在雕像的头顶溅开，灌流过他的身体，直到整个十字架如同被血洗过一般。血就这样冲刷过十字架上基督的全身，让原本木僵着的雕像宛如正在经历一种极其直接、极为可怖的身体痛苦。在哀悼的人群之中，惊恐的哭声开始蔓延，一些人不敢继续待在这里，顺着过道四散逃跑，但大部分人依然留在原地，被这种奇观震住了，惊叹压倒了恐惧。而当雨终于停歇，墙壁上的血流开始放缓，间隔着才会落下一滴，这时神父伸出了双臂，说道："让我们祈祷吧。"大部分人都认为，自己刚刚目睹了一个奇迹，印证了罗丝所信奉的《旧约》。因此，当后来有人告诉他们，教堂里的那场血雨，其实是屋顶上未完成的修缮作业的杰作，这些人并不肯相信。修缮屋顶的工人在风雨骤至时丢下了红色染料，才使得它顺着屋顶被疏通过的沟壑肆无忌惮地流淌下来——跟一个奇迹相比，这种解释实在没有说服力。于是，那个故事被人不断提起，在转述中添油加醋，最终变成了一树枝繁叶茂的传奇，让半个镇子的人信誓旦旦地声称，自己当时就在葬礼现场，亲眼看到了基督流血的情景；另一种说法则遗失，湮灭，很快就再也无人提及，毕竟，没人愿意听到那样的解释。

艾琳壮观的葬礼导致了两个出人意料的结果。其一，那座教堂成了本地的某种朝圣之所，人们甚至把一些奇迹都归功于它的神力。这座教堂新获得的地位让它的管理者们如芒在背，却也没法公开地大加反对；其二，已经逝去的艾琳被抬举到了某种当地圣人的地位。而这显然夸大了她的美德，毕竟她本人不时暴躁凶狠，永远刻薄难处。然而，虽然她在世时的本性与圣人大相径庭，还执着于跟任何人、所有人唱反调，但在去世后，她却对这些强行安在自己头上的美德保持缄默，因此，关于她的善良与慷慨的传说不断发扬。这让波伊觉得很有趣。他可记得艾琳对食物是何等吝啬，也记得她身处恐惧时有多么愚蠢糊涂。

在那个山火频发的一九三四年，一场烈火包围了里士满，艾琳把她能找来的全部当地孩子召集到家里，郑重地告诉他们，世界末日即将到来。屋外，空气极度灼热，大风抽打着小火星，卷成烈烈炎风，在干燥得遇火即燃的灌木与牧场间蔓延。当大火劫掠过一片前所未有的广阔土地后，天空灰尘密布，整个镇子笼在一层浓密的烟尘之下，假如傍晚的日光没有从那层厚重、黑暗的灰幕底下斜射进来，这里看起来就像处于深夜。艾琳待在家里，关上了全部门窗，在令人窒息的静止中，命令孩子们轮流朗读《启示录》中对世界末日的描写。哈利当时就正在艾琳这里度假，被艾琳从街上给逮了回去。一起被抓的还有麦奎尔家的孩子，格林家的几个孩子以及朱诺·普罗科特。哈利不太相信事情真有艾琳说得那么夸张，同时还很好奇，在渐渐变暗的起居室外，乌黑天际下噼啪作响的风里，散发着浓重气味的烟尘中，究竟发生了什么。于是他说自己只想出去确认一下世界末日正在到来，因为一旦它真正降临，他绝不愿错过分毫，趁艾琳还没拎住他的后颈，哈利和朱诺·普罗科特赶紧跳起来，跑出了后门。

哈利十岁时，罗丝为生黛西难产而死。对于她的死，哈利是唯一感到意外的人。因为他过去把罗丝身上那些迹象认作正常和健康，但其实它们意味着，罗丝将不久于人世。

葬礼开始前，男人们围坐在起居室里的棺木四周，喝着啤酒；女人们则坐在厨房里喝茶。两边都没什么人聊天，因为在罗丝不算长的一生中，并没有发生多少值得谈论的事件或趣闻，她的死也并不能让人们从中感慨起某种命运的相通。她的早逝倒是让人们想起一些事，而这些事不会给任何人带去称得上快乐的感受。她的死让他们意识到自身的拮据，不过是一群为生活疲于奔命的人，意识到无休无止的工作如何侵害了他们的身体，折损了他们的寿命。她的死让他们意识到，他们的生命如此贫瘠，一如那种偶尔给孩子们果腹的、用袋鼠尾巴和土豆熬的糨糊。这里连哀愁都不够丰饶、不够极致，不像那种当某个年迈的本土名流去世时可能勾起的哀愁——那种感觉像是重重压在起居室里铺蕾丝的餐具柜上，如一块蓬松蛋糕顶部的凝脂奶油般浓厚。

过了一会儿，男人们起身向波伊和他们一家告辞。女人们打扫了卫生，把孩子们哄上床，接着也离开了。最后，只剩波伊和鲁斯坐在起居室里。鲁斯拿出一只锡制的小小扁酒瓶——波伊能看出，它和鲁斯那个一角刻着斜体姓名首字母的烟盒是配套的。鲁斯把瓶里的威士忌一半倒进自己的空啤酒杯，另一半倒进波伊的空啤酒杯。波伊啜着威士忌。鲁斯却没有喝。他用右手拇指的指甲刮擦着上门牙，然后开口了。

“你觉得罗丝家里只有我一个人来了，是因为其他人拒绝参加葬礼。因为他们觉得罗丝嫁低了。”

波伊抬头看向鲁斯。“没有。”波伊说。

“你有权这么想。”鲁斯说。

“不，”波伊说，“我没这么想。太远了，从里士满到这里。他们还有工作，还有家庭。我懂。”

“他们能来的，”鲁斯说，“只要他们想。但他们就是群势利眼。你知道的，波伊。这事不需要我告诉你。但你得理解。”

波伊看着鲁斯，发现他并没有动啤酒杯里的威士忌。他看到鲁斯看着的是他，不是啤酒杯也不是地板，于是他想，自己应该可以有话直说。波伊开口的时候没有任何怨怼之气，甚至也没有苦涩，有的只是一种特定的深沉悲哀：罗丝走了，他感受到的委屈再也无法得到弥补。波伊说得很慢：“你说我得理解，这是什么意思？我没什么可理解的。他们觉得我什么都不是。好吧，他们说得没错。我是没用。我冬天抓袋鼠，夏天打谷子，工闲的时候去别人地盘上偷打点野味，来填饱家里人的肚子。我没什么可自豪的，但也没什么可羞耻的。”

鲁斯看向波伊，后者身上破旧而廉价的正装还是第一次世界大战前流行的款式，看起来也不大合身。看着他右臂上围着的宽黑纱，看着他粗大、扁平的手指摆弄着啤酒杯，看着他稀薄的中分黑发。

“你得理解，”鲁斯说，“我们为什么这么势利眼。”

“好吧，这我理解，”波伊说，“有人脾气坏，有人懒到骨子里，有人势利眼。什么样的人都有。”

“可能是吧，”鲁斯说，“也可能不是。”他停顿了，然后在那张扶手垫里溢出马毛的椅子上向前探了探身。“听着。罗丝有没有告诉你家里的事？我家里？”

“嗯，她总说。说你们都在干什么，日子过得怎么好。说个不停。”

“但她提过我们的外祖父老奎德吗？”

“没有，没怎么提过。倒是总提外祖母。不怎么说外祖父的事。”

“他是个罪犯。”

“谁？”

“耐德·奎德。罗丝的外祖父。”

圣母啊！

我能看出波伊感到震惊，但又没那么震惊。这不奇怪，因为我也一样。也从没人告诉过我这件事，但我就像波伊一样，感到自己仿佛一直都知道这个事实，只是从未怀疑过哪里不正常。从未思考过这个问题，却始终知道，这个家族的头顶上笼罩着某种重大的耻辱。

波伊的嘴唇翕动欲语，又停了下来。他嘟囔了一两个词，脸上横七竖八的皱纹开开合合，仿佛在解一道需要耗时良久的心算题，需要把此前种种各异的事情，加进一个他从未意识到的简单又浩繁的等式里。他发现自己还没给鲁斯任何恰当的回应，感到有些尴尬，于是开了个小玩笑，来为自己赢一点思考的时间。他举起酒杯，说：“谢天谢地，你给我倒了这杯威士忌。”然后他心虚地笑了一下，先喝了一口，再以更坚决的姿态一口喝光了杯中的酒。之后，他开始在回顾中历数那些形容可疑的躲避、自命不凡的态度、莫名其妙的倨傲、暗藏玄机的羞耻——凡此种种，他妻子的天性，他的无望之处，都与鲁斯所言相契合。他在脑中反复确认着这些证据，但能补充进来的都是和现有结论相关的更多事实，而无法得出以外的断言。鲁斯继续看着他。波伊扭曲的脸终于平复下来，他抬起头，再一次看向鲁斯。

“到底为什么……”波伊说，但他的话尾消失了，因为他确实知道到底为什么。他确实知道，这件事对她而言意味着什么。他也确实知道，对她而言，持续欺骗她自己和其他人是多糟糕的一件事。而更糟糕的是，她要如何一边回过头望向那无法开口、不可言明的阴影，一边还要吐出它的名字，甚至在与他人的交谈中若无其事地提起。“她到底为什么不……”波伊说，而他的话尾第二次消失了，因为他完全清楚这个问题的答案，甚至在鲁斯开口之前。

“她怎么会愿意让你知道？你流着罪犯的血，让任何人知道都没好处。谁还会看得起你？没人看得起虫豸的血脉。别人看不起你，你就什么都没了。别人看不起你，你就跟一条狗没两样。谁会给你一份像样的工作，但凡你有这么个*污点*？”最后一个词从鲁斯口中滑落时带着一种特殊的涩意，仿佛这个词本身便拴着锁链，必须费力从腹腔中召唤出来，而将它拖行至唇边的整个行程中，也在被它不停地抽打着喉咙与舌头。鲁斯喝了一口杯中的威士忌，以缓解这个词在他口中造成的痛苦。

“你要是待在高地捕猎，这事其实没什么，”他继续说，“但只要在其他任何地方，这就是天大的事。如果人家说你的孩子也带着污点，他们还能有什么前途？就跟垃圾没什么两样。背着这种过去的人没有未来。”

直到今天，我一直都对追溯过去没什么兴趣。过去的事已经过去了，这是我的座右铭。人还是要活在当下。鲁斯提起的那些黑暗过去已经没有意义了，早该被抛在脑后。但并非如此。过去并没有真的过去，不然我为什么只是看着鲁斯和波伊，就感到腹中又开始绞痛？如果过去真的不重要，为什么波伊会如此愤怒？

我看到，波伊如今得知了这个谎言。他痛恨它那样横亘在他与罗丝之间，让他的爱总也无法拉近两人的距离，让她的轻视永远如灰尘般落在她一生挚爱的身上，如此，他在与她的相处中也无可避免地沾染不幸。可他越愤怒，就越发想不明白很多事，因此即使他知道答案，还是问出了问题。

“那到底为什么，一个老罪犯的崽子们会变成一群该死的势利眼？”波伊问鲁斯。

“因为他们是老罪犯的崽子和他们的小崽子。因为我们要想得到点什么，就必须打造一个新世界，去换掉旧的。因为在那个旧世界里，我们谁都没有任何希望。这都是老艾琳告诉我们的。她说得没错。那么，如果想在那个新世界扎下根来，我们就必须学会带上优越感，端起架子——好吧，就那样吧。这个家族能白手起家，我打心里感到崇敬。因为你如果一无所有，却希望得到什么，就必须去假装已经拥有了全世界。”

鲁斯停下了。他曾经在德怀尔太太那里给一些挑剔的客人弹过琴，深谙如何利用意味深长的刻意停顿营造想要的效果。波伊抬头朝鲁斯看去，希望他能继续说下去，见他不说，就撇过头去。而后又转过脸来，说道：“但你不能一直不承认自己的血统。”

"为什么不能？你想想，整个国家都在这么做。我们假装自己是上流人士，可我们并不是。你觉得这么做不对。但你知不知道他们为什么把'范迪门斯地'[1]改名成'塔斯马尼亚'？他们希望所有人都忘记发生过什么，就是这么回事。所有人也都希望跟着他们一起忘记。无论是犯人还是警察，没人觉得自己的身份值得被记住。"鲁斯是受过教育的，他至少读完了高中。罗丝时常对波伊念叨，说鲁斯如果没有去追寻音乐事业，现在至少也能当个学校教师，毕竟他那么聪明。他爱读书，有超过五十本书，都锁在他卧室一口破旧不堪的绿色大行李箱里。波伊发现，对鲁斯说的话，自己远远组织不出水平相当的回复，但就算他无法吃透鲁斯的思路，并回以相当程度的高谈阔论，他依然感到——这就像他在看到一根木料时偶尔的感受一样，无须借助任何程度的教育，甚至不用把它拎起来检视，这种明了的感觉是那么强烈——鲁斯的逻辑中有些东西并不合理。

第二天早上，睡到很晚才起的鲁斯说他喝太多了，完全记不得昨晚的事，这时波伊明白了，自己的感觉是对的。

一条河能以一种既慷慨又可鄙的方式赋予你看到幻象的能力，可就算是身为丰水期的富兰克林河，也无法解释清楚一切。比如，它无法告诉我在罗丝死后，哈利的三个姐姐究竟被送去朗塞斯顿的哪些人家做女仆，甚至无法向我展现她们的容颜，而就像试图弥补这空白给我带来的悲伤一般，它告诉了我哈利尚在襁褓里的小妹妹黛西被送去了哪里——斯特拉恩镇，一个位于荒凉遥远的西海岸边

[1] 1642 年，荷兰航海家阿贝尔·塔斯曼发现塔斯马尼亚岛，将其命名为"范迪门斯地"，以纪念派遣他探险的荷兰殖民官员安东尼·范·迪门。后自 19 世纪起，该地被英国政府作为一块刑事殖民地专事关押流刑犯。直到 1853 年，英国才停止向"范迪门斯地"输送罪犯。

的小港口。黛西被托付给了波伊的母亲、黛西的祖母——她血脉纷杂的众多亲戚都索性只称她为“艾丽姑妈”。河水也无法告诉我，波伊为什么对该如何对待哈利感到毫无头绪，或者说，为什么当捕猎季一开始，他就迫不及待地带着哈利一起前去。而我只能猜想，他一定也看到了某些幻象，或是预知到了自己的死亡。

河水告诉我，这对父子花了两个星期打包好工具和食物，朝那座遥远的小窝棚进发。他们走过农场尽头，看到边缘处那些泥泞的小围场。它们归曾驻扎在这里的士兵们所有，那些人生活的希望比他们插在稀泥地里的围场栅栏还要低陷。曾经的草地被纽扣草长成的原野和灌丛所覆盖，再缓缓蔓延攀升，生发出一个满是铅笔松和比利国王松的令人惊叹的世界：宽阔、开放，散布着未经踩踏的成片苔藓，又穿插着落叶的山毛榉，以橘色为整个秋季谢幕。哈利从未去过捕猎的小窝棚。波伊第一次指给他看时，他感到十分惊讶。他们站在覆盖着厚厚深林的山谷高地，望着脚下一片小巧可爱的林中空地上，那座用劈开的原木搭建、以木板条为顶的小窝棚。雨水和日光给它全身镶上银边，攀缘植物的小卷须和一丛丛干枯的苔藓侵蚀进每一片木板。小窝棚左侧有一座更简陋的棚子，波伊说，那是储存沙袋鼠皮的地方。

哈利学会了如何沿着沙袋鼠的行动路径布下细铜线缠绕成的陷阱。他把线设得略高过动物出没的地面，几乎完全隐蔽。当一只沙袋鼠或负鼠从它们惯常的路线上快速跑过时，就会径直撞入陷阱。铜线圈立即沿猎物的脖子滑下，挣脱插在地里的钉子，崩入半空中，随着猎物绝望的挣扎和冲撞而越勒越紧。“但它们不会太痛苦的。”波伊对哈利说。但哈利一直不敢肯定这一点。挂在猎物肛口的小粪团和它们嘴边干涸的血痕意味着相反的结论。但波伊并不是滥杀无辜的类型，他们全家人在必要之外的杀戮时，都像烤肉滴落的热油一样绵软。波伊的兄弟乔治就会在火堆边上搭一条沾湿的树皮，好让柴火里的蚂蚁有路可逃，也只对必需的猎物开枪。哈利学会了迅速而利落地结果猎物。他还学会了炖沙袋鼠肉，知道细嫩的肉不能煮太久，否则尝起来会又干又柴。他学会了做他父亲最爱的食物——沙袋鼠肉饼，学会了用火堆烤出面包。他还学会了爱他的父亲。父亲此前在他心里始终是个遥远的影子，总是一连好几个月出门捕猎，或是开着巨大的脱粒机[1]辗转于一个又一个海滨农场，一回到家里就只会睡觉、喝酒、跟罗丝吵架，有时还会在喝得烂醉后打她。挨了打的罗丝会哭，而就连哈利也看得一清二楚，让她哭泣的不只是身体上的疼痛，还有与其等量的悲伤。她把孩子们搂在怀里，哈利的头会随着她的抽泣一起一伏，每到这时，虽然哈利还不能用适当的言语表达出来，但他实际上已能明白，她是多么希望她和波伊之间的关系不要这么糟糕，然而她也知道，这永远都不可能实现。

一起在小窝棚里生活和外出捕猎时，哈利发现波伊并不遥远，也不暴虐。相反，他安静、快活、温暖，乐于与儿子沟通。他会给哈利讲解各种兽类、禽类和植物的相关知识，在这里笑过的次数超出了哈利记忆中的总和。一个早上，哈利问波伊，他为什么从没带罗丝来过这里。提出这个问题对哈利来说理所当然，因为他觉得，如果他们能住在这里，他们的生活也许会快乐一些。“你妈妈为什么会想住在这里？”波伊反问道，对这个问题摸不着头脑。哈利再也没

① 能够将农作物籽粒与茎秆分离的大型机械。

提过这件事。

在某些晚上，哈利一边做肉饼，一边看着父亲把新剥下的一批沙袋鼠皮在壁炉内钉成一圈烘干。红色的火光在他瘦小精悍的身体上飘荡。哈利看着火光照亮父亲那瘦长松垮、垂盖住下身棕色破旧马裤的灰色法兰绒上衣，将它的纹理照成一道道古铜色的凹陷。火光有时会让他父亲的脸陷入全然的黑暗，却把亮光打在他身后的木墙上，于是哈利想象着，他的父亲彻底融入了那柔和的棕灰色调中，成为小窝棚墙壁上那些松木板中的一条。有时，父亲叫他去晾晒皮革的棚子里拿些木柴，他会照办，不过，每当煤油灯挂在他探出的手臂上，昏暗油腻的黄光拖出跳动的影子，他内心又总是充满恐惧。

那些影子，那些黏稠、湿滑的影子，此刻就在我面前舞蹈，像是那些被他们屠杀过的猎物失落的灵魂，在地狱里进行着某种演出，而透过那些负鼠与沙袋鼠潮湿的口鼻，我能窥见，又一个灵魂离开了他人类的肉体。但在那时，当然，事情没有这么直截了当、显而易见，尤其是对哈利而言。此刻我看着哈利，发现他并不知道波伊将于何时死去。整整四天里哈利并不知道，父亲站到了一棵腐烂的南水青冈下，风吹落树的一根枝干，他刚好倒霉地被砸得粉身碎骨。父亲死去的第一天，哈利正发着烧躺在床上，整日地犯恶心，汗流浃背。他在幻觉中看到，棚顶粗糙开裂的椽子上幻化出奇怪的形状，动物在跳跃，方头小船在空气里划行。波伊离开前，曾嘱咐他好好躺着养病，什么活儿也别干。“顶多给火添添柴，或者做些肉饼，等晚饭时候吃。”哈利一直躺到傍晚时分，然后起身生旺了火。他走到晾皮的棚子里，选了挂在烟囱上的三条沙袋鼠中风干时长最久的那条。那具尸体被烟熏得发黑。哈利从上面切下一条腿，带回窝棚里去剔骨，再把肉剁成泥。接着他煮熟几个土豆，压成泥，和肉泥搅在一起，又加了点培根和碎洋葱，然后忍着恶心，把混合物搓成十个球，再压平。他把肉饼和一些凝固的油脂放进平底锅里，但没有立刻放到火上，而是等待那标志着父亲回来的响动。天色暗了，过了好一会儿，哈利的不安变成了一种不祥而寒冷的恐惧。他只好把毛毯拉上来盖住肩膀和脸，缩回到属于病人的那种反常而势不可当的睡眠中去，才算勉强把这恐惧应付过去。

他醒来时周围一片黑暗。炉火早已熄灭。他看了看下铺，在那张被抻平充当床垫的粗麻布装糖口袋上，没有人躺在那里。他父亲依然没有回来。哈利再怎么努力都无法睡着了。他听着屋外落雪温柔的沙沙声，时不时地，又冒出一声袋獾的高昂尖叫，穿透力十足。最后，他坐起身来，点着煤油灯，坐在它微弱的光边。一直等到黎明来临，他才再次回到床上。那天夜里，他重新生起火来，只是这次他已经赶在白天就把足够多的柴火搬进了窝棚，不用再在夜里壮着胆子到黑漆漆的晾皮棚去取。夜幕降临前，他站在门口，呼喊着父亲的名字，但没有等来回应。他一遍又一遍地喊着，直到嗓子沙哑才返回到屋里。但他没有哭，生怕父亲会恰好在自己崩溃的那一刻走进门来，撞见他正在放声大哭。他再一次把放着肉饼的锅摆在火旁，守着坐好，准备一听到脚步声就把它放上去。没有脚步声传来，当晚没有，之后的一晚也没有。下了厚厚的雪。不停呼啸的寒风。第二天夜里，哈利通宵点着煤油灯。第三天他点到大半夜，在灯油所剩无几时熄了灯，好留一点等波伊回来时用。第四天早上，哈利的体温恢复了正常，高热退去，取而代之的是饿到身体早已辨认不出饥饿感时那种镇静的虚弱。尽管他的食欲远不如他想忍到父亲回来后的愿望强烈，但他还是感觉到自己必须吃点什么。他把四天前做好的那十个肉饼煎熟，越吃越急迫，一口气吃了个一干二净，接着又做好十个，全吃下了。这时他明白，必须得出门去找他父亲了。

他煮了几个要带在路上的土豆，放进一个糖口袋里。他穿起父亲那件泛蓝的外套，那是他父亲离开小窝棚那天脱下的，因为当时是个温暖和煦的日子，不像这一天的天气。他用一根细细的旧麻绳系住糖口袋，绕在身上，然后站起来，走到火炉边，撩起外套那羊毛毯般垂至膝盖的厚重黑色下摆，解开裤裆上的纽扣，朝着已经熄灭的火堆撒了泡尿。一小撮含氨的炉灰与蒸汽像蘑菇云一样升腾起来，就好像刚刚投下一颗袖珍炸弹。哈利系好扣子，让外套下摆重归原位，然后转身，走出了小窝棚。

一个半小时后，他找到了父亲，后者就在一条常走的捕猎路线上，被一截粗大的树干压着，已经成了一道僵硬的雪白色人形。食腐的袋獾吃掉了他的半张脸，啃烂了他的手臂与手掌，然而这并没有让哈利感到愤怒。世界就是这样的。这就是万物运行的规律，也正是这种规律让他们得以心安理得地打下嘴角带血的沙袋鼠。可是，就像沙袋鼠曾勾起他的恻隐一样，父亲的遭遇同样让他胸中激荡。他感到震惊。他震惊于在死亡之时，他父亲头上粉红色的骨头看起来竟和沙袋鼠尸体里的粉红色骨头那么相像；他震惊于活物何以被杀死，而死亡何以就无法回头。他折返回小窝棚，再回来时带着一根绳索、一把斧子和一把铁锹。他把压在父亲身上的树干砍成能用绳索拖走的小段，然后在附近找了棵瘦小、枝叶丛生的桉树——波伊最爱的树，挨靠着它，掘进积雪和冻得硬邦邦的泥土，挖出一个坑来安置父亲的遗体。这些事花掉了他那天的大部分时间。那天即将结束时，哈利再次变得虚弱不堪。他把遗体放进墓穴，用一些山毛榉细枝盖住那半张被啃噬得面目全非的脸，然后看着还完好的另一半，试图记起父亲的样子。可哈利什么都想不起来，而且，让他感到羞耻的是，他此刻脑中唯一的念头竟然是，那些小枝条盖在波伊质地和染色都很粗糙的羊毛衣服上，让他比任何时候都更像一棵树。尽管是一棵颓然倒下、残破不堪的树。哈利开始往墓穴里填土，起初动作缓慢，随后却越来越快，因为随着他身体的动作，他也感到自己的灵魂正被怒火所充盈。他爸爸为什么要这样做？哈利转而暴怒。这暴怒让他加劲把成堆的土凶狠地铲进坑里，直到他再也感觉不到尊敬或悲伤，唯独留下一种接近仇恨的感情。波伊为什么偏偏要站在这棵树下？他为什么要在生病的哈利卧床等他回家时，让这截树干砸了个正着？父亲为什么忘记了他？离开了他？背叛了他？这些话，哈利一句都没说出口。他甚至未能为这些念头组织好语言。但他就是感受到了它们的存在，感到它们像烈火般吞噬了他的身体。随后，那个墓穴被填平了，穴口被一锹土封好。而哈利的怒火就像他白雾状的呼吸一样，迅速而彻底地消散在清晨寒冷的空气中。他感到仿佛身体里什么都不剩了，没有爱，没有恨，甚至没有动弹一下的欲望。他朝着小窝棚往回走，但最多走了六步，就受到某种驱使，转过身去最后一次看向父亲的坟墓。他看到了奇迹般的一幕。那棵桉树伸展枝杈，绽开了一树柠檬色的繁花，六个星期的夏天被凝缩进了六分钟的冬日。

哈利摸黑回到了家。这一次，黑暗没有让他感到恐惧。没有任何东西能近他的身。他感觉自己就像成了父亲的鬼魂。

他直接上床睡觉，甚至没有生火。第二天早晨，他又切碎一些袋鼠肉，煎了十六个肉饼，吃了四个，把剩下的用负鼠皮包了，装进糖口袋里。他煮了十二个土豆，和肉饼放在一起。袋子里还有剩余的空间，他便塞进了一把火柴、一只烧水壶、一些茶叶和砂糖，还有一条毯子。然后他走出门，去晾皮革的棚子里，拿麻绳把三十六张沙袋鼠皮用波伊的防水布外套仔细包好，捆在背后。他知道，如果不背点东西回去，这趟捕猎就白跑了。棚子里还有上百张皮革，他需要多跑几趟才能全部带走，但他也知道，就算他只挑能负担的带走，也不会有人指责他偷懒或是玩忽职守。他知道他应该去拆除最近一次捕猎的陷阱，但他已不想再看到更多死亡。于是，他转而朝西北进发，走回有人居住、有农场和城镇的地方。

哈利在赶了一天半的路后，见到了他的两个叔叔乔治和巴吉尔。哈利还没开口，他们似乎就知道出了什么事。两人以一种此前从未落在他身上过的陌生眼神注视着他，仿佛他不再是个孩子，而是业已成年。哈利抬头看向这两个男人。乔治像波伊一样身材矮小，体格看上去宛如一座砖砌的茅房。巴吉尔瘦削但肌肉发达，像围栏上一根反复利用的铁丝一般坚韧，但在某些情况下会轻易折断。哈利日后大概就会长成他那般模样。巴吉尔绕到哈利身后，取下了他肩上的行装。“放下来吧，‘小鞋油’。”乔治说。“小鞋油”是哈利家的人根据他的脸色给他取的外号——他的皮肤非常黑，可能就是出于这个原因，和他黑得不相上下的巴吉尔曾说，哈利的脸看着就像用纳吉特鞋油擦过一样。

他们三个坐下了。有着健壮手臂和宽肩膀的高个子男人坐在一截落下的断木上，显得更高了；敦实有力的矮个子男人后背靠在木头上，显得更矮了；他们肤色黝黑的、介于男孩与男人之间的侄子坐在对面，一张脸上什么都没说，却昭示了一切。巴吉尔在右边裤袋里翻找一通，拿出个破破烂烂的铁盒来，从里面取出一包卷烟纸和一些烟叶。他把铁盒放在双腿之间，濡湿三张烟纸的边缘，再将它们排开贴在皲裂的下唇上，让它们像晾着的干净尿布一样垂下来，然后，再用很久以前被误砍下指尖的平秃食指，把烟叶在左掌上揉成三支。他逐个将烟叶裹进纸中，卷成烟。卷好后，巴吉尔把三支烟衔在嘴巴左侧，在靴子上划着一根维斯塔火柴，把三支都点燃了。他把一支递给哈利，一支递给乔治。他们坐在那里，享受着烟雾尽头小小的火光，每吸入一口，那种辛辣、潮湿、甜美的烟味就会充盈于口腔，再坠入咽喉，逸出鼻孔。他们没有看彼此，而是都直直看向前方或是脚下，直到乔治用他那悦耳又沙哑的低沉嗓音终于开了口。

他说："波伊呢？"

哈利转过身来看着乔治，他知道自己要想像个男人，就该说些什么，以及怎么说。他同时感到庆幸，这种回答能让他在感情与措辞之间留出余地。"有棵树。"哈利说，然后停下了。

一阵静默后，乔治说："好吧。"就好像只是赛马输了点钱，并对这点损失不以为意似的。乔治低头看向他夹在拇指和食指间的卷烟，那默默燃烧的一端被他护在扣拢的掌心里。他接下来的声音变得结结巴巴，轻如耳语，他说："好——吧。"就好像这是两个词语，两个他所知道的最为悲哀的词语。

哈利知道，他得接着说些什么。

"一截该死的南水青冈，烂掉了。"他脱口而出。如今他已经是个男人了，得到了叔叔们的尊重，被他们平等视之，可就在这时，他又突然多么希望自己能按感性的方式被对待——让他做回一个小男孩，抱着乔治的腰痛痛快快地哭一场。但那是不可能的。于是，他只能将视线集中在卷烟橙红色的火光上，猛吸一口，让它燃得更明亮，然后闭上双眼，等待缠成一团的烟在口中散开。他觉得他看到了母亲正朝他走来——这种感觉特别强烈——他听到她说："我爱你。"说完就离去了。哈利睁开眼睛，换上一种缓慢、安静的声音。

说："六天前的事。"

四

当然，我也许是疯了。那是一种可能，也是一种形式的希望。如果我真的疯了，这所有的恐怖不过是一种错觉，是神经末梢与电脉冲的错乱。但如果我头脑清醒，我便处于真真切切的痛苦中。身陷地狱。如果我头脑清醒，我正走向死亡，同时被记忆羞辱。因为我一点也不喜欢这流动水体的重量，不喜欢这条河展示给我的一切。我还是个孩子的时候，曾梦想得到一双动画片里的那种透视眼镜——能让你看到一只对着小鸟温柔低唱的猫在脑中将那小鸟烹煮，或者一个想捞钱的骗子告诉好心又富有的老妇人，他是多么喜爱她实际上糟糕透顶的厨艺。我曾经和米尔顿一起看这些片子，就在伯格斯电器店外的街上，看的是摆在商店橱窗里的那些气派的电视屏幕。当时我周围所有不曾享有这种新奇东西的人——在很长时间里，那意味着霍巴特的大部分居民——也都会驻足于此，在雨水、烈日或汽车尾气的洗礼下大笑着，品评着，还说人们很快就会对这种东西失去兴趣。如今，我的心愿已经成真，可我却宁愿它没有实现。这些幻象是我的透视眼镜——透过它们，我看到的不是表面上的真实，而是真正发生的事，剥离了所有令人眼花缭乱的虚假细节。只不过我现在看到的对象不是一只猫，或是一个滑稽的骗子。我看到的是我自己。而我并不喜欢看到这些。我不喜欢河水这般摇晃我的心脏与大脑，推动我的身体，强迫我打开一些我以为早已永久关闭的地方。

这是因为我可能是疯了，但我知道我没有。我也知道，我无法停止凝视此刻正注目的一切，那些发生在过去的事情——泪水灌满了卧室，漫进狭小的厨房和恶浊的浴室，再从那里流进其他卧室，流进起居室。泪水流了那么多，让我们浮泳，将我们溺毙。某一刻我打开了门，大坝崩塌，一条泪之河喷涌而出。河水将我冲走，冲进它汹涌的激流，冲过它疯狂蜿蜒的河道，漂尽我日后在这片宽广大陆上颠沛流离的十三年人生。

一条泪之河。

沿岸一小片河边沙滩上，我窥探到阿利亚什在沉睡。森林已经开始在清晨第一缕微光中幻化出白昼里的模样。湿漉漉的浓烈气息向我鼻端涌来，它来自潮润的黑土，来自濒死的森林。那森林将死而复生，重生为肥沃的腐殖质，以及或微小蜡滑，或硕大映光的真菌；重生为苔藓和微小细密的南水青冈幼苗；重生为泪柏，从崩解的潮湿腐物中破土而出，常被占水师择下一枝来探知水源；重生为叶枝杉幼树，像是被菜农栽种到此地；重生为细小的硬水蕨和顶端如同毛刷的老潘达尼斯树。就在此处，在河水的包围下，我能看到、感受到、触碰到的一切，都曾属于我刚刚逝去的生活。感觉好像我此刻就躺在那里，在阿利亚什身边，在那个仿佛如此遥远、让人无法相信仅过了三天的早晨。就好像我也开始把那个醇厚的早晨啜饮进我的身体与灵魂。阿利亚什坐了起来，看到垫在身下的这片滨水的白沙滩已被篝火烤干，并始终保持着干燥，而位于这一圈干沙正中央的篝火，已经燃褪成了一小堆热灰与几块焦炭。一只更格卢鼠在火堆边上搜寻蔬菜残渣，一感觉到阿利亚什醒来就立刻跳开了。阿利亚什翻了个身，俯卧着看向篝火圈以外潮湿的黑土，看着头顶与四周的晨雾，手指插进白色的河沙里触弄着，它们干燥而温暖。他灵巧地踢掉睡袋，赤裸着朝火堆走去，往上面放了几根丝线一般纤细的树枝。他噘起嘴轻轻地吹气，直到一丝火苗出现，开启了这个早晨。

第三天

那一天，他们旅程的第三天，众人继续划着橡皮艇，让它带着他们深入更遥远的荒野，继续体验着远离现代人类痕迹的日子。橡皮艇带着他们途经巨怪般跃出水面的大石，路过印着奇怪动物脚印的沙滩，听见风吹动蚌壳蕨，让它们像长在海底的海葵一般，以最美丽的姿态招摇荡漾。他的团员们看不见这些，也看不见很多其他的景色，因为他们只能看见自己认识的东西，而路遇的这些他们全都不认识。他们认得的少许东西，大多都在打包成蟹背似的、满当当的橡皮艇上塞着——他们的帐篷、干燥的户外服装和咖啡壶；还有一套套习惯和逻辑，用来肃清那些对阿利亚什来说形同爱抚、对他们来说却极具压迫性的混乱感受。他们感觉被这条河所吞噬，感觉他们经过之前的峡谷就是在被河流咀嚼，而现在沿着广袤无人的山峦继续行进，则是在它绵延不绝的肠道里横冲直撞，慢慢被消化殆尽。这种感受吓到了他们，这群远道而来的城里人此前只习惯于和人打交道；他们被吓坏了，因为在这个世界里，唯一能用来衡量的都是些非人造的东西——岩石、山峰、雨滴、太阳、树木和土地。这些感受都是这条河带来的，而到了夜里，它所带来的感受更加糟糕：最令人胆寒的黑暗，最为突然又永无止息的激流的噪音，树叶间呼啸的风，夜行动物移动时的窸窣声响。夜空中当然有星星，但它们所处的无尽天际没法给团员们带来慰藉，相反，它所指示的是一个对他们步步紧逼的世界，在这里，他们可能会失踪，再也没有人能找到他们，或是听到他们的呼喊。

团员中一些人变得安静了，另一些的话则越来越多。他们拍下像挂历上图片一样的溪水照片，还有他们喜欢的石块形状：都像人脸或人造物——一条船、一台机器或一座房子。总体来说，阿利亚什更喜欢安静的那些人。

一阵冷冷的微风从他们身边掠过，匆忙地预示冷锋将至的讯息，又像位年轻的宣战特使一样飞快溜走，快到团员们来不及领会它蕴含的信息，但这一瞬已足以让阿利亚什重拾警惕。

他们向前划去，路遇两个划手，分别乘着亮黄色和荧光蓝的皮划艇。两人介绍自己，一个叫吉姆，一个叫芬恩，昨天才从科林伍德河大桥启程。他们的皮划艇可比艰难前进的橡皮艇快得多，而且两人驾艇技术精湛，身手敏捷。他们就像水生动物般在河上轻松前行，像鼠海豚那样灵活挪转。两人和团员们聊了几句，表示打算今天就冲过“欺骗”峡，因为连日来的天气预报已经预告一股低气压将自西而来，他们希望在坏天气来袭之前安全划出峡谷。这两个人看起来有点醉了，其中一人不时从艇上抽出瓶波尔特酒，豪饮一口后递给另一人。然后他们随波远去，消失在前方的河道上。橡皮艇继续前进。

他们漂过“椽子”窄激流，作别芬彻姆峡，进入到名为“中富兰克林”的长长河段，此时，雨林渐渐消隐，让位给屡经大火后长出的更为低矮的灌木，都是有一定高度的桉树或银荆树。阿利亚什已经不确定他们到哪里了。他们刚行过在陡峭的山势梯级上拔地而起、引人注目的白色“耶利哥之墙[①]”，阿利亚什意识到他的团员们情绪不佳。天气寒冷，还下着毛毛雨，然而午餐后的这点雨没让河水涨高一寸。低水位让他们无法迅速前进。河水几乎无法漫过河中的巨石和原木，他们的橡皮艇不时就会搁浅。于是，两名向导得跳进齐胸深的河中，在巨石或原木旁抓住绕着浮筒的甲板线，随时调整着橡皮艇可伸缩的部分，让团员们聚到某一边，以体重配合着他们俩刺痛又酸胀的手臂，把橡皮艇解救出来，重新上路。这种在低水位的河床上行舟的经历，加上不断重敲在他们身上如同嘲讽一般的雨，仿佛是天上地下两个世界最糟糕部分的重合。经历了三天的辛苦划行，团员们已经筋疲力尽，他们想知道还有多久能到达今晚的营地。可就在这时，阿利亚什分不清他们身处何地了。又划了一个小时后，他们还是没能抵达，这下他才意识到，他们完全错过了营地。他刚才一直紧盯着河岸，希望能穿透迎面扑来的雨幕，看到那片上方探出一根原木作为信号的小卵石滩，在密集、潮湿的植被映衬中露出明晃晃的真容。但他不知怎么错过了它。也许在他离开的那么多年里，那根原木已经被冬季的洪流冲走了。

---

① 典出《圣经·旧约》，是传说中不可摧毁的城墙，后在以色列人进攻迦南的战争中，被上帝施以神迹震毁。此处指峡谷中一处特殊地貌，借此典形容其险峻。

当阿利亚什告诉团员们，他们得再划一个小时，才能到达下一个名为“霍金斯与迪恩”的营地时，他们的情绪变得更加低落。两地之间本来还有一个名为“拱廊”的营地可用，但在当年夏天，有报告说那里有大量黄蜂出没，便没人使用了。

他们又在傍晚渐长的阴郁气氛下沉闷地划了一个小时。这时，团员们的怨气已经变为一种能抵达营地就好的麻木的决意。阿利亚什扫视着河岸，抱着这次可别再错过的一线微弱希望。突然间，他向后靠去，反向划桨，让他那艘橡皮艇朝河岸靠拢。他指着河岸，朝“蟑螂”所在的那艘艇大喊。他们将两艘艇靠岸系好，阿利亚什便和“蟑螂”上岸看看情况，团员们则原地等待他们的探查结果。两名向导爬上陡峭的河岸，消失在雨林里。“蟑螂”意识到情况有些不对。通往营地的路已经没有了，营地也变得模糊难认，只剩一片高出河面十多米的平坦沙台。

“该死的，”“蟑螂”说，“这里好多年没人来扎营了。”这话不假。不过短短几年，雨林就夺回了曾被帐篷侵占的地方。一簇硬水蕨从一小片焦黑的土壤中钻出，阿利亚什认出，那里曾经有一堆篝火。黑木相思、芹叶松、南水青冈的幼苗与淡水蕨挤满了曾经被清理而出的空地。树木横七竖八地倒在曾被夷平放置帐篷的地方，躯干上冒出的新枝争相攀向遥远的太阳。

阿利亚什耸了耸肩膀。“这里跟峡谷中间没其他扎营点了，”他说，“我们在这里将就吧。”“蟑螂”对阿利亚什的这一选择很不满，阿利亚什发现了这一点，这只加深了他身上原本就萦绕不散的压抑。他看到，他对这条河的记忆，正一点点被河流自身孕育出的自然世界所毁灭。

他们爬下河岸，回到团员中，告诉他们，尽管这里的条件已经不适合扎营了，他们还是准备在这里过夜。

“明天呢？”希娜问。

“明天？”阿利亚什说，“明天的路就好走了。明天我们准备拿下个大家伙——‘欺骗’峡。”他停下话头。他看了看团员们，觉得应该说点什么积极的，来弥补今晚不得不在这种条件下扎营的遗憾。“瞧，”他说，“我知道今天大家挺累的。可低水位有个好处，就是明天我们过‘欺骗’峡的时候能轻松不少。反倒是高水位比较难过去。更危险。”他草草地比画了个形容低水位的手势，再给出一个夸张的笑容。他说：“但我们就不用担心这个了。”

阿利亚什说话时，希娜一直在用完好的那条手臂在水中前后转着她的桨。他说完以后，她抬起眼来，说：“如果河水涨了呢？”

我看着雨幕把这群精疲力竭、心情低落的团员模糊为一个个彩色的小点，散落在橡皮艇化成的大红点上；而疲惫又愠怒的向导们站在雨林里，更加容易辨认出来。其中一个是“蟑螂”，正朝下方看去，摇着头；另一个是阿利亚什，没有看向希娜，而是抬头看向乌云密布的天空，满面担忧，不想继续这个话题。然后，阿利亚什做了一件谁都没想到的事：他开始跳起一种疯狂的舞蹈，一种既像波尔卡[①]、又像澳洲布希舞的躁动之舞，他的四肢狂野地扭曲着，又放声尖叫，兴奋地欢呼着，在位于低处的团员们面前表现得像个傻瓜。团员们一个接一个地笑了起来。阿利亚什紧接着又极速冲出雨林，飞身跳进那条荒凉寒冷的河流，众人立即爆发出响亮的大笑，阴郁被欢乐一扫而空。

---

① 一种捷克民间舞蹈。

小阿利亚什

阿利亚什哗啦一声钻出河面，站起来回到团员中的那一瞬间，这群人凝固了。我意识到，与那时不同，现在的我不会再浮到河面上，也许再也无法张开我这张潮湿的大嘴，贪婪地大口吞下美好的空气。也许就在那块巨石上，他们依然半抱着期待，指望在听到一声尖叫后，转过身来就能看到，我在他们面前跳着一曲湿漉漉的波尔卡，好像一切都是一个不该被当真的玩笑的一部分。这种在客人们面前扮小丑，以求把他们的注意力从担忧上转移的手法可算是老把戏了。或者说，它甚至不算把戏，而是种认可，认可这整件事、整场旅行是如此精心设计，又如此愚蠢不堪，那么，只有愚蠢行径才是与现下情形唯一相称的回应。我想说的是，回首童年时代，为回击一个我觉得蠢不堪言的世界，我有意识地决定自己要一直扮演一个愚人的角色，从玛利亚·马格达莱娜·斯维沃用她那把绿柄菜刀切断我脐带的那一瞬开始，我就已经下定了结论：这个世界不值得我与之交手。

但那不是真的。真相是，小的时候我发现，我的伙伴米尔顿是个已成年的弱智，领先早期披头士成员好些年便已留上了他们的发型，但与米尔顿相处起来，比与那些据说是正常的孩子和据说很理性的大人都令我舒服。米尔顿有个大鼻子，比我自己的鹰钩鼻还夸张，模样介于混乱疯癫版的约翰·列侬和再机灵点的《活宝三人组》[1]里的摩尔之间。我和米尔顿会一起坐在霍巴特汽车站打发时间，看匆匆来去的人们急急掠过的鞋，他们的双腿匆忙地向四处奔

① 又名《三傻行大运》，美国经典喜剧，上映于 1930 年。

赴，去往那些对我们来说毫无意义和缘由的目的地。米尔顿会捉潮虫、蚂蚁和蜘蛛，我们把它们放进柴油动力大巴停靠点附近的排水沟里。我们会观察虫子慌不择路的滑稽动作，看它们四处乱撞，而它们朝哪里去都无所谓，因为会有一辆肮脏的大巴突然驰来，碾过虫子，永远地结束它们毫无意义的奔波。那时，米尔顿便会发出他那种有点像马喘的疯狂大笑，呼哧喷着气，还有些时候他会哭，除非我能找到更多新虫子给他观察。

关于米尔顿为什么智力低下，人群中流传着一些架构宏大、想象力十足的说法。有人说他是爱德华八世[①]于第二次世界大战期间某次秘密到访澳大利亚时留下的种。有人说他的祖先是一个受了诅咒的鞭刑执行人。有人说，在战争期间，他母亲怀着他时被政府抓去做了些秘密实验。至于我为什么也像个愚人，真相则更为平淡——我听力很弱，除了大巴发动机浑厚的振动声和米尔顿的大笑以外，我听不到多少声音，也就没法说话。

但这些念头在我看到幻象之前便出现了：一个满头乱蓬蓬红发的小男孩，独自站在一片柏油运动场的中央。这片运动场与他就读的公立学校毗邻，位于一条经过学校北界的高速公路下。这个男孩比同龄人瘦小，比在他周围玩着捉迷藏、“你追我赶”、橄榄球和“英国斗牛犬”[②]的孩子们都要瘦小。其他孩子的目光都落在彼此身上，而他的眼睛看向天空。我知道那个孩子此刻有什么感受，并不是因为那个孩子是我，阿利亚什，而是因为我正在看着的不仅是男

① 英国温莎王朝的第二任国王，婚后与一些已婚女子发生恋情，还因执意要与其中的一位成婚而自愿退位，是英国及英联邦历史上唯一一位自愿退位的国王。

② 学生常玩的一种追逐游戏。

孩阿利亚什的身体举止，还有他心灵与灵魂的走向。

男孩阿利亚什感到自己像个外来者。他感觉他身边的世界无比陌生。有时他闭上眼睛，再飞快睁开，就会发现整片运动场看起来满是不可思议的斜角。我说那是“他的世界”，但他感受不到这世界里有任何东西属于他。这里的全部属于所有人，唯独与他无关。这个世界尚未在他身边显露轮廓，他也尚未对这个笼罩在灰蓝色深邃穹宇下的诡异地方展露出自己的模样。他看着天空中的云，望着它们从他站定的地方顶上溜走。他想，也许自己能像漫画里的人物那样学会飞翔。他想，那可能只需要意志力与魔法，就像学习走路和说话一样，而这两件事他都记得很牢。其中，说话对他来说更难一些。没人能听懂他在说什么。他会说那些甜蜜、美好、有趣的事，可人们却会疑惑地看着他，接着露出怜悯的神色。他不想要别人的怜悯。他只想跟他们聊天。他希望被理解。过了一段时间，他掌握的词汇越来越丰富。这时他已会注意分辨词语在不同语境下的含义，知道一个词可能包含多种不同的意思，每个词都能成为一棵果实累累的树。但当他提问时，对方只会以疑惑的摇头来回答。哈利和索妮娅担心他们的儿子智力发育迟缓。

“可能没办法，他就是个残次品。”哈利某天说，就当着阿利亚什的面，他觉得以这孩子的智力是听不懂这句话的。*残次品*。别人无法听懂他说的话，这让阿利亚什变得暴躁易怒。他不时会暴跳如雷，尖叫着在地上打滚。索妮娅带他去看了医生。医生发现他的智力没问题，有问题的是耳朵。他的说话方式像智力障碍者一样，是因为正常说话的音量只能通过头骨的振动让他听到一些隐约的声响。医生说，他的听力问题是幼年一场被耽搁了的肺炎的后遗症。不过这孩子还没聋到完全听不到的地步，只不过他的语言表达受了严重影响。阿利亚什的耳朵接受了手术。手术成功了，他的语言表达得到了改善。

我看到，这个如今已经长大了些的男孩依然显得比同学们瘦小。我能听到同学们在对这个男孩说些什么。他们骂他“南欧佬[1]”“拉丁佬”“小混混”和“小犹太”。这些话刺伤了他，但什么都没有那一次伤人：他发现全班都去参加菲尔·霍奇的十岁生日聚会，只有他没收到邀请。四十一个女孩男孩。“但就是不请你，柯西尼。”菲尔的弟弟特里说。“我们不接待南欧佬，”菲尔的弟弟特里微笑着说，“尤其是拖着鼻涕的红毛南欧佬。”

这个小男孩迅速地明白了，他必须还击，哪怕要付出任何代价。哪怕他将毫无胜算，只会日复一日地，在午餐后带着被扯破的衬衫和带血的抓痕回到教室。因为他知道，当那些人慢慢地把他围在中间、开始朝他吐口水时，当他们对他推推搡搡、动作又变成落在身上的拳头时，他必须揍回去。哪怕他们已经把他摁在滚烫漆黑的柏油操场上，几个人摁住他，另几个人踢他；哪怕到了那时，他也知道自己依然必须用没被摁牢、暂时挣脱钳制的某条手臂或腿乱挥一气，必须战斗下去，因为只要他不放弃，他们就不会赢。日复一日，那些人围成一圈殴打他，挥拳揍他，踢他，朝他吐口水，喊着“更换机油啦！更换机油啦！”，把用来蒸金色薯条的白土豆泥抹到他颜色鲜亮的红头发里，喊着“变金毛啦！变金毛啦！”。但他从未认输，从未在那一圈人面前掉过眼泪，哪怕午餐后老师责怪他头发上有异味，在检查过他的头发后命令他立刻去医务室洗干净，摇着头

① 原文为“wop”，是对南欧人，尤其是意大利人的蔑称。

低声嘀咕着“这些移民的卫生习惯啊”；哪怕他的脸正在因为这心酸遭遇里彻底、极度的羞辱而火辣辣地疼，他也没有哭，没有认输。

另外，说来古怪，他也从未提到过，他其实算一半的塔斯马尼亚人。因为他很骄傲，因为他相信人们应该接受他真实的样子，而不是要他亮出体内的一半血统，去否定另一半。他只是拒绝接受他们对他低人一等的判断。他不是唯一一个被本地孩子们排斥的，另一个叫埃迪·海恩斯的孩子与他处境相同。埃迪也是个局外人。其他孩子叫他“黑鬼”，他便默默听着。埃迪看起来其实没那么黑，和阿利亚什差不多。“但我们对他们来说就是黑人，知道吗？”他告诉阿利亚什，“我不懂，我就是皮肤黑了点，跟他们有什么不一样？但他们就觉得不一样。”而他也像阿利亚什一样，似乎永远在跟学校的其他孩子打架。四年级时，埃迪一家要搬去北部，他办了退学。那天，埃迪的家人在整理行装，把东西搬上一辆老旧的奥斯汀汽车，而埃迪在阿利亚什一起玩。埃迪为接下来的旅途戴上了呼吸管和护目镜，说以免待会儿跟五个兄弟姐妹一起挤在后座上时，要闻一路他们放的屁。阿利亚什哈哈大笑。“再见了，兄弟。”埃迪说，他转过身去，消失在后座上乱作一团的孩子中间，又从行李架后面冒了出来，仿佛潜水钟[①]里的一个潜泳者。一个清晰的微笑挂在他脸上，即使隔着划痕累累的脏车窗和塞在嘴里的呼吸管也能看见。

如今回首，我的童年似乎是由一系列告别组成的。和亲戚们告别，他们要前往澳大利亚本岛生活和工作，据说那里的人们更快乐，相信明天会更好；和我的姑妈们告别，她们被埋葬进墓穴。这一系列告别都始于那一天和埃迪说的再见——目送他从后窗里伸出手疯

① 无动力潜水员运动装备。

狂挥动，而他的脸被护目镜挡住，让人看不清表情；又终止于和蔻塔·何的那次道别——那之后若干年，我不再是我自己。

埃迪走的那天，我心情极为糟糕，于是哈利决定带我去兜风。哈利的兜风总是漫无目的：说得更准确些，他只不过是开车在新修的主干道和高速公路上转圈，沿途景色只会让人更加沮丧。每个树桩，小围场里的每株孤零零的老桉树，每座荒废木头窝棚看着都像半醉的人（像“滑头鬼”特德那样），以各种看上去反重力的角度斜倚着，仅仅靠黑莓藤蔓和一种几乎是人类特有的坚毅在支撑着。但路上看到的每处景色，似乎都会让哈利一次又一次、不厌其烦地停车驻足。我们会一起从那辆破旧的霍尔登 EK 旅行车上下来——这里的“我们”包括玛利亚·马格达莱娜·斯维沃、索妮娅，还有总跟着我们的几个堂兄弟（我可从来不缺这种亲戚）——在路堑边上漫步，而后朝林间走去。这时，哈利就会说起这样的故事：

“虽然乔治叔叔本人没讲过，但我知道赛西婶婶总是……”

或者这样的：

“瞧，就在这里，你们的雷格叔叔因为跟伯特·斯密瑟斯一起在人家地盘上偷猎被抓起来了。雷格和伯特在法庭上装疯卖傻，把雷格的兔唇和伯特的腭裂好一顿夸张，搞得法官最后宣布他们都是弱智，用不着为自己干的事负责，把他们放了，然后……”

或者这样的：

“过了那些小围场，绕到本洛蒙德山后边，就到你们爷爷跟内维尔·图尔利住了两个冬天的那个山洞了，大萧条开始那会儿，他们在那边抓负鼠……”

这样的故事一个接一个。哈利的故事构成了一片光怪陆离的情景，你无法从美学角度欣赏，而是要去挖掘地表下的深意。那些新修的公路不是为这种旅行准备的，而就像哈利所说，只是用来以最快速度把你从 A 地运到 B 地的简单直线。他坚称，只有傻子才会在旅行时走这种路。过去的路是沿着旧车道建起来的，大多只是把土著人过去用的小径整修一番，又做了扩展。而那似乎是哈利最喜欢走的。但他还是勉强接受了高速公路，只不过会在最古怪的地点停车，下来聊聊发生在这里的事，比如，就在这里，身怀魔力的努恩神父曾当场定住了一个通奸的男人。哈利会说，那个人一直四处拈花惹草，当时，在他家那现已消失的小窝棚里，怒恩神父和那个人的妻子谈过了话，正准备出去找到她那不忠的丈夫教育一番，谁知那个奸夫竟心怀邪念地等着神父，手里攥着一把高举过头顶的斧子。就在奸夫打算像切瓜一样砍开神父的脑壳之际，努恩神父吐出了那句不朽之言："日落之前，不可动弹。"于是那个倒霉的男人果然被定在了原地，手臂和斧子都僵在头顶，直到夜幕降临。时至今日，那个倒霉鬼站立的地方依然寸草不生。每当故事讲到这里，哈利都会朝脚下指去，无比肯定地说，这里就是那片荒地。我们年复一年地回到这里，聆听着同一个故事，到结尾时一起朝脚下看去，注视着那片寸草不生的土地。

就在你以为这些故事已经全部听过的时候，你又会听到一个新的，但当然，它总会回到你听过的那些故事上。你对旧故事了如指掌，却似乎不是因为你想记住，或决定记住，而只是因为单纯的重复。有时哈利会讲起他在河上的岁月，而当故事滚雪球般越讲越多，哈利的形象也在其中更加鲜活；这些故事，尤其令还是孩子的阿利亚什心驰神往。

自然，没有路通往富兰克林与戈登河。几乎没什么方法能去往那么偏远的野外。但在阿利亚什七岁时，哈利曾带他到斯特拉恩，从那里乘坐汽船穿过麦考瑞港，抵达了戈登河下游。斯麦格希和两个同伴正在那边扎营，对下游的一些老松树林进行二次砍伐。哈利和阿利亚什在潮湿的雨林里跟伐木工们待了两天两夜，住在铁黑色的宽阔河水边上。伐木工们喝加了大量糖或炼乳的浓茶，谈论着这个行当已经无钱可赚，他们成了附近几条河上最后的一群伐木工人；又说这世界已经天翻地覆，不只是以河为生的人，就连河流本身，也已经走上穷途末路——河流之上，那些规模宏大的新修水利工程不停地设下一道道大坝，如今则更要砍伐灌木，以专门为水利工程委员会的调查员、地理学家和水文学家的勘测开辟路径。他们谈起老波，交换着关于他种种经历的讲不完的故事，包括他那最后、也可能是最伟大的一次（肯定是最有名的一次）——他和斯麦格希只花了二十四小时，就把哈利从富兰克林河渡到了斯特拉恩，而就在他们的船绕过转向点，斯特拉恩已映入眼帘之时，老波因心脏病发骤然离世。当我们也回到斯特拉恩，登上蒸汽拖船，看着一条载着泪柏原木的长筏在我们身后的浪涛里如毛虫般滑行时，哈利讲了一个故事，细数其中的每一个转向点、每一片小港湾和每一座岛屿。

故事，故事，又是故事。整个世界，整片土地，甚至整条河流都充满了这些该死的狡猾东西。

埃迪走后，我看到，阿利亚什在小学里始终保持着好成绩。我也能看到，这并没有给他带来任何好处。老师们觉得他令人头疼，很难应付。“他是挺聪明的，”阿利亚什无意中听到一个老师对另一个说，“但那种聪明没用在正道上。不服管。不是智商高，更像是在动什么歪脑筋。不知道你能不能懂我的意思。”小阿利亚什不懂。我看到，这个男孩不懂这些词句的字面意思，但仍能领会其中的含义：在老师们看来，他的聪明招摇得令人生厌。上高中后，他开始故意挂掉所有科目，但一定要在向老师们展示了自己的聪明以后。一定要在写了一篇好文章以后。或在老师眼皮底下飞快地答对全部数学题以后。为什么？他的老师们迷惑不解。此刻在这条河里，我很难看清究竟是为什么。但即使是要穿透流经我上方的千万升河水，我也能清清楚楚地看明白一件事：阿利亚什通过表演失败渐渐融入了集体。我看到他迅速得出了结论：表现优异只会招致憎恶，而失败者中却会存在一种战友情谊。这所高中初建不久，是为近郊这一大片在住房委员会的规划下，迅速达到饱和的年轻、无望的家庭准备的。出身于这些家庭的孩子们总体上对生活不抱一丝期待。他们觉得自己不会有出头之日。总体上他们默认自己的命运便是失业，受人摆布，目之所及唯有绝望。于是，在这所学校体面地生存下去的方式，便是将失败变成一种时尚，一种艺术形式。如果你本可表现优异，却故意显得糟糕，那就更好了。有些人的失败被赋予了英雄光环。比如斯拉特里，他能轻而易举地进入学校的田径队，是塔斯马尼亚高中联赛四百米项目的种子选手。比赛当天，斯拉特里在资格赛中跑到了第一。等到了决赛，他跑到三百米的标志处时，已经甩开最近的一名对手十米——他突然停住了，开始转身往回跑，跑过他身后的一大群对手，最终抵达了错误的终点，满脸洋溢胜利的光芒，得意地朝母校的支持者们挥动起他长长的手臂。老师们气疯了，同时也百思不得其解，为什么这些孩子欢呼着，大笑着，最后却泪流满面。但只有孩子们知道，假如斯拉特里跑赢了，那他就是在帮这个世界编织一个谎言，骗他们说只要付出足够多的努力，每个人都有机会成功。但他以这样惊世骇俗的方式输掉了，并把失败变为他们独有的胜利，他便因此将他们的集体命运转化为了一场狂欢，一次对根本无法理解这一切的老师们的挑衅。老师们问斯拉特里怎么回事，但斯拉特里无法用语言解释他的行为，一如孩子们也无法解释，为什么他们在斯拉特里的长腿开始向后迈开、冲进身后那群人的那一瞬间，竟那么兴奋若狂。他们只知道，在他们整段学校生涯中有这么一个瞬间，让他们对命运的不公提出了一次质疑。而成人们不仅不知道答案，甚至连他们在问什么都一无所知。但这些全都无法诉诸语言。也没有人尝试这样做。

这个小男孩不是一个像斯拉特里那样被尊为英雄的失败者。他不过是学校会在他毕业时庆幸终于摆脱了这么个人的、众多无声失败者中的一员。

离开了学校，也没有工作的年轻的阿利亚什，注视着壁炉台上哈利和艾丽姑妈的合影。那张照片对他来说没什么意义。他的家人或祖先中，也没有谁在他心中格外有意义。他还骄傲于自己对他们的全无了解。这样的照片被放在昏暗的壁橱中，藏于落满灰尘的昏暗房间里。而阿利亚什向来不是个喜欢待在家里东摸摸西瞧瞧的人。如今把大部分时间花在家里的人是哈利，他总是和“滑头鬼”特德在一起喝酒——特德的龙虾捕捞船被当局以偷捕的名头扣押，之后他便基本不再干活了。阿利亚什喜欢待在外面找点事做，且一度不怎么在乎这事是否合法，只要这么做能让他隐约感到，是在与生活沉重的脉搏共振。直到有一天，他的事让他栽了跟头，警察带来了传票，那种蓝色纸张的公文。阿利亚什只得一次又一次地出庭，有时是因为醉酒加寻衅滋事，有时是因为烂醉如泥；一次是因为醉驾，还有一次其实不算他的错，他只是留着那个女孩的手提包，结果被指控持有大麻。那次之后法官表示，他只要再犯一次事，就会被投进监狱。于是，跟“滑头鬼”特德在厨房里玩克里比奇纸牌的哈利抬起了头，放下啤酒杯，把烟卷从嘴边拿开，说阿利亚什不能再这样下去，他得换种方式发泄精力。

阿利亚什在球场上找到了事做。他在澳式橄榄球上一直有些天分，只不过在学校那种争相失败的氛围下没机会脱颖而出。他开始跟着南霍巴特预备队训练。到了赛季中期，他已经作为自由人获得了在高级赛事中定期出场的机会。进入高级赛事意味着能拿到一份稳定的工资，这一点对阿利亚什而言，比那些其他人热衷谈论的俱乐部八卦更为重要。球迷们喜欢阿利亚什。他们热爱他那一头会突然出现在视野里，独自跃上半空的长鬃般飘扬的红发。他们会叫他“红豹子”“伟大的柯西尼”和“阿里巴巴”。鉴于他那些电影时刻般的精彩进球，报纸戏称他为“费里尼·柯西尼”[1]，而对方球迷则会因此朝他大喊“八部半、八部半”。

我看到，那时我是快乐的，以一种明白快乐如流云般转瞬即逝的心态享受着它。我不再去看，转而开始思索。我的思绪如同执着的猎猪犬，把猎物压到地上后仍然拒绝松口，要求我回答它们不愿放过的问题。

我为什么接受了这份工作？

从我如今的角度，即一个即将溺亡的人的角度来看，既然溺

---

① 此处的“费里尼”指意大利著名导演费德里科·费里尼（1920—1993），下文提到的《八部半》是他的作品之一。

亡是接受这份工作的后果，那么这个问题并非毫无意义。我决定接受这份工作，决定将我自己放进这个环环相扣、终将驶向如今这危亡之境的列车里——这样一个决定，一定暴露了我心中自毁的那一部分，或者至少是有缺陷的那一部分。我究竟为什么接受了这份工作？好吧，“猪喘”打来了电话，我能说什么呢？

多年过去，我终于回到了家乡。能够回来，我实在很高兴。可我的快乐很快变成了沮丧。无论走到哪里，我总会听到同样的话：谁谁谁又渡过海峡，去澳大利亚本岛找工作了。这岛上没有工作机会。但接着，当我对这件事沮丧不堪时，我的朋友们会告诉我，这里从来都没有过工作机会。这座岛已经被压抑了一个半世纪。我回来几个星期了，连工作的一丝影子都没见着。可我又能期待什么呢？我还是个病人。虽然病得不算厉害，并非病入膏肓，但病毕竟是病。我仿佛得了某种永远盘桓不去的轻度痢疾，几乎无时无刻不在感觉腹内的虚软乏力。我的头也疼得厉害。头发长成一簇簇的，状况糟糕，我只能把它剃到尽可能短，于是发根变得尖尖的，让我看上去仿佛一头满背红刺的发狂的豪猪。事实上，我总感觉非常难受，难受到会无缘无故地哭泣，甚至在看到电视上一些灾难报道，或在街上看到某个母亲大骂孩子时都会哭起来。我需要某种货真价实的噩梦，但我不知道它在哪里，是什么，或者是谁。于是“猪喘”打来了电话。我能说什么呢？

我究竟为什么接受了这份工作？

谁都知道我多么反感做河流向导。我总爱聊起这件事，滔滔不绝地一通抱怨，好像永远不会疲倦似的。尤其是当有做这行的人在场时，只要有人愿意听，我就能告诉他们这份工作有多可怕，我多么庆幸自己终于逃离苦海。我没说过的是，我曾经也爱过它。我只会说本就微薄的薪水愈发少了，工作条件像十九世纪的壮丁一般，客人们——被业内人嘲弄地称为“主顾”——不是傻就是呆，要么就又傻又呆。我经常说，如果你年纪尚轻，又找不到更好的活儿，做向导也不是不行，但过了二十五岁，这工作就不适合你了。

那时我已经三十六岁了。

然而当“猪喘”打来电话时，还没等有机会开口说一个字，我就感到一股熟悉的兴奋感回来了。

我想最后带一次团。

而且，我想，我必须承认，那和蔻塔·何也有关系。回来的第一天，我曾漫无目的地走到了她家门口，但无论如何都鼓不起勇气进去。

现在我看到她在那场派对上，年满二十三岁，在多年前两人初见的这个晚上，一直站在小她三岁的阿利亚什身边。他每次走进厨房去再拿一杯酒，都能感受到她的视线正追逐着他。他从未被什么人如此赤裸而充满情欲地渴望过，这让他感到恐惧。他的确曾期待和幻想过这样的体验，可当这种事真的发生时，他只感到一股强烈的不安，觉得这样下去不会有什么好结果。他问罗尼想不想走，反正派对已经快要结束了。“走？为什么要走？还有啤酒没喝完哪。”罗尼用拇指捅了捅他肩膀，指尖正对着起居室的方向，“而且我觉得，有人今晚准备好拿下你了。”阿利亚什尴尬到难以言喻。他知道怎么应对女孩的拒绝——这方面他堪称专家——但女孩的追求，嗯，令他感到不安。阿利亚什回到派对上，蔻塔·何正在跟他的几个朋友说话，他则加入了房间另一头的一群人。他刚在那里站了没多久，她就走了过来。她平时不怎么抽烟，此刻却抽得很凶，话也说得飞快。阿利亚什为了掩饰自己的紧张，也开始和她搭话。他表演了鼻孔喷烟的小把戏，逗得她哈哈大笑，而她一开始放松，他也跟着放松下来。当他弯下腰——因为她比他矮——准备给她露一手别的把戏，把烟从嘴里抽出来时，他感到她的唇叠了上来。他感到自己的双唇回应、张开，感到她的舌头像一尾烟熏过的、湿漉漉的鱼，跃进他嘴里。他感到自己仿佛要跌倒，在电光石火之间打了个趔趄，然后恢复了重心，将她接住。他回抱住她，双臂环着她，感到她融进了他的身体里。

最后到了凌晨四点半，派对上的其他人只剩下五个。其中两人躲进了厨房；勉强算是醒着的罗尼躺在浴缸里，哼着 ABBA① 的歌，大口灌着一瓶白兰地比诺② 的最后一点残渣；余下还有两人，正衣衫整齐地交叠在起居室边缘的地毯上，干蹭着模拟交媾的动作，时而翻滚着将他们醉醺醺、懒洋洋的激情灌进半空的酒瓶，把瓶里的啤酒或果酒洒遍全身。似乎没人注意到他们，或者就算注意到了也不会表露出一丝在意。阿利亚什的头依旧很疼，他完全不知道该走还是该留。他已经和蔻塔·何在起居室里激情相拥了仿佛一个世纪之久，不确定接下来该怎么做。他意识到自己既没有经验也没有力气来做出决定。于是他说，他还是回家好了。蔻塔·何——她以后还会这么做——摇了摇头，抓住他的手，把他带进了自己的卧室。

他不知道这件事会是这样的。在他过去的想象里，他多少会是发起者与引领者，是做出每个重大与关键决定的那一方。而如今，

---

① 20 世纪 70 年代活跃的瑞典流行组合。

② 20 世纪 70 年代流行于青少年之间的廉价酒，可作为白兰地的替代品。

知道没有人期待他做到这一切，知道是她急切地渴望着他和他的身体，是她引领他体验这个晚上剩余的神秘，他感到一阵奇异的轻松。当他来到她的床上，当他感到她赤裸的身体贴着自己，当他嗅到从她双腿间升腾起的海洋的气息，当她引导他的手向下轻轻探寻海洋的秘密，他发觉自己竟然拥有一种如此精致而细心的温柔，这让他感到害怕，仿佛她开启了他灵魂中连他自己都不知道的某些隐秘部分。阿利亚什感到惊奇，他不久前还松弛而闲散的躯体，眼下正与蔻塔的身体如此激烈而有力地交缠在一起，这种惊奇如此深刻，使他再也看不到她的肉体，甚至也感觉不到自己，而是产生了一种错觉，仿佛两个人变成了两根不知动力来自何处的钢缆，一股不断翻滚的张力，静止，同时又涌动，扭结，包缠，被对方摇曳的力量相对弹开。这是一场对抗，也是一场共舞。当她引领这个过程，他便以一种挑逗般的姿态刻意跟随着她，这让他发觉他的身体响应的是她的欲望，而对他自己的无动于衷。他不再考虑，也不再关心自己，而是迷失在她的快感中，心怀感激。她仅仅希望他在这里，而不需要他主动做任何事。她开始叹息，他感到她的每股气息都如同一串灼热的花瓣扑打上他的身体，让他感受到大片的空虚升腾而起，令他难以承受，甚至在结束后，他仍然滞留在无可名状的焦虑中，颤抖不止。

蔻塔·何独自住在家族留下的老宅里。她似乎有着数不清的兄弟姐妹，他们和她共有一个父亲，却因为母亲各不相同，并不住在一起。从姓氏便可看出，他们的父亲老何有中国血统，不过东方传统似乎没在他身上留下什么痕迹，无论是生活习惯还是外表方面。他常说，他就像澳洲的炸春卷，已经全盘西化了。他个头矮小，但结实有力，长着一双为蔻塔所继承的褐色大眼睛。但他那头稀薄的金发，加上这双眼睛——他认为正是因此，自己对女人有着不可抗拒的吸引力——并非源自中国血统，而是过去留下的印记。

那么现在，我被冲刷进了何氏家族的过去。我本意非此，我必须澄清，老实说我没有兴趣看到这里面的任何一幕——但我刚刚获得这种见证过去的能力，这意味着那些已经去世之人的故事会如噩梦般压在我依然运转的大脑上。我试着让这一切停止，试着让大脑关注点别的，但没什么用，因为我当下看到的是何孙——何家的先祖，在维多利亚时代的一处金矿地带，一群醉醺醺的英国及爱尔兰淘金者正忙着把他捆起来。不。不。我真不想知道这种事。哦不！接着是他的儿子威利，在一八八五年墨尔本一家制造椅子的血汗工厂，试着号召厂里的华工结成工会。我看到本地的家具工会联络人（自然是个白人）告诉他，他们不想接受一群小眼睛的烟枪，因为黄皮佬的东方血统就已经注定，他们不可能成为合格的工会成员。我看到威利在若干年后出现在塔斯马尼亚东北部的加里波第，在这里，他被隔壁德比镇暴怒的失业者扔石头打瞎了一只眼睛，不过此外，威利几乎没再受到过种族主义迫害。威利年轻时读过狄慈根[①]和亨利·海德门[②]预言未来无产阶级革命的小册子。上了年纪以后，他在加里波第经营着一家杂货店，同时帮忙照看一所为本地华人开设的寺庙。他常常到那里祭拜，乞求他的神灵让人们关爱他们的同胞。

---

① 约瑟夫·狄慈根（1828—1888），德国工人哲学家，代表作有《人脑活动的本质》《论逻辑书简》《一个社会主义者在认识论领域中的漫游》《哲学的成就》等。

② 亨利·海德门（1842—1921），英国首批马克思主义者、社会运动家，代表作《英国是全体英国人民的英国》。

威利·何的孙子雷吉倒是爱他的一切同胞，尤其是其中的女性。说得更精确点，是他妻子以外的女性。他是个聪明活跃的家伙，常常前一晚刚和一个女人坠入爱河，海誓山盟，第二天又因为另一个女人而抛弃前缘。蔻塔·何四岁时，她父亲不计其数的外遇让父母分道扬镳，好在那时她已经从父亲（子承父业，也是一名渔夫）那里得到了“蔻塔”这个绰号。这个名字一是为了纪念虫子般狭长的长体蛇鲭[1]，雷吉那聊以糊口的收入大半来自它们；二是为了庆祝她从邻居的狗身上捉的虫子，她能在隔壁狗舍里打发掉大半天时间。这个名字给人的印象过于根深蒂固，连蔻塔自己需要在某些正式表格上写下她的教名“凯丽”时都得犹豫一下。婚姻破裂后，雷吉·何去了达尔文，在那里生活、捕鱼，并最终娶了一个提维岛民。之后有好几年，蔻塔假日里会去达尔文和父亲团聚，但到十几岁以后她便不再去了。蔻塔会和母亲与祖母老何太太一起待在霍巴特。蔻塔的父母离婚后，老何太太便再也不和儿子说话了。夜里，一旦老何太太做了祖先来找她的噩梦，蔻塔·何便会陪她一起睡。蔻塔·何十六岁时，母亲和祖母在一场车祸中丧生。她们的车在一个警示灯失灵的道口被火车碾了过去。

几个月时光过去，蔻塔·何讲了好多她过去的事。“我恨那个浑蛋对妈妈做的事，”她说，“我有好多他的照片，我都剪碎了。还有我们跟他一起拍的，我就只把他剪掉。”她停了下来。阿利亚什上上下下地打量着她的身体，看着她光滑的脸、耳后的绒毛、她的眼睛——那眼睛大得非同寻常，瞳仁是深褐色的。当她用那双眼睛看向他，他立刻明白，她全然而彻底地信任着他，这让他感到惶恐，

① 原文“baracouta”，一种大型海洋食用鱼。

因为他知道他无法回以同等的信任，终有一天会让她失望。她用那双大眼睛看着他，而他感到罪恶，虽然他不清楚那究竟是因为什么。他只能转开视线，看向别处。

阿利亚什第一次谈起了他母亲的死。他告诉蔻塔·何，他如何在某一天晚上发现索妮娅坐在她卧室的地板上，因为疼痛而哭泣。索妮娅告诉过阿利亚什，她快死了，虽然医生说那不过是胆结石，但她明白真相并非如此。她告诉他她爱他，告诉他这个世界一团糟，告诉他她爱他，她爱他。她把阿利亚什的头抱在胸口，哭泣着，越哭越凶，他感到她的眼泪打湿了他的头发，甚至溅上了他的脸。有生以来第一次，他感到恐惧从腹内升起，是那种无以言表、纠缠不去的深深恐惧。她的体重越来越轻，到最后只剩下四十公斤出头，仿佛一个枯瘦的壳体。当医生剖开她的肚子，准备取出结石的时候，他们发现了三个巨大的棘球蚴囊。他们成功地取出了两个，而第三个破裂了，可怕的棘球蚴幼虫散入了她的身体各处，去完成它们致命的任务。她不到半小时就断了气，连手术台都没能下来。哈利不再说话或大笑，有一段时间甚至停止了烧烤聚会。他喝酒的习惯更稳定了，或者可能会说毛病更糟糕了。阿利亚什对蔻塔·何说，嘴角微露笑意。

“他晚上一般都泡在酒吧里，或者去‘滑头鬼’特德那里边喝酒边打牌。如果在家里，他会什么也不做，就坐着，要多安静有多安静，在餐桌旁抽烟，喝酒，一句话也不说，哪里也不看。有时候，不过不算经常地，他会说：‘在学校怎么样啊，阿利[①]？’我会说：‘不怎么样。’他就会朝下看去，略微摇摇头，说：‘好吧，

---

① 原文“Ali”，是“阿利亚什（Aljaz)”的简称。

所以她才走了。’就好像他早就这么预料到了。‘对，是这样。所以她才走了啊。’然后他会狠狠抽一口烟，就像我们俩被困在那里，谁都没法逃离。我觉得差不多就是那样。是我妈妈让我们过上正常日子的，无论多苦，她都能让我们扛过去，因为我们有个目标，我们一家子能一起朝那里努力。可我们的家已经散了。我跟我爸爸再也不能朝什么地方努力了。我们只不过是一个悲伤的老醉鬼和一个越来越能惹事的孩子。这孩子惹的事越多，别人就越觉得他活该麻烦缠身。”

阿利亚什说：“从那以后，在学校里我的成绩慢慢不行了。有一天，一个老师揪着我的领子，训我说：‘你的问题，柯西尼，是你不把学习当回事。’我就说：‘知道了，知道了，先生。’但我其实想说的是，我再也没法把任何东西当回事了。”他看向蔻塔·何，她也正看着他，“自从我妈妈死后就这样了。但我没说出口。”

最后，他说：“我妈妈死后，你是我第一个开始当回事的。”

阿利亚什喜欢蔻塔浓密的黑发，喜欢她把它在脑后系成一束马尾的样子。他喜欢她的各种动作，也喜欢她身上的味道。他喜欢她戴的首饰，那些硕大艳丽的吉卜赛耳环，层层叠叠的手镯和链子。他喜欢她光滑的橄榄色肌肤，喜欢她的朝气蓬勃，也喜欢她对某些事的成熟看法。他喜欢在夜里看她熟睡，看她心形的脸被窗外街灯洒进来的光照亮，暗自惊叹，世界上的任何角落是否存在比这更静谧与美好的情景。他极为喜欢她，在很长一段时间里，他都在想，她身上到底有没有哪怕一处是他不喜欢的。他们相识后五天不到，阿利亚什就搬进了何家的老房子，他将在这里和蔻塔一起度过接下来的三年时光。

那三年——透过我面前这层折射光亮的河水看向过往，我得承认，那是我一生中最好的时光——蔻塔·何对阿利亚什而言是一个无穷的惊喜源泉。在他认识的人中，她对自身有着最为完整的认知。阿利亚什对自己是谁、能成为什么样的人几乎一头雾水，这让他在很长一段时间里都在怀疑自己是否有轻微的自闭倾向。她于他而言是一个奇迹。蔻塔·何完全活在她自己的世界里，用爱与惊叹去迎接其中微小的瞬间。他不断给她讲笑话和故事，一个月过去后开始发愁。她问他怎么了，他感到必须向她坦白，便说自己已经讲完了听过的所有笑话和故事，不知道该跟她说什么了。对他这样的话，她同样报以大笑，这让他如释重负，知道不到必要的时候，就不用费尽心思和她找话说。在他看来，她似乎懂得生命的意义，而他对此一无所知，但他很享受两人所处的状态，这能让他继续在心理层面上做一个孩子，仿佛她一个人的人生经验就足够维持他们两个人的生活，而这一点在如今的我看来，当然纯属错觉。她的确更坚强，也更坚定，让他感到自己就像一条浅浅的小溪，将泛着气泡的涓涓细流汇入一条大河沉静的水体，尽管他也不知道，这条大河将流往何方。她让他自惭形秽，他并不喜欢这一点，也不喜欢她会给他挫败感这个事实，然而与此同时，他不得已意识到，自己比预想中更需要她。

他们有时会去“咆哮”海滩，那里被荒弃了，只剩一些独自冲浪的人。在蔻塔·何的坚持下，他们两人也会在洋流交汇处流速飞快的海水中游泳，在海水撞击陡峭岸边形成的凶猛浪头上冲浪。尽管这让他感到恐惧，但他发现，只要一看到她大笑着从危险的大浪间冒出头来，恐惧便被迷恋压倒了。她身上有种堪称壮丽的孤寂气质，对于她的野性，他总是惊叹不已。

阿利亚什的生活开始渐渐有了轮廓。他冬天在职业联赛打球，夏天在富兰克林河上做向导，带着一团团游客，沿着旅游广告中“澳大利亚最后一条著名未开发河流”而下。这份工作是他经过南霍巴特的一个朋友找到的。它填补了一个原本无所事事的季节，也填补了其他什么——一种关于他是谁、是什么、在何处的感觉。虽然他说做这份工作只是为了钱，为了开心，但这话并不完全属实。有些时候，沿河而下的旅途终日阴雨，令人疲乏困顿，自私而愚蠢的主顾们只把向导当作夏尔巴人[1]一样看待。但另一些时候，旅途中天气晴暖，水位上涨，但不至泛滥，水流充足，又不会过于汹涌，再碰上一群好相处的主顾，漫长的夜晚里大家能聊得尽兴。当然，他那时在与蔻塔认真度日。日子时而艰难，常常还带些诡异。因为阿利亚什渐渐发现，蔻塔的性格中确实有些诡异之处。

曾经，雷吉·何走出婚姻前的那个周末，他给过蔻塔一口装苹果的木箱，里面是一堆旧海军信号旗，是船只在海上交换信号时用的。雷吉给每面旗子插上了木杆。他和蔻塔在后院里用它们玩耍，站在花园两边朝对方比画着传递信息。雷吉走后很久，蔻塔把她从箱底找到的一本小册子上的旗语背了下来。很多年过去了，这口盛着旗子的旧箱子成了她最珍贵的所有物，只不过我不清楚，为什么她开始在跟阿利亚什做爱时使用这些东西。我只知道，他们第二次上床时，她便开始用打旗语的方式来表达欲望。

她是怎么使用它们的？呃，我见过不少，其中大部分涉及一些本质上非常亲密的行为。我只能点到为止地告诉你，蔻塔会用旗语

---

① 散居在喜马拉雅山一带的民族，以协助登山队攀登珠穆朗玛峰闻名。

来向阿利亚什展示情欲，而阿利亚什通过那本被虫蛀过的小册子掌握了那些信息的含义。很难用几个词来表达一面蓝白横纹相间的旗子（本意是“我下面有潜水员，请慢速远离我”）或一面中间一道白杠的蓝色旗子（本意是“我着火了”）体现的情色意味，或是一面被对角切分为黑、黄、蓝、红色四块的旗子（本意是“我需要一艘拖船”）所传递的性爱信息，或是一面蓝底中央有白色方块的旗子（本意是“我的网缠到了障碍物上”）所隐含的肉欲满足。很难。更难以启齿的是去描述它们的具体用法，因为我本质上是个注重隐私的人。有时，阿利亚什会抗议说，他找不到能准确表达他身体欲望的旗语。“这种情况，”蔻塔·何会回答说，“就是语言的局限所在。”

蔻塔·何自带一种优雅，那是一种我非常倾慕的气质，因为在我身上，一丝优雅的影子都没有。即使她赤裸着坐在床上，空洞地盯着墙壁或看向更远处，她也依然是优雅的，而且她也明白，在试图解开她深秘过往的这痛苦一生中，优雅对她而言是一种救赎之力。她期待着也许有一天，自己终将发现那面能解答一切的信号旗，期待着墙上的灰泥中会渐渐浮现出一张脸与一具躯干的形状，接着是逐条现出的肢体，它们最终形成了一整具身体，覆盖着白色，从墙壁上脱离。那会是她的父亲。他会拿着那面旗子，把它放低，执起她的手，带她走回到墙里，他们会一起走入最后一程，从这里走到地平线上那片位于海天之间的地方，他们身影的色泽终将在那短暂的淡蓝暮色中一同消融。

对一个年轻人来说，那确实是种轻松的生活，如果不是因为他们同居的第三年里发生的那两件事——一件是悲剧，另一件不值一提，然而它们合谋毁掉了他们拥有的一切——那种生活本可以继续。不值一提的事跟打球有关。和蔻塔在一起后的第三年，阿利亚什犯了一个关键性错误：他开始对橄榄球认真起来，甚至希望能去全国联赛打球。他错在没意识到，虽然他技术不错，但单凭他的身高，全国联赛俱乐部的球探就不会有一丁点兴趣。而当他明白这一点后，他对打球的兴趣变淡了，甚至考虑了一段时间，是否该干脆退出这一行。但打球已经成为他的一种生活方式。对一个无业青年来说，它提供了一份工作所能给予的人际交往、规律生活和经济收入。因为它是一份工作，虽已经令他感到厌烦，但一份来自达尔文某家俱乐部的职业邀请仍是一个颇具吸引力的机会。只是蔻塔·何并不想离开霍巴特，因为她怀上了杰玛。

而后，在五月第一个星期二的清晨，五点到八点的某个时间，杰玛，我们完美的宝宝，亲爱的杰姆–杰姆[①]，我的宝贝，美丽的、美丽的小孩，在刚刚两个月大时，死在了她的婴儿床上。尽管思念与记忆徘徊不去，我却像努恩神父定住那个偷腥的倒霉丈夫一样，凝固了自己的记忆，于是在我的灵魂之中，留下了一片不毛之地。除此之外，我对杰玛的记忆一片空白。我如今已经可以这样说，是因为我对她的记忆仅剩两点：最重要的是她的死，最深刻的是她曾经活过的事实。

自然，杰玛的死改变了一切。蔻塔·何没有自欺欺人的本事：一桩悲剧对她而言就是悲剧，无可粉饰，是一份令语言苍白无力的无上重负。虽然她明白，这种经历本身终将被流逝的时间蚕食，可痛苦的感受却会始终折磨着她。蔻塔·何明白，这份痛苦只能由她

① 原文为“Jem-Jem”，“Jem”是“Jemma”的昵称。

一人承受，因为就算她爱着阿利亚什，这件事仍超越了他的想象极限，因为他的能力只够想象当前，而她的悲痛却只有在时光的长河中才能充分显现。她明白他们这番遭遇究竟有多么严重的意味，哪怕她还不能理解这件事；而另一方面，他却宣称自己理解这桩悲剧意味着什么，努力将其大事化小，想着它有朝一日会被抛诸脑后。因为在阿利亚什眼中，杰玛的死不过是一件需要绕行的障碍物，只要他一越过，它便再也不会跟上来了。

这些模糊的念头像船难遗留物一样四散开去，冲刷着我湿漉漉的肉体。更准确点说：阿利亚什是怎么淡化那次悲剧的？他假装那不过是蔻塔一个人的事。当我第二次观看这件事的完整经过时，我发现，最令人悲伤的，莫过于这种拒绝承认死亡与自己有任何关系的可怖行径。更准确点说：他的悲伤拒绝承认自身的存在，从而切断了通路。阿利亚什几乎没说什么，事实上，他越来越少谈论这件事了。就算提到，说的也不过是“生活必须继续”或“我们至少拥有过她两个月”这种不痛不痒的话。那些对蔻塔来说不可理喻，却似乎能让阿利亚什从中获得些许安慰的事；那些就像说得够多、便能抵御黑暗的咒语一般令他一再重复的事。有时，他试图表达对她的同情，便会给她一个他认为充满爱意的拥抱或亲吻，可她对这些表示憎恶。“我只是想对你温柔。”他抗议道。

而她爆发了：“那不是什么温柔。温柔是懂得尊重人，而你不尊重任何人。连你自己都不尊重。问题可能就出在这里。”

她那一个月里以泪洗面，又在接下来的六个月里始终悲痛欲绝。有一天，当阿利亚什毫不留情地斥责她一味自暴自弃，连正常生活都无法继续时，她看向他，突然间以一种他从未在她嗓音中听过的冰冷语气说："你根本不懂，对吗？"然后，她依然紧盯着他，而那种苦涩已然转变为对他的怜悯，她再次开口，声音放软了些，听在阿利亚什耳中，却比强硬时更令他毛骨悚然："你这个可怜虫。你就算想，也根本懂不了。"而他知道这话没错。

蔻塔·何继续说了下去："我曾经以为也许有一天我们能安定下来。就像那些有家庭的人一样，过自己的日子，有自己的房子，慢慢变老，变成坏脾气的老头老太太，但还是爱着彼此。在别人眼里他们是一对老古板，守着过去的日子、住惯的房子，看不起这也看不起那，可就算别人嘲笑他们也没关系。他们是属于那个家的。你懂不懂我的意思？"

那次对话后，厚重的沉默在阿利亚什和蔻塔之间滋长起来，最后到了阿利亚什无法忍受的地步。蔻塔·何那时心中满是悲伤，这悲伤逐渐淹没了他们两个人，让他们都再难承受。他们做爱时，她会避过脸去，尽管身体时常（虽然并非总能）回应着他，她的思绪却飘向别处，而且她几乎不再允许他吻她的嘴唇了。结束后，他总觉得仿佛自己对她做了什么不可饶恕的事，于是他会道歉，感到无地自容，尽管他无法用语言准确地描述，这份羞耻因何而生。阿利亚什对寇塔小心翼翼，还问她，他们是不是干脆别做爱了好些，而她说不，说她并不介意。可他们的性爱中深藏着悲伤。当他看到自己的爱抚竟好像烫灼着她的肌肤，落在身体上的每一下都在旧疤痕上横添新伤——他同样感到痛苦。他们都知道，这样的状态正在把他们的关系推向绝路，他们也知道，他们无力扭转这样的命运，只能被迫沦为悲剧的两个观众，麻木地旁观着自己的不幸。

杰玛死后大约八个月的一天晚上，他们在餐后洗碗时，他转向她："蔻塔。我想了很久。我想，最好的办法就是我走。"蔻塔·何虚弱地笑了一下，好像他说的不过是要去街角商店买牛奶这种无关紧要的话。

"好吧。"她说，"好。"然后露出第二次微笑，仿佛这件事对她来说没有任何意义。而当阿利亚什发觉自己对她的这种反应没有感到丝毫愤怒，却只感到一点遥远又飘忽的不可思议时，他明白，他们之间结束了。他们继续洗完了盘子，阿利亚什难得细致地把厨房打扫了个遍。他们上床睡觉，肩并肩躺在一起。他握住她的手，但她把手抽走了，交叠在胸前。第二天一早他醒来的时候，蔻塔·何已经起床了。他花了些时间在卧室里收拾自己的衣服，决定要带走哪件，丢掉哪件。他是在快中午时离开的，走之前在大门口吻了蔻塔的唇。这个吻仿佛出于礼貌，几乎称得上心不在焉，就像他只是出门去上一天普通的班。

阿利亚什能走多远就走了多远。他去了达尔文，接受了那个俱乐部提供的合同。那之后的三年里，每年夏天，他都会在旅游旺季回到塔斯马尼亚，在富兰克林河上做向导。到二十六岁时，他辞掉了达尔文和塔斯马尼亚的这两份工作，开始在澳大利亚本岛东海岸四处漂泊，哪里有工作就去哪里，无论是什么活儿——在农场开收割机，在酒馆当侍应，在建筑工地搬砖。十年，他没再回过塔斯马尼亚。

直到这一天。

我看到他站在那里：在一条泪之河的尽头，站在干河床的石块上，从回忆的小水潭上抬起目光，朝上望向大门，那是她的房子，也曾一度是他的家，想着，她会如何回忆那段时光？想着，我到底该不该敲响她的门？

还想着，可她会想要见到我吗？

然后转过身去，艰难地攀回那石块铺成的粗粝、干涸的河床。

五

“想法可能是个危险的东西。天哪，这事人人都知道。”玛利亚·马格达莱娜·斯维沃曾经这么说，“这一百年来，多少人养大了它们，喂饱了它们，结果被吃得骨头都不剩。”她说得没错。一个想法可能是很危险的。还没像现在这样被压在水坝的排水孔上，让半条河的水都从身上流过时，我就明白了这一点。我会竭尽全力阻止自己产生去相信什么的念头。信念这件事太过危险，无论如何都令我感到恐惧。我是说，我甚至没有允许自己相信，我会为杰玛的死而感到悲痛，就是因为那是一种想法。对吧？悲痛是一种想法。死亡当然是件坏事，但事实是，他们死了，离去了，就这么回事。结束了。我对杰玛的死有什么感觉？人们总爱这么问。那么我就会如实告诉他们，我什么感觉都没有。不为所动。然而，一种欲望也可能是危险的。这点我此前并不知道。而我的欲望在心底埋藏得那么深，当“猪喘”给我打来电话时，我尚未意识到，他比我更了解我自己。

即使隔着电话，我也能轻易听出“猪喘”对某些事避而不谈。

即使在那时，我也明白他没有意向正式雇用我。他并没有一开始就提这件事。只是我能感觉到他没有和我交谈的愿望。但我也能感觉到，他已经别无选择。因此我推测，他的情况不太乐观，于是他才需要我。但就算我同样需要他，我也绝不会让他发现，我是多么渴望得到这份工作。

“听说你回镇上来了，我就想着给你打个电话，我们可以聚聚，看看你这些年都过得怎么样。”“猪喘”说。于是我就去他的办公室和他见了面。那个早晨，我一向不佳的健康状况进一步下滑，甚至有点发烧。也许我的身体也在给出征兆，提醒着，那次会面将给我带来无可回避的厄运。

如今我能看到，阿利亚什正坐在“猪喘”凌乱的办公桌旁，试着表现出轻松的模样，因为他觉得这次的工作稳了。阿利亚什为这次面试做了准备，他决定不再像以往在类似场合中那样表现得安静顺从，而要对“猪喘”强硬一些。来之前，他在路过的酒馆里喝了几杯朗姆酒，给自己定了定神，可他感到酒下肚的烧灼没给他带来什么暖意，反而冰冷得令人不可思议，从他的喉咙一直冻结到内脏。尽管决心坚定，阿利亚什此刻依然在颤抖，不仅仅是因为那些酒，还因为他感到发冷又恶心。因为他想去河上，却又怕去河上。因为他想直面“猪喘”，告诉后者自己对他的真实想法，却又害怕“猪喘”回击他。阿利亚什的脚在紧张的期待中有节奏地点着地板，他的双手开始剧烈颤抖，让他不得不把它们放进口袋。“太感谢你了，霍华德，”我看到阿利亚什开口说，他终于找到些奉承话，借以松口气，“瞧，你过得不错啊，霍华德。已经当上‘荒野体验’的运营经理了。”他在“猪喘”办公室的一片狼藉中夸张而僵硬地晃着手，实际上只微微地握了一下。

“从在河上讨生活干到现在，可不容易。”“猪喘”说。我看到阿利亚什表示同意。对一个傻瓜来说确实不容易。“猪喘”总是傻到认为，能做一家国营户外旅行公司的一个小分店的运营经理，这堪称天大的本事。

我如今观看着阿利亚什和“猪喘”面对着彼此，中间隔着后者那拥挤、凌乱的办公桌，以及散落在潜水鞋、汽油炉和一罐罐橡皮艇专用胶水上的传真、账单和信件，震惊于阿利亚什对“猪喘”的鄙夷竟如此露骨。然而在那里，在当时，我还以为我用平庸的客套话出色地掩饰了那种态度。“猪喘”依然是老样子，胡子拉碴，头发蓬乱，只不过他的平易近人已然退化为一种恼人的谄媚，粗壮的躯体化作了一摊肥肉。虽说是人，但他更像一头袋熊，如果有人气势汹汹地逼近他，他便会灰溜溜地退缩。此刻他隔着桌子对着阿利亚什，仿佛一坨沾沾自喜的脂肪，一股刺鼻的体味铺天盖地，让我如今胀满了水的胃也阵阵翻腾。他提起一些老掉牙的笑话，询问了阿利亚什的近况，在他讲起一些故事时恭维他几句。

“你不愧是个姓柯西尼的疯子，”“猪喘”最后说。然后他进入正题：“阿利，我这里出了点问题。我在想你能不能帮我一把，毕竟我们是老朋友了。”

“当然，霍华德。我能帮就帮，不过，哎，我最近真是有点忙。”

“阿利，我就有话直说了。我们在星期三有个十二天的团去富兰克林河，缺一个领头向导。我想问问你有没有兴趣。”

“我已经不做这种活儿了。”这句话后，他们陷入了太过长久的沉默，长到阿利亚什觉得自己必须继续说点什么，什么都行：“我以前会带团，但现在不做了。”这话很蠢。才出口，阿利亚什就后悔了。

“这我知道，”“猪喘”说，他明显对阿利亚什的态度有点惊讶，“我们以前一起工作过，还记得吧？”

我看到阿利亚什的脸在惊恐中涨红了。他脑中有片刻空白，一时间什么也想不起来，只听到自己源于大脑某种自动反应机制下的回答：“是的，是的，我当然记得。”但阿利亚什记得什么呢？他只看得到一段婴儿胖乎乎的小腿和一只黄色的羊毛软靴，而他不想看到这些，根本不想。他感觉小腹虚软，里面又响起咕噜噜的水声。“抱歉，”阿利亚什说，“我想去一下……”“猪喘”指向一扇侧门。厕所里，解完手的阿利亚什撩起水洗了洗脸，他攥紧拳头，又放松手掌，想以此缓解它们不断加剧的颤抖，却没有效果。重新坐回桌旁，他顽强地把注意力集中在当下交谈的目的上，努力将自己拖离那来自过去的危险深渊。

“另一个向导是谁？”他问。

“新来的。杰森·克莱兹瓦。认识吗？”

“不。”

“大家都叫他‘蟑螂’。个头大，但是灵活。他们说他能从船上扛下来两个满当当的桶，在石头上跳来跳去的同时保持平衡。”

“所以才叫‘蟑螂’？”

“不，他们这么叫只是因为他长得丑。但他是个好向导。比你好多了。”“猪喘”先得一分。我能看出从这一刻起，这场谈话的天平开始向“猪喘”那边倾斜。我知道阿利亚什被震慑住了，他的气势不见了。他找不到什么漂亮话可说，身体在不知名的恐惧下颤抖，肚肠再次开始翻腾，于是他向后靠在椅背上，什么也没说，等待着某个适合插话的时机出现，好稍稍给“猪喘”一点颜色看看。可惜这个时机始终没有到来。“猪喘”继续说着：“他还有经验。在塔利河上干过两个季度，赞比西河上一季，科罗拉多河上一季。他只是没在富兰克林河上干过，这才需要一个领头的带带他。”

这会儿，我看到阿利亚什终于振作了起来，开口说：“当然，得拿领头的工钱。”

“猪喘”停了一下，从牙缝间抽了口长气：“不行。我们没有领头工钱这一说。我们只有‘荒野体验’等级制工资。从 1D 到 3A。3A 向导一天能拿一百零九块。”

“那就一天给我一百零九块。”

“那不行。你得连续给我们干五年，外加参与我们所有的内部培训课程后，才能成为‘荒野体验’的 3A 向导。”

“培训费肯定还要自己出。”

“嗨，那是总部定的规矩，我能决定的可不多。不管怎么说，你上了课，你付钱，这不是什么荒唐事。阿利，我知道待遇有点差，但现在的行情就是这样。我向悉尼那边请示过了，他们同意破例给你个一次性的 1A 评级，看在你过去经验的分上。”

“1A 值多少？”

“一天八十七块。”

到了这时，阿利亚什的愤怒已经压倒了紧张。“老天哪，霍华德！我们十年前做一样的工，赚的都不止这点了。我们那时候还没这些条条框框哪。”

“我知道，我知道待遇不好。相信我，我也跟上面提过，跟他们争过。可我又能决定什么？公司的条款就这么定的。我是说，我没有决定权啊。”

“那谁有？谁有我就跟谁谈去。去你妈的一天八十七。开什么玩笑。”

“我知道，我知道这事……这事不对。可你瞧瞧，阿利，我可是冒着险给你争取到这个活儿的。相信我，他们不希望我找你来干。你以前是个好向导，可你的名声……”

“名声？”

我们多年前一起在河上带团时，“猪喘”根本没有名声可言。除了搞砸所有，他什么也不会。他驾艇的技术很差，对主顾的态度也很粗鲁，甚至有一次在出航时整整两天拒绝跟任何人说话。但就像“猪喘”说的，我是名声在外的：我能在高难度的河道上行进，平安渡过没人敢挑战的激流，能以令人瞠目的方法上鱼线，还从不会把橡皮艇挂到岩石上，或者原地打转、翻覆或搞丢团员。我能把一团窝囊废变成一队让橡皮艇在激流中舞蹈的精锐之师。你应该看看我是怎么在激流中驾艇的——这事危险，又容易失控，但看上去总是很美妙，如果能亲临感受会更好。你可能会觉得带着一群人顺激流而下没什么大不了的，那就去看看一个糟糕的船夫和一个高明的船夫各是怎么做的吧。每遇上一处恶劣或危险的水域，糟糕的船夫都会让艇被浪头打个正着，他的橡皮艇会被推来搡去，会倾斜，偶尔还会翻覆或打转。这种情况下，糟糕的船夫会急得手忙脚乱，却压不住那上蹿下跳的该死的橡皮艇，落水的团员们只好慌不择路地游泳逃生；可高明的船夫在河上游刃有余，在激流中也不慌不忙，他会等待，等橡皮艇的浮筒撞上障碍物或被浪拍中的那个瞬间，那一顷刻让人觉得已经太迟了，橡皮艇马上就要翻了，他却突然行动，滑如泥鳅，扭转双桨，让橡皮艇的转向与河流的律动合二为一，把橡皮艇带往它该去的地方。那是种伟大的景象，是壮丽的景观。就像在水上演出的一场芭蕾。

“对，就是这个词，”“猪喘”继续说，“名声。我跟他们说，保证这次不会出岔子。我可是一口咬定了啊，阿利。我保证了。那他们就说，好吧，你可以雇他，但只能给他 2B 级别的工钱。”

“2B？”阿利亚什听到自己的声音说。

然而无论如何，这事谈完了，敲定了，我是好是坏又有什么关系？我不喜欢自吹自擂，可不是每个人都能成为一个高明的船夫。高明的船夫必须了解自己，了解他的团员们，还要了解河流，他必须读得懂河水，明白它流动的方式以及原因，知道某些特殊的流法——“羽流”“鸡尾波”“舌状波”与“压力波”都意味着什么，传递着自然的何种信息，揭示了水流的何种动力。他必须知道，为什么一条河在某个水位时安稳如老宅，到了另一个水位却会凶险如虎蛇。他必须去嗅闻、聆听、热爱河流，而他只有足够热爱它们，才能理解河流的各种气息和声响。这些知识我都掌握了。我在富兰克林河上享有盛名。我曾经的躯体神勇，连栖居其中的自己都为之惊奇。我曾经的躯体任我差遣，那时它的肌肉结实而坚硬，可以随心跳跃，正值盛年。我曾经的躯体清楚如何等来那最好的行动时机，不计一切代价地攫住它，接下来发生的事便如同魔法。那具躯体曾经无往而不利，对它的记忆甚至能让躺在这里等待溺亡的我稍稍展露笑容。

然而我是个糟糕的向导。一个出色的船夫，身属荒野，笼罩着传奇光彩，久负盛名，是的，天哪，那些都是我。可我是个糟糕的向导。如今我明白，我关心的重点和我观察、了解事物的方式，都与我的主顾们不同，甚至勾不起他们的丝毫兴趣——不是事实、细节、地质层和动植物的名称，而是感觉与直觉：这棵塔斯马尼亚洲均松和那棵不一样，植物命名法下的同类不代表它们拥有相同的灵魂；高度不是一棵树最重要的属性，你不一定要测量后才能看出某些东西。我可怜的主顾们哪。他们来自其他世界，我的世界无法向他们敞开、让他们走近，并非因为我不想，而是因为那世界会吓得他们魂不附体，他们远比我更清楚这点。于是，我便这样带着一个接一个团，踏上一次接一次旅程，少数算是不错，一些没什么感觉，还有太多都糟糕得像希特勒青年团的拓展远足，团员们的无知给了我们不少乐趣，有一次，我一个叫“针尖”的搭档甚至突然开始高唱“德意志高于一切[1]”，我们两个捧腹大笑，团员们面面相觑。我的老天爷，他们怎么能懂这里面的门道呢？

但现在说这些又有什么用？我拥有的仅是记忆，那是种脆弱的东西。河流里，泥炭在石块的缝隙间聚集，被水冲刷着打着短促的漩，一两个小时后就散开不见，慢慢下沉，化进河床上那一大片虚无的沃土。一个名头无论好坏，都会以比这更快的速度被冲刷殆尽。

“2B 级别，”“猪喘”说，“每天给你五十二块。于是我说，不，不行，太侮辱人了。我说他可是我朋友，现在手头正紧。他知道怎么做向导，对这条河的了解多于其他任何人。”他夸张地吁出一口

① 原文为德语“Deutschland Über Alles”，为德国诗人霍夫曼 · 冯 · 法勒斯雷本于 1841 年创作的诗歌《德意志之歌》首句。该句在纳粹德国时期曾作为歌词被收录入当时的国歌。

气，“阿利，我给你争取到了八十七块，我可以告诉你，为了拿这个数，我可是冒了险的。”

“一天八十七？”现在我能看出，我当时在努力用语气和表情表达愤怒。我们都知道，这个数确实令人愤怒。但现在我能看出“猪喘”当时看到了什么：一个病恹恹的家伙，衰老程度远超他的想象；这个生着病的、不再年轻的男人需要一份工作，正饥不择食，哪怕薪水像他提供的这样微薄。而且这个人还需要某些工作之外的东西。有时候，我会觉得我这种病态——肠胃虚弱，双手颤抖，头痛欲裂，从湿黏的皮肤中渗出刺鼻的气味——并非源自肉体，而是发自灵魂。当然了，你可以给糟糕的健康状况找到生理上的原因，谁不是呢？但那种气味，我无法借助药物、休养或其他挽救肉体的措施来驱散。我需要某些直指灵魂的疗愈。可当时，我并不知道这一点。“猪喘”知道。

我能看出，“猪喘”相当了解阿利亚什，他看出阿利亚什是多么想重返富兰克林河流域的荒野中去。阿利亚什心中有一种“猪喘”没有的渴望，想回到那里，而接受这份工作就是他回去的唯一途径。当阿利亚什坐在那里，努力装作斟酌酬金时，“猪喘”知道他其实正在想象河的气味，在脑海中聆听它奔腾的声音，描摹着雨雾从河谷间升腾而起，幻想着掬一捧茶色的河水一饮而尽。如今我能看出，“猪喘”当时是多么清楚，自己在阿利亚什眼中是个蠢货，而实际上，“猪喘”聪明得足以利用这种错觉。对阿利亚什重回富兰克林河上的渴望，他只字未提。他开口时的切入点完全不同：

“对不起，你完全可以拒绝的。”

我看到阿利亚什的眼神和他虚弱的笑，他明白自己被下了套。

“我没有多少选择。”

“猪喘”的手指轻轻敲打桌面，没说什么。

“你之前说这个团什么时候出发？”

“星期三早上。”

“星期三。所以我只有今明两天时间买吃的和收拾行李？”

“对，”“猪喘”说着，突然从一团狼藉的桌面上方凑过来，动作甚至看上去咄咄逼人，“可你看起来没什么兴趣啊。”

阿利亚什忽然感到疲惫。他的肚子又开始绞痛。他被击败了。他知道。

“不，”阿利亚什说，“我接这个活儿。”

“你不愧是个姓柯西尼的疯子。”“猪喘”大笑道。

夜里一阵西风变了天，人们醒来，看见雨水落进炎热的泥土里，又化作丝丝水汽升腾起来，嗅得到气味。天空是黑的，但慢悠悠卷曲着的乌云下面，有低垂的太阳在滚烫、强硬地照耀着。霍巴特摇摆着，仿佛被两股冷热空气——来自北方的炎热难耐和来自西方的寒冷黑暗之间的交锋所催眠。这两股元素相混合后沉重地压在霍巴特上空，让这城市只能缓慢地移动。阿利亚什醒得很早。他拿出昨晚用糖水煨的杏子做了早餐。接受任务后的第二天，也就是临行前的最后一天，他在“猪喘”的仓库里和“蟑螂”见了面，准备明天旅行的装备。这是一项单调而乏味的工作。仓库里一团乱，“猪喘”不想花钱雇管理员，所以每次旅行结束后，用过的东西就被丢回到这里，从未得到过清洁、分拣和维护。“蟑螂”没吃早餐，便从一顶发了霉的帐篷下找出两罐烟熏贻贝垫了垫肚子，刚吃完没多久就开始犯恶心。后来去买旅途所需的其他食物时，他在超市的停车场吐了。他们最终整理并打包好了全部装备和食物，在下午时分出去喝了一杯。

昏暗的酒吧里并不吵闹。一切都安安静静的，只听见广播里有人在电话那头用带着电流的声音，低低地汇报着穆拉宾[1]第五场赛马的成绩。阿利亚什和“蟑螂”·克莱兹瓦坐在这家名为“新墨尔本”的老酒吧的吧凳上，靠着吧台。这家酒吧还不知将何去何从，很快它便会面对命运，要么被拆除，要么被翻新成一家面向背包客的青年旅馆。酒吧的老板过去是个大嗓门的强壮家伙，这些日子里也垮了下去，如今就坐在吧台后面，为那寥寥几个仍然光顾的客人们斟上一杯，仿佛他们都来看他这座宫殿，是如何盛放着那些已然凋零、泛黄的梦。

“新墨尔本”曾经是一处桃源之地，用以逃避这座城市的喧嚣，如今它的时光走到了尽头。不过大概还有一个月或更久的时间，像“蟑螂”和阿利亚什这样的人依然得以坐进它胶合板搭建的墙壁间，喝上一杯，小声交谈。酒吧角落里坐着一个老人，和随处可见的酒吧角落里的老人没什么区别，也有着和这家他光顾了二十年的酒吧一样不确定的未来，他用早已过了时的喝法，喝着六盎司一小杯的啤酒。老人急匆匆地举杯就唇，同时艰难地到处转头，巡视酒吧里除了他以外还有谁。那样子仿佛鸡舍里的母鸡，正警醒地抬头分辨着，是谁前来偷自己的鸡蛋。“蟑螂”又要了两杯啤酒。他是个大块头，长相丑陋。他还很年轻，目测不超过二十四岁，有着运动员般的身体，和一张好像被踩过的脸。他一看就是做河流向

---

① 墨尔本市的一个郊区。

导的料，是那种会穿特瓦牌运动凉鞋和摇粒绒衣服的人，花里胡哨的廉价感对他而言恰到好处，略显邋遢的外表反而给人一种经验丰富的印象。他戴着颜色鲜艳的结绳手链，挂着短弯刀形状的银耳饰，眼神飘忽，手掌强健，笑声悠长，语速缓慢。龅牙是他身上唯一不太和谐的元素，但它们倒给他可怜的丑脸增添了些许愉悦欢快的色彩。

“蟑螂”看起来毫无怨言地接受了阿利亚什做领头向导这件事。我能看出，这点显然让我心怀感激，毕竟他一眼就能看出我此时的状态是多么差，等到了河上，又会暴露出我多么久没下过水的事实。也许正是这份感激让阿利亚什变得比平时多话。“蟑螂”谈到了一些在激流上行舟的技巧，都是阿利亚什从未听说的。于是阿利亚什决定对他坦白。

“老实说，我完全不了解情况，”阿利亚什说，“我好久没做过这个了。”他抬头看向“蟑螂”，“我能得到这份工作，只是因为他们想找个懂这条河的人，现在能用的只有我。仅此而已。”

“蟑螂”耸了耸肩膀。他觉得这不算什么。“我就是想下水去看看。”他说。他们缓慢而低声地聊着。因为他们尽管不了解彼此，却知道在未来的十二天里，他们将不得不被捆在一起生活和工作。如今我才注意到，“蟑螂”盯着阿利亚什细看的神态，就好像在努力计算二加二的数目似的。我知道，“蟑螂”·克莱兹瓦在思索。阿利亚什让他想起了去年夏天他和一个艺术生的一段疯狂热恋。那学生在她枕头上方的床头贴了两张明信片，上面是她的两位艺术偶像。每到激情时分，“蟑螂”的身体被快感送往别处，而他的注意力时常停驻在这些明信片上。“蟑螂”·克莱兹瓦在思索，阿利亚什看起来（除了他那个巨大的鹰钩鼻以外——那东西长得威风凛凛，一看就绝无仅有）多么像明信片上那两位伟大的艺术家相加、再除以二后略微膨胀的版本。两位艺术家是文森特·凡·高和弗里达·卡罗[1]。这两位著名画家的形象仿佛以某种诡异的方式融为一体，从而创造出了一名默默无闻的河流向导——用荷兰人激烈、狂热的形象和刺眼的红发，再加上墨西哥人的深色面容，以及她那拒绝向生理残缺低头的傲气，化成了阿利亚什·柯西尼。他有点疯癫，有点执迷，只确信自己注定的厄运。真是个怪人。让人感到不安。“蟑螂”开始好奇，如果阿利亚什是个画家，他的作品会是怎样的。很可能是大片大片乱糟糟的色块，他在脑中下了定论。接着，“蟑螂”的思绪飘回到了一些更为世俗的记忆上，比如在那些明信片下方发生的种种。幸亏我没有看下去。奇怪的是，我从未在镜子里发现过我与著名人士有这些明显的相似之处。我不太确定我是什么时候变成这样的，不过只可能是最近，因为我一直希望自己能更好看些，面容更和蔼些，而不是我现在看到的这张急切而痴狂的脸。

“蟑螂”能感到阿利亚什有心事，但没有开口问。他想，阿利亚什也许正为情所困。他感到阿利亚什心中有一根坏掉的弹簧，已经无法再提供动力，只会带来刺痛。于是“蟑螂”决定跟他讲个笑话。

“总有个会计叫他妈巴里。”他说，盯着自己在啤酒杯壁的水汽上画线的食指，“每次都是。真的，我在塔利河上连干了六次活儿，每次都能碰上个叫巴里的会计。”

他们大笑起来。老板从吧台后又推来两杯啤酒。“对，”阿利亚

---

① 弗里达·卡罗（1907—1954），墨西哥女画家，幼年罹患小儿麻痹，成年后遭遇车祸，终生病痛缠身。

什安静地说，“叫巴里的太多了。”

“医生总叫理查德，”“蟑螂”说，“我有一次在一条船上碰见了俩。”

“还有叫丹尼斯的牙医。”阿利亚什说。

“还是班克斯敦人，”“蟑螂”说，“总有班克斯敦来的叫丹尼斯的牙医。”“蟑螂”变得更加兴奋。“别忘了还有护士，”他说，“你从来都碰不上一个护士，从来没有。永远，永远是两个一起。”

“你还不能问任何一个护士上个星期去干什么了。那相当于质问她们的工作，她们讨厌谈工作。”

“天哪，不。你说，嗨，巴里，你上个假期去哪里啦？他很喜欢你这么问，因为他打心眼里就想跟你和其他所有人装模作样，让你看不出他就是个无聊透顶的杂种。他也就在假期里才有机会装个样。巴里于是就开始数他去奥地利滑雪啦，到中国西藏徒步啦，在不丹坐热气球啦，吹个没完。我听了只有一个想法，就是可怜那些拿了一点钱就得全程给你擦屁股的家伙，因为，老天爷啊，要是没人带你，不到一个小时你就得玩完。”

广播里开始报兰德威克赛马场的下注结果，并宣布弗莱明顿那边的比赛将在两分钟后开始。“蟑螂”开始讲自己的私事，误以为能换得阿利亚什同样的倾诉。

“我以前和一个女孩谈过一段，我当时在塔利河上干活，她接客。她说，她干这个跟我当向导差不多，因为向导想什么也不能让主顾知道——她们也管客人叫主顾，你信吗？——你永远都不能让他们知道你脑子里的东西。就算你想喜欢他们，你还是忍不住讨厌的感觉，因为如果他们不是垃圾，根本就用不着花钱来买这个。他们可能就会自己搞定，用不着花钱找人来给他们搞。他们想操你的脑子，但只有这部分你不打算卖。她原话就是这么说的。因为他们会走，你却只能留在这里，做完一次又做一次，你走不了。咳，我知道，我现在说话像放屁似的。但总之，我们俩干的事挺像的，她接客，我也接客。我当时挺喜欢她的，知道吧。特别喜欢她。”他微笑起来，喝干了酒，“别人问我们是干啥的，我们总说是做旅游业的。”他朝老板伸出一根手指，后者点了点头，从吧台下的托盘里拿出两个干净杯子。“我觉得这么说挺对的。”他不再直盯着前方，而是转头看向阿利亚什。

“我们也是主顾，”阿利亚什微微笑了一下，说，“归根结底，我们都是。”

“那这趟活儿又算什么？”“蟑螂”问。

“是个笑话。”阿利亚什说。

阿利亚什开始做河流向导时，他的全部同行都遵循着一条基本准则：永远别认真。把这事当成个笑话，阿利亚什的第一个搭档吉波尔是这么告诉他的。吉波尔这话没错。这是一场会延续两个星期的笑话，里面的精髓是，只有向导们明白可笑之处。这场盛大的闹剧由他们对团员们的无数次微小的捉弄所组成。规矩是笑话的一部分。他们的整个河上旅程中都充斥着规矩。吃饭时有，睡觉时有，连大便时都有：要拉在塑料袋里，等行程结束后把袋子带出雨林。大便地点也有讲究，通常由向导选择远离营地的某处，而他们有时仅仅为了拿团员寻开心，还会把地点选在悬崖边一条摇摇欲坠的小径尽头。团员们热爱规矩带来的确定性、秩序感和节奏感，不然，他们就会在这个由河流和雨林构成的世界里感到不安、混乱与失调。

除了这点，除了给向导们带来点乐子之外，这些规矩基本上毫无用处。有一次，阿利亚什厌倦了给每日生活的每一个方面——从怎么吃到在哪里睡——定下条条框框，于是，他告诉团员，他们可以在顺流而下的旅行中自己拿捏。结果那次行程的体验非常糟糕，团员们怨声载道，自然觉得都是他的错。

他知道，世道变了。对很多新向导来说，他们和游客间的鸿沟根本无法拿来取乐，而他们对笑话的唯一认知，就是刻意搜集而来，以求在橡皮艇上或篝火旁博游客一笑的故事。阿利亚什有次试图向一个在“猪喘”的仓库里为一日游做准备的年轻向导解释这件事，他想告诉对方，带团旅游这种事是场彻彻底底的闹剧，可那个年轻人无法理解。不，不是的，那个人说，这是件正经事。可那正是可笑之处，阿利亚什想到，但他终究没多这一句嘴。那些拒绝承认这场闹剧的人，成了闹剧的一部分。

“蟑螂”笑了。“他们都是笑话，伙计。”他说，“不然我们就会拿他们当真了。不然这事就太他妈正经了，我们都得一本正经到死。”这话没错，阿利亚什想，没错。太有道理了，简直振聋发聩。笑话区隔了我们和他们，还有他们那套与自然和谐共处的玩意儿。笑话摧毁了他们那一整套思维——如何读懂、了解这片土地，让它在他们眼中再一次变得奇异、不可知，无法用人类的思想来简化理解。笑话，阿利亚什继续想，是我们用来击破横亘在自己与脚下土地之间的谎言的全部力量。“都是笑话，”“蟑螂”说，“我他妈划过船的每一条该死的河。”

他们无言地又喝了两杯啤酒。其实，“蟑螂”看出了阿利亚什缺乏自察的一点：对他而言，这笑话已经不再可笑。做一名优秀河流向导的艺术是，在照料顾客们的同时，对他们保持冷漠。有时候，尽管“蟑螂”讨厌承认这一点，他到最后确实会对某些团员产生好感。但阿利亚什似乎只会憎恨他们，这一点让他感到不太舒服。最重要的是，阿利亚什看起来憎恨他自己。“蟑螂”在吧台椅上转动身体，看着身边这个黝黑敦实、但已经有点发福的红发男人。他觉得阿利亚什这个略带鹰钩的大鼻子让他看起来有点像个年老体衰的拳击手。“蟑螂”曾经和在河上讨生活的流浪汉一起干过，那种人身上有股深受生活折磨的馊味，而阿利亚什比他们还糟。“蟑螂”向来对恐惧非常敏感，他能在阿利亚什身上嗅探到这种情绪。但他在害怕什么呢？“蟑螂”不禁开始设想，和这种状态的人搭档，旅程会变成什么样。半晌后，他认定那必然会很糟糕。

没有叫巴里的会计。没有成双结对的护士。倒是有两个会计，来自墨尔本的德雷克和来自布里斯班的马尔科。医生有一个，但他显然对他扮演的角色有些误解。他戴着耳环，坚持让别人喊他“里奇”[1]。“倒是差不多。”“蟑螂”悄声说。那会儿他们正在“猪喘”肮脏的办公室里和团员们第一次见面，简单碰个头说明一下行程。有个叫希娜的牙医助理。有个叫奥蒂斯的农民，三十岁，来自南澳内陆。有个叫路的记者。还有些其他人，但阿利亚什记不住名字了。他对他们不感兴趣，而且，跟“蟑螂”在“新墨尔本”喝了两个小时的酒后，他已经有点醉意了。

阿利亚什最痛恨的莫过于向导和团员间的第一次碰头。这种场合让他喘不过气来。何况前两天他一直在镇上奔忙，购买供十个人

① 原文“Rickie”，是“理查德（Richard）”的昵称。

吃两个星期的食物，再拆掉包装，按件分开，包上三层塑料袋防水，小心地塞进黑色大塑胶桶里。这两天，他们还在“猪喘”仓库的一片混乱里翻找能用的刀、锅、烧水壶和汽油灶，不漏水的帐篷，没折弯的船桨，仍有压力的泵，没打湿的急救箱和不是只剩空壳的工具箱。完成所有这些忙碌、疯狂、令人泄气的准备后，他们还得跟团员见面，在团员面前装出一种有条不紊的镇定与一切尽在掌握的冷静，而此时这帮人已经陷入习惯性的恐慌。他们的团员一如既往，看起来如此可悲，如此无望，如此依赖向导们安静的引领。“蟑螂”忙给自己找点事做，借此挣得一丝喘息之机。

“听着，”他说，“有人需要租潜水服吗？”

第三天

阿利亚什为第三天晚餐准备的沙爹猪肉在炎热的天气里变质了。他在大桶里翻找了一通，拖出一袋又一袋精心包装的食物，终于找到一块闻起来没那么糟的牛臀肉。他在河里涮洗了那块肉，用水煮了一个小时，然后切成丁，和罐装番茄、菜豆一起扔进锅里放到火上，还狠狠加了一堆辣椒粉。

“埃卡拉，”德雷克问晚饭吃什么时，阿利亚什这样回答，“经典巴西菜。老一点的牛臀肉是最像烟熏羊驼肉的。”德雷克颇有兴趣地围观着，里奇则说，等他回阿德莱德以后要去找个巴西菜馆尝尝。

他们拿塑料碗吃饭，餐后，“蟑螂”给他们讲了他们想听的那种塔斯马尼亚传说：比如祖父睡了他的女儿们，被他儿子用铁链捆起来，每个早晨都被殴打至疯癫，最后被当作看门狗一般使唤。

比如儿子用装糖的麻袋把已逝母亲的尸首扛去最近的镇上做死亡登记，然后，觉得母亲太重了，就半路停下，像他平时宰袋鼠、搬袋鼠那样，把她开膛破肚，而后接着赶路。团员们用紧张的大笑、颔首与摇头回应着这些故事，本意是表达对这种恐怖的困惑，看起来却恰恰印证了塔斯马尼亚在他们无知的想象中一贯的样子，一片充满哥特气质的恐怖之地——仿佛他们早就听过这些故事，千真万确。“蟑螂”讲这些故事是为了营造一种气氛；不是因为他相信它们真的发生过，而是因为他知道这些故事正合团员们的口味。而他的工作就是满足他们的需要。阿利亚什什么都没讲。在某次旅程中的某个夜晚，他已经讲过同样的故事了。这些故事被屡屡复述，广为流传，似乎应当因此收获敬意，但事实并非如此。阿利亚什讨厌这些故事，也讨厌向人们讲述它们。他还能讲什么呢？讲点别的太难了，讲一个没人讲过、他也猜不到听众和他自己会作何反应的新故事可太难了。那些故事太难讲了。毕竟离他们的生活太近了。

我听到有人在哭，一种潜伏在黑暗中的软绵绵的抽泣，伴随着织物摩擦的窸窣。谢天谢地，那不是杰玛，只是富兰克林河畔的一顶帐篷。阿利亚什朝帐篷里看去，他的火把照亮了瘫坐在那里的奥蒂斯的轮廓，那具乡下男孩的身体正随着哭泣上下起伏。外面的黑暗里，雨滴落在帐篷绷紧的尼龙布上，发出柔软的嗡嗡声。

“奥蒂斯，”阿利亚什说，“怎么了，伙计？”

“没什么。”奥蒂斯说。

“奥蒂斯，”阿利亚什说，“你已经三天没吃晚饭了，告诉我怎么回事。”奥蒂斯抬起头来，白白的阔脸上布满雀斑、闪着泪光，就像一块肉馅饼上铺展的生酥皮。“有人欺负你了吗，奥蒂斯？”

“我吃不了那种饭。”奥蒂斯说。

“你在说什么？”阿利亚什问。

“都是咖喱跟印度抛饼。”

“薄饼，”阿利亚什说，“是印度薄饼。”

“呃，好吧。就那个。那种玩意儿跟什么新米饭，还有你跟‘蟑螂’用锅做的那些。”奥蒂斯说着，在巨大的耻辱下停住了，他咽了咽口水，“我都没见过那些吃的，我也吃不下去。”阿利亚什笑了，如果不是怕再刺激到奥蒂斯，他甚至会大笑出声。奥蒂斯似乎觉得该结束这个话题了：“我试过了，就是不行。我觉得我一开始就像个白痴。”

“这没什么可难为情的，奥蒂斯。”阿利亚什说。

“妈妈给我们做的都是烤肉加配菜，猪排加配菜，果酱蛋糕卷跟苹果派、牛肉汤、牛排加配菜之类的，我没吃过城里人这些东西，就是咽不下去。我试过了，不行。”奥蒂斯又哭了起来。

“我去给你搞点像样的饭。”阿利亚什说。

“我试着咽下去，可是卡嗓子，”奥蒂斯抽泣着断续地说，“我试过了，就是办不到，我觉得我真蠢。”

“不用难为情。”阿利亚什说着转过身去，放下帐篷的门帘，走开了。

他借着头灯的光在两个大桶中翻找，最后找到了目标食物。他煎了四个蛋和八听罐装香肠，煮了五个泛红斑的土豆，热了一罐现成的巧克力布丁，然后把这些全摆进一个大搪瓷盘和一只塑料碗里，带到奥蒂斯的帐篷里去。

“太感谢了。”奥蒂斯说。

十分钟后，阿利亚什瞧见奥蒂斯拿着空盘子和碗走出了帐篷。看到阿利亚什独自站在篝火旁，奥蒂斯便走了过来。“我觉得这才叫正经饭啊。”他咧开嘴笑着说。奥蒂斯和阿利亚什聊起天来。奥蒂斯说他在澳大利亚南部的偏远农场里长大，去最近的镇子都要两天车程。他甚至向阿利亚什坦白，自己曾跟一个土著女人生过一个女儿。“我之前没跟任何人讲过这个，”奥蒂斯说，“你有孩子吗？”

“没有。”阿利亚什望向火堆。

他躺在充气床垫上，累得不想爬进睡袋里，便只把它盖在身上。雨在几个小时前停了，他和“蟑螂”懒得搭帐篷，便只把各自的充气床垫安置在主营地遗址下几米处、由河沙累积而成的小平台上。他的身体像灌了铅般沉重，费尽力气才能抬起或挪动一条手臂。他想，如果不是还有一具骨架，他的整个肉体可能就会像熔化的铅一样，逐渐渗进地里的凹陷中去。他的睡眠也如同铅一般：黑暗、沉重、凝滞，被锻造、变形，最终熔化殆尽。阿利亚什渗入他的睡眠，我相随而去。

耐德·奎德，一八三二

慢慢地，有人出现在我周围。我从未见过他们的脸，却了解他们的一切。我得承认，这很神奇。同时也令人心烦意乱。我一向习惯独来独往，如俗话说的那样。可如今我却被一群人团团围住。他们大声讲述着各自的人生，希望我能听见、看清、感受到那些故事。*滚开*！我皱起脸，闭上眼睛，又叫喊了一次。*滚开*！但没用。我的坏脾气此时毫无效果。我看到的一切不愿离我而去，我的喉咙像着了火一样。

我看到了“石人”的脸，小而圆，因布满天花留下的疤痕而比较显老，那是耐德·奎德的脸。我怎么知道那是耐德·奎德？我究竟是怎么知道的？我就是知道。我并不想知道，但我知道。哈利曾经有一次告诉我，他的曾外祖父耐德·奎德做过帕拉马塔的镇长。但我看到的这个耐德·奎德穿得不像个镇长。他穿着那种粗糙的、尿黄色夹杂着黑色的羊毛囚服，脚踝上套着锁链。我知道这个耐德·奎德此刻在想什么。他在琢磨一个名叫乔安娜·希尼的女囚告诉他的秘密：在帕拉马塔以北数百英里外有条大河，如果能在那里造一条船，乘着它沿河而下，你就能抵达一个广阔的河口，而在这片河口的中央，有一座小岛。岛上有一座围墙坚固的庞大城池，是由一群自由而幸福的人们——那些逃离者及其后代，所有那些逃脱了社会体系束缚，且不再回头的人们——所建立的。乔安娜可以用无人能懂的语言和上帝交流，看到旁人仅仅道听途说过的事物；她在幻象中看到了那座城池。她说，那是一片除了国王的士兵以外，对任何人都敞开怀抱的土地，人口繁多，街道熙攘。那里没有神父和繁文缛节，男人和女人们无须教会批准，只要有爱，当然还有上帝的许可，便可以睡在一起。那里的农场和工坊的主人不再是远方某些肥头大耳的家伙，而是那些亲手用犁劈开肥沃的河滩土，又锻铁成犁的人们。那里会用全体居民上缴的税款为所有孩子提供教育。乔安娜把那座城池称为“新耶路撒冷”，说它的领导者是一个女人，人们只知道她的名号——“幸运母亲”。

我看到耐德从团体劳动中逃了工。他当时正在戈登河的一处偏远河道，站在齐腰深的水里拉拽原木。他和被他说服的另外八个人决定一起逃跑。他们从背后袭击了监工，用身上的锁链勒住监工的脖子，直到他的身体瘫软下去。他们用鹤嘴锄砍断了锁链，但只能继续带着铁脚环。他们把监工的头摁在戈登河里足足五分钟，之后抛下他了无生气的身体，任其在河边的漩涡里缓慢地打转。这一群人靠着其中一个囚犯用天然磁石和一块偷来的怀表壳做的简易指南针，艰难地朝东北方向步行进发。走了两天后，其中三个人决定退出这次奔赴新耶路撒冷的旅程，他们要回麦考瑞港沿岸去，看看能否从那边的劳改小队手中抢到些补给。耐德和剩余五个人继续前进。六人中，只有耐德·奎德和艾伦·赫西相信乔安娜·希尼口中有关新耶路撒冷的幻象。连姆·布林恩、杰克·詹金斯和帕迪·加尔文计划加入一个匪帮——令人闻风丧胆的“巴比伦”，他们在霍巴特城外大肆劫掠，却始终逍遥法外。威尔·多赛特漫无目的地跟着他们，仅仅是庆幸于逃离麦考瑞港那种地狱后的轻松。灼人的烈日退去，天空被铅灰色缓缓蚕食，他们匆匆闯过的低矮树丛渐渐变为高山草原，举目所及一片棕褐。而后，他们几人的脸开始黯淡，最终全部消失；我则回到我麻痹身躯的一片黑暗之中，只留下诸多疑问与不解。

第三夜

阿利亚什被落在他睡袋上雨滴的嘭嘭声唤醒了。这声音把他的思绪从梦境的深渊中拉出，让他恢复清醒，意识到得从睡袋里出来了。水滴轻柔的节奏被倾盆大雨砸在雨林树冠上的沉重声响淹没。

大雨强迫南水青冈和檫树接受它的摆布，然后继续向下渗透，枝条接枝条，树叶接树叶，直到每根枝条和每片树叶都被大雨肆意摇晃，发出声响。直到雨水倾洒在森林地表上，成千上万的雨滴和成千上万摇晃的树叶汇集成一股震耳欲聋的声响，一种势不可当的意志。

阿利亚什和同被惊醒的“蟑螂”迅速把各自的睡袋塞进了防水袋里，他们披上冲锋衣，利落地在睡觉处上方撑起一块浅棕色的尼龙布。他们的头灯射出圆锥形的光，随着动作勾勒出雨水下落的白线。而这两块圆锥之外的世界一片漆黑。他们一系好那块尼龙布，雨就又下大了，变成从天而降的洪流，慢慢在布上汇聚成不祥的小水洼。他们不得不让布再倾斜一些。他们两人没带自己的帐篷来，尽管团员们一般都会睡在那里面。向导从来不会跟团员们一起睡帐篷，而总是睡在离他们稍远的地方。

阿利亚什和“蟑螂”去查看了团员们的帐篷，确保它们搭得足够牢固。然后他们爬下河岸，赤裸着腿感受硬水蕨和澳洲茶树湿冷的抚摸。阿利亚什不明白，白天里普普通通的路，为何在黑暗中像是总也走不到头。他们用力把停在河面的橡皮艇抬到高处的地面，系在树上，接着把散落在河边易被冲走的救生衣、头盔和船桨全部收起，带到地势更高也更安全的营地去。大雨继续瓢泼而下，但河水并没有涨起来。他们醒着等了半个小时，在尼龙布下点着蜡烛打牌。

“该死的。”“蟑螂”突然骂道。他抽打了自己的前臂一下，上面趴着一条已经吸胀了血的蚂蟥。

“等着。”阿利亚什说。他爬出睡袋，走到装食物的黑桶边，带回了一盒火柴和一罐盐。他在地上撒了一个五分硬币大小的盐圈。

“看着。”他点燃一根火柴，先让它烧着，然后吹灭，把那又红又烫的火柴头戳到蚂蟥身上。蚂蟥在灼烧下痛苦地弓起了身体，从“蟑螂”的手臂滚落到地上。阿利亚什用一片树皮挑起蚂蟥，把它放到盐圈里。每次它想逃走，身体都会碰到盐，并将盐分吸收进去。它开始翻滚，汩汩流出属于“蟑螂”的血来。“瞧瞧它多痛苦，”阿利亚什说，“它不管往哪里跑，不管怎么跑，都只会吸进更多盐，受更多苦。”

“你可真变态，柯西尼。”“蟑螂”说。

“你是怎么跑到河上来打工的？”阿利亚什问。

“我之前在凯恩斯干活，给一个新开的度假村装空调——要说工种的话，我其实是个水管工。我就想，滚蛋吧，我可不想像那里的老家伙一样，到了六十岁，还是除了水管什么都不懂。所以我去塔利河上找了个活儿干，那都是四年前了。”

“你后来想过回去做水管工吗？”阿利亚什问。

“偶尔。可做了一阵向导之后，你就有点离不开它了。这是一种生活方式，真的。开派对，睡女人，第二天再回到河上。让你觉得自己好像还有目的地要去。虽然其实没有。”“蟑螂”转过头来看着阿利亚什，后者仍在欣赏蚂蟥濒死的痛苦。“但有时候我觉得，我是不是该在哪里定下个工作，再找个女人。差不多安顿下来。你有没有过那种感觉？”

他该怎么解释自己的感觉？他该怎么解释，他感到没有什么比家庭更重要，却依然抛下家人的事实？他该怎么描述那种被恐惧追逐着的感觉，那种无法言明的恐惧，踞守在他身后如影随形？就好像他始终在一个梦里，无法转身面对那片阴影，探查它的真相。他该怎么告诉对方，那种恐惧有时会变得无比巨大，他甚至觉得自己会被它撞得稀烂；又是如何感觉自己再也无法振作起来，甚至连早起、寒暄、微笑和大笑都超出了他的能力范畴。于是，他开始不停喝酒、开始吸毒，直到这些放纵之举令他痛苦万分，从而掩盖住那片阴影带来的痛楚。到了那时，他才会放下酒瓶和毒品，希望那片阴影已经离他而去。可它只会以更强烈的程度卷土重来，就好像他的荒唐行径已经无法令它满足，它想要求更多，索取更多。然后，他会尝试以换新工作的方式来逃避那痛苦，干活到身体酸痛，彻底脱力，这能让他有幸睡个好觉。是那种干体力活的人深沉香甜的睡法，就算精神已经沉入最深的地方，身体上的痛苦却依然停留在表层意识中。那时，那仿佛沉重至极的身体像一串宝石项链般陷入床垫。他懒得再动一根指头，因为那筋疲力尽的四肢哪怕再移动一次，都要花费他极大的努力。然而，几个星期后，那片阴影又会在他的梦中浮现。他会猛然从床上弹坐起来，双眼大睁，恐惧得无以复加。他也试过去找个女人来排遣黑暗的恐怖，偶尔，虽然不是经常，他能找到。但比起对着女人哭，他倒是无一例外地会弄哭她们，仿佛她们的痛苦能向他保证，他受到的煎熬并不是个体的疯狂，而是他急于成为其中一分子的人性基石。而他找的女人越多，他就对她们越刻薄，她们也就哭得越多，和他分手得越快。那时他就知道，该放下她们朝前看了。而再之后，这整个过程又会重演一次。地狱一般的循环。

对他而言，毫无归属感的生活更轻松些。毕竟他学会了如何应对无依无靠的感觉——如何以这种方式过活，漂泊不定，从不允许自己在某一处停留太久，慢慢地，他享受起这种无根之感来。他感觉自己什么人也不是，是一团看不见的虚无，他告诉自己，就是这样了，他的一生始于虚无，又终于虚无。但那是个谎言，他知道。他并不想了解它，它却对他知根知底，还塑造了他这个人。即便他能否认它，它也绝不可能对他转身而去。看起来，是它为那片阴影提供了越来越丰富的食粮。阿利亚什因此痛恨它，也更加痛恨自己。可他能怎么向“蟑螂”解释这其中的道理?

“不，我没有过。”阿利亚什说。

“那你可真幸运，”“蟑螂”说。“可能你是那种想要女人就有女人，不想要了就能走掉的男人。但我，不知道，我没法再那么干了。你懂我的意思吗? ”“蟑螂”说。阿利亚什什么也没有回答。他用一根小树枝把蚂蟥推回了盐圈里。于是“蟑螂”继续说:“我现在也没主意了。我也不知道我想要什么，想干什么。什么也不知道。如果我能找到个女人，愿意在我身边睡一整晚——我说的就是睡觉，没有别的——那我会爱她到死。你明白吗? ”

“不。”阿利亚什说。

“你可真变态，”“蟑螂”大笑道，“知道吗? 真的变态。”但他看的是扭来扭去的蚂蟥，而不是阿利亚什。

那时候已经凌晨四点了。他们丢下独自痛苦的蚂蟥，最后一次下到河边查看水位。

河水静静地朝西流去。但阿利亚什能听到水流开始舔舐着河岸，感到它的胃口渐渐高涨。

河水开始上涨了。

也带起了我。

开始漂浮。

六

在这个涨水之夜，我看到了一张床罩。非常清楚。它的样子是这样的：纯白色，第二次世界大战前的优雅风格，双人床大小，中央有一片很大的泛黄褪色的污迹。整体看去，虽然有，或正是因为有这片年头久远的瑕疵，床罩从设计、材质到感觉都显得精致而美丽。但那里没有双人床。只有一张单人床。床罩被折成了合适的尺寸，铺在上面。我更仔细地观察着那片污迹，直到它渐渐显现出一片宽阔河口的形状。在那里漂着一艘船，沿着德文特河下游宽广的河段缓缓而上。

那是一艘建造于一九五七年的破旧的老汽船，当初的任务是把南欧人带到澳大利亚。汽船的甲板上站着面色苍白的索妮娅，她穿着一件长大衣，把一个三岁的孩子紧紧地搂在身旁。是我。那个孩子不停地发出忽大忽小、怪异至极的咯咯笑声。因为这个傻瓜一样的孩子认出了他的另一个家，那是一个对他母亲而言完全陌生的国度。

索妮娅和哈利

第一眼从船上看到它，索妮娅就哭了起来。

“你带我来的这是什么地方？”她问哈利。这是座小镇，木质建筑因为年代久远、缺乏维护与修理资金而摇摇欲坠、东倒西歪；一道巨大的紫色山峰像个暴戾的女族长，矗立在她的子孙身后，随时会给任何说她孩子坏话的人一记重击。这小镇就像个噩梦。它身上的任何一处都是索妮娅无法接受的。到处刷着英国人喜欢的单调颜色。空中乌云密布，好像威胁着要下雨，却又下不来。不过，那天，当他们的船摇晃着驶过德文特河时，冬日下午的阳光令这座小镇闪出了七彩的光。它看起来拥挤、局促，堆满了建筑。橄榄色的森林从四面八方包围过来，只由一条天蓝色的河标示它的前沿界。即便如此，这镇子似乎仍对某些事物敞开着胸怀，而那事物，索妮娅多年前便已对其封闭心扉。很容易看出这镇子并不古老，不过百来年历史，但当他们走下船，踏上那些街道时，索妮娅嗅到了某种更为陈腐的气息。那是退潮的味道，盐与风干海藻的味道。这个看起来本该挤满了人的世界，却基本上空空如也。当他们走过那些安静、空荡的街道时，风穿过那片如海洋般浩瀚的死寂，从各个角度撕扯着席卷而来。

“这是什么地方？”索妮娅再次问道。

“你觉得是什么地方？”哈利反问，有点被这个对他来说毫无意义的愚蠢问题问烦了，“是霍巴特。”

他们看到一个男人在与一根电线杆争吵，一个女人在恳求他别出洋相。

“滚开。”那个男人说，“这是私人谈话。”

他们看到一个女人坐在排水沟里，身边是一群鸽子，她大笑着看它们从自己手中啄食。他们看到一个醉醺醺的渔夫跌跌撞撞地走出一家酒馆，脸上插着半截啤酒瓶。

“我来找粉唇鲍，结果他们给我这个。”他对索妮娅和哈利说，然后蹒跚着走开了。他哭泣着，并非因为疼痛，而是出自一种无尽的悲伤。

在之后的几年里，索妮娅变得坚强起来。她常常回忆起自己在拉多弗利卡铁链厂当年轻女工的岁月。“知道他们做的是什么吗？铁链。不是拴狗链也不是小项链，是船上用的那种巨大沉重的链子。我们的工作就是把它们抬起来，码好。”说到这里时，她通常会停下来回想当时在厂里的情景——那段回忆始终纠缠着她——然后重新抬起她那仿佛映出锈迹斑斑的钢材的眼眸，说：“我真是再也不想抬铁链了。”可是就这方面，即物质上的改善而言，哈利无疑自始至终令她失望。他从未能跳出自己出身的那个阶层，甚至满足于更为彻底的沉沦。不过，索妮娅对自己近乎苛刻的勤劳和对目标势在必得的惊人执念确实让他们挣得了一个家，他们也尽量在短短几年内还清了房贷。他们虽然称不上富裕，但也尽量做到了生活不太拮据。而且，他们的确抱有同一个梦想：拥有一个大家庭。

但在我之后，他们再也没有生出孩子。为什么？我不知道。必然不是因为缺乏努力，因为就在此刻，哈利和索妮娅越发绝望的一次次交媾在我眼前闪过。索妮娅把这件事归咎于酒精，偶尔钻起牛角尖来，甚至会把哈利拇指的残损看成是昭示了某种更为根本的不足，后悔自己没能提早觉察。他们去看了医生，而医生把他们介绍给了一位专家——一个雄心勃勃的年轻人，麦克奈尔先生。麦克奈尔先生信誓旦旦地告诉他们，问题在于索妮娅的输卵管，很好解决。索妮娅住进医院，开始接受极其折磨人的治疗，让空气泵入她的输卵管，试图清除据说在那里存在的阻塞物。一年间，她每个月都要去接受一次这种治疗。疗程结束时，麦克奈尔先生宣称治疗获得了成功，这对夫妇如果还无法生育，便只能去寻求科学之外的原因了。此后，他们交媾的底色便从绝望的欲求变成了无力承受的悲哀。因为索妮娅感到她的身躯已经成为一具空壳，它存在的意义已经被偷走，而她丈夫此刻的投入，不过是对这种激情所理应产生结果的一种徒劳的嘲讽。如今她躺在他身下一动不动，也不再用手揉搓他的睾丸。她躺在他身下，闭上双眼，看到了铁链厂里的自己。

哈利和索妮娅的婚姻在那之后便称不上圆满了。不，我换个说法。哈利和索妮娅的婚姻像这条河一样变幻莫测。可以变得很糟糕。他们会相对站着，互相大吼，索妮娅有时会用拳头捶打可怜的哈利，哈利则会把她钳制在一臂开外，以防她痛骂他时乱挥的拳头着陆到他身上。她用来骂他的斯洛文尼亚脏话实际上并非来自母国，而是意大利的特产。“我们斯洛文尼亚人太文雅了，”她会提醒他，“不会自己发明脏话。所以我们会借用意大利人的。”哈利并不是总能避开她的拳头，有时她也能成功击中他。随着时间过去，哈利逐渐变得更加寡言，也更沉溺于酒精，他试着避免直接和她对抗，但这比躲避她疯狂的拳头更难，因为哈利身上总有些东西能激起她的暴怒，有时仅仅一句无心之言便能使她大为光火。这些年来，她早已耗尽最初的激情，对哈利产生出一种生理上的疏离，当他从后面揽她入怀，亲吻她的脖子时，她表现得了无生气，全身僵硬。她尤其厌恶他亲吻她的嘴。她的嘴唇始终冷硬，表情不为所动，她会说“结束了？”，或者“你满意了？那我可以继续干我的事了？”。在她眼里，他蓬头垢面，邋遢潦落。在他眼里，她对他冷漠，疏离，熟视无睹。这些年里她变了，不再是一个任性倔强乃至疯狂，渴望把从前抛在身后的年轻女人；她变得愈发沉湎于一种从未存在的过去。她穿得更加保守，开始养成去教堂的习惯，并把家里布置得仿佛一座从垃圾堆里回收出来的、破破烂烂的中欧文化博物馆。她变成了一个欧洲式的老母亲。不过，尽管有这样那样的遗憾，他们的婚姻也不能算一无是处。索妮娅曾经热烈地爱过哈利，尽管那种热情日益扭曲；反过来，哈利也爱过他的“丁香粉[①]夫人”——他们躺在床上耳语时，他偶尔会这样称呼她。她虽然对他一贯冷漠，但也会有某些时候，和他在那张床上尽享鱼水之欢。我就曾目睹他们做爱的场景，那在很大程度上非我所愿，因为我不希望看到父母以那种方式出现在眼前。我前面说过，我本人注重隐私，而这种对他们隐私的侵犯多少有点不公平。我看到的一切明确显示出：哈利知道自己爱索妮娅，尽管他永远无法理解她；索妮娅知道自己理解哈利，也正因此，她质疑他究竟值不值得自己去爱。

很多年后，当哈利的生命走到尽头时，他想起了自己和索妮娅抵达霍巴特的那一天，想起了他曾经多么爱索妮娅，那爱在当时看来是多么强烈，多么永恒。它去哪里了呢？当他躺在病床上，药液打着转流进他被癌细胞胀满的腹部，他想起了索妮娅，想起了他们曾经拥有过的和最终失去的。这种东西为何总注定如此短暂？到了最后，他觉得自己是恨索妮娅的。可紧接着，在弥漫着工业酒精余

① 调味品，香气浓郁，常用于肉类、糕点和腌制品等。

味的病房里，他过去蜷在她身后时，嗅到的她后背皮肤的气味涌回向他；丁香粉的香气涌回向他；还有她说话的嗓音，也最后一次涌上他的心头。

啊，我想念你。

他曾经是那么爱她。

啊，我想念你啊。

耐德·奎德，一八三二

两张脸。在许多气泡之间，出现了两张脸——其中一张布满天花的痕迹。形状滚圆的头顶几乎被剃秃，以至于上面的红发成了头皮上凹凸不平的星星点点，看上去就像许多生了锈的针。

是我那种头发！我的红发！

耐德·奎德，“石人”。

为什么有这么个奇怪的绰号？那是因为，当他因持有一卷香烟或某次唱了首歌而被绑在三脚架上鞭打时，他不曾泄露出丝毫痛苦。他第一次接受一百下的鞭刑时，我听到，那个名叫普罗科特、曾经做过面包师的鞭刑执行人在刑罚结束后，一边解开耐德·奎德被绑缚到发白的手腕，一边对他说：“你真是石头做的。”而奎德的后背在遭受九尾鞭毫不留情的抽打后，已经变成了一块血迹斑斑的雪花石膏。在他心中，他是无辜的，因此绝不允许任何一声痛苦的哀鸣背叛他的清白。因为那意味着他真切地感受到了惩罚的效果，也就赋予了惩罚某种合理性。

第二张脸消瘦而狭长。左眼上方一道伤疤把眼睛挤到一边，拉开了它和鼻子原本的距离，给了这张脸一种扭曲之感。脸的顶端覆盖着中等长度，肮脏、打结的褐色头发。艾伦·赫西。来自斯皮塔佛德[1]的织布工，一名异见者。曾经的马格尔顿教派[2]信徒，后来的霍克斯顿古代自然神论者[3]。他会谈到梦境，谈到自己和死者对话，还屡屡看到翅膀燃烧的天使，闻到他们死亡时灰烬的气味。天使很是美丽，只是口气不佳，有他闻过的最为强烈的腐臭味。

两个男人坐在集体宿舍的角落里，那房间是石砌的，散发着寒气与恶臭。地板上躺着几百个犯人，有的痛苦呻吟，有的疯狂傻笑，有的在睡梦中大声咒骂，还有的在木地板的缝隙里撒尿，淋在下层那些从附近的荒野抓过来的土著人的头顶上。寒风吹进墙壁上充当窗户的开口。窗外，大风掀起麦考瑞港的海水，拍上这座充当着监狱的小岛屿，传来阵阵声响。莎拉岛。大英帝国的恶魔之岛，一套庞大的刑罚体系的终点，最遥远的大陆那最遥远的附属岛屿中一座最遥远的小岛。尖叫、哭泣、剧烈的咳嗽和喘息声传来，来自被关押在下方的黑人土著，来自那些尼德沃恩和达金的骄傲居民的喉咙和嘴巴。他们认为这座建筑被恶灵占据了。有人吓得魂不附体，有人提议逃跑，有人因为流感、寒冷和恐惧而奄奄一息。所有人都相信恶魔在房间里肆意来去，将邪恶的矛尖插入他们的胸膛。外面，大雨瓢泼，冲刷着地面，带走了遭犯人苦工对植被的彻底破坏后岛上仅剩的一点表土。

耐德·奎德和艾伦·赫西第二天将被编进队伍，划船沿戈登河

① 前伦敦自治市塔村区的教区。位于伦敦东区，是著名的市场街。

② 于 1651 年创立的英格兰清教教派。

③ 1770 年至 1790 年在伦敦霍克斯顿地区活跃的宗教团体。

而上，与半个月前就被派去那里砍伐泪柏的另一队人换班。他们打算就在那里实施越狱计划。耐德·奎德向艾伦·赫西——来自斯皮塔佛德的反对派织布工、此次越狱计划的同谋者——口述了一张给自己妻子的字条，毕竟，辗转于几个教会的经历让赫西掌握了读写。耐德的妻子被关押在霍巴特妇女工厂。

“你要怎么把字条给她？”艾伦问。

“通过索利。军需处的。他欠我人情。他会坐下一趟开往霍巴特城里的船，偷偷帮我带出去。”耐德·奎德向四周张望了一圈，确认营房里的其他犯人都没过多留意他们的耳语。“开头怎么写？”耐德·奎德问艾伦·赫西。

“你想怎么写就怎么写。”艾伦回答，“我只负责把你的话记到纸上，送到她脑子里。”

耐德看着自己的脚思考了一阵，而后抬起头来，不好意思地望着艾伦，说：“能写‘我亲爱的伊莱莎’吗？”

“你想这么写？”艾伦问。耐德没说话，只点了点头。

艾伦·赫西用一根偷来的铅笔头，在一张纸条上写着，两人摆好位置，把纸条遮掩起来。艾伦·赫西用一种仿佛致信女王的腔调书写着。艾伦·赫西写道：

我最敬爱、最尊贵的伊莱亚[1]夫人——

耐德·奎德看到自己的话被转化为纸上一片华丽的字迹，这一景象极大地鼓舞了他对口述信件的信心。于是他继续。“告诉她，”他说，“告诉她我们要去帕拉马塔北边好几百里的那个有围墙的城市，告诉她那里所有人都是自由民，没人被关着，告诉她只要我到

① 原文故意用错误拼写体现人物读写水平，译文均保留。后文同。

了那里，找到活儿干，有了房子，我就会送信或者派人来接她和我们的孩子，把他们从监牢带到自由的光明之中。”

艾伦·赫西尽己所能地书写着。艾伦·赫西写道：

让我们在新耶路撒冷再会。

当这些华丽的拐弯和圆圈继续在纸上排开，如一场盛大的游行时，耐德开始意识到文字所蕴藏的能量，感受到它们颠覆性的可能和诱惑性的力量。“告诉她，”他说，“就说我爱她，对她的爱是唯一支撑我活到现在的东西，上帝知道，再没有别的什么能滋润一个男人身处地狱的灵魂了。”

艾伦·赫西用他所知应有结尾的措辞书写着。艾伦·赫西写道：

爱着你的、你卑微的仆人……在上帝的注视下

耐德·夸德 签名见下

信的下方，耐德·奎德潦草地画了个凯尔特十字架的轮廓，一个在圆圈里的十字架。

圣母啊！就在我想停下来，看看接下来会发生什么时，那个十字架和圆圈开始在我眼前跳舞、旋转，开始和其他水沫中的漩涡一同组成螺旋状的锁链，接着，我看到有人站在河水打着漩的激流之上，低头观察着水面。我看到了阿利亚什。

第四天

拂晓，灰暗而柔软的天光四处扩散，阿利亚什望着河水慢慢涨起。他站在一根越出河岸的原木上；正从营地向下张望的“蟑螂”看在眼里，觉得他似乎对河水的状态漠不关心。但实际上，阿利亚

什留意着周围的一切动向，掌控着漩涡那忽而冒出又转瞬即逝的频率，分析着被上游那刚形成的激流冲刷出的白沫打着漩的样子，聆听着河水新发出的声响，试着解读在那低洼处，澳洲茶树于上涨河水的推搡下，枝叶簌簌颤动着做出的预言。那河水似乎在催促，等那些植物和阿利亚什随它一起顺流而下，加入一条河流在涨水时那种流畅而迅猛的狂欢。澳洲茶树呈弯折状，但并非屈服，它们承认洪流的威力，始终保持向下游倾斜的姿态生长着，但从未离开它们生根的地方。这些发育不良的植物年复一年地生长在河底，也许已经活了一百年，却只长了一米左右的高度。它们弯腰驼背的姿态是一百次洪水与一百次干旱活生生的证据。从一小片激流的细微之处中，阿利亚什解读着整条河变幻中的真容，听取他祖国心灵的历史，为它的丑陋不堪深感恐惧。

他回到篝火边，蹲了下来。其他人看着他，心里明白：他，也只有他能读懂河流和它的情绪。阿利亚什没有在意周围的目光，径自望向火中的炭块，却只能看到“奶桶”的落水所扬起的泡沫和水雾，此刻他感受到的也并不是火焰的温暖，而是腹内紧张的痉挛，那种每次他们将橡皮艇推入“雷冲涧”下宽阔的激流，并向上帝祈祷这次能平安渡过时所涌现的感受。没有人说话。所有人都在等他。阿利亚什从柴堆上取了一根柴，想把一只摇摇晃晃的烧水壶垫正一点，但他还没动手，“蟑螂”就从火堆外踢来一根原木，命中正中心，巧妙地帮他把烧水壶移了位。“蟑螂”瞟了瞟阿利亚什，开口了：

“你有什么想法，阿利？”

阿利亚什站了起来，在裤子上蹭了蹭手。“是个做饭的好天气，”

阿利亚什说，“我的想法就是这样。”他走到一个桶边，拿出一些面粉，“想着我们可以先做点松饼，我的想法就是这样。”一些团员松了口气，他们的恐惧并非来自对河流本身的了解，而是当他们察觉到向导身上逐渐加重的不安后，一种纯属直觉的不祥之感便随之而来。而另一些人把这种不安当成了展现自己勇气的好机会。

“我认为这次旅行的精髓就在这里，”医生里奇说，“得时不时冒点险。”他说这话时也带着些许不安。“蟑螂”看向里奇。

“那就别客气，找条船上去自己走吧，”“蟑螂”说，“我可要留在这里吃个松饼。”有几个人大笑起来。

里奇以为向导们不愿前进是觉得顾客们会害怕。“我不怕。”他说。语气挺犹豫。

阿利亚什从煎锅里融化着的人造黄油上抬起眼来。“我怕。”他说，然而立刻后悔，不该当着所有人的面说出来。

“我想吃个松饼，”奥蒂斯微笑着说，“妈妈每个礼拜天中午都会做一堆。”

他们在湿漉漉的雨林营地里消磨了整整一天。男人们待在他们的帐篷里，缩进各自的睡袋，好像他们就只能在那里面才能生存。女人们则揽下了那些男人通常因太过疲倦、太不想做或太沉迷于聊体育和政治话题时抛下的活儿。她们劳动。她们给蔬菜削皮。她们收集柴火。她们到河边汲水，然后爬上陡峭难行的河岸，把水送到营地。她们洗盘子。她们协助向导收拾营地，帮忙打开食物桶，又帮忙封好。她们修理装备。男人们则省下精力，等着以后大把需要他们展现勇气的时机。女人们的勇气是能忍受一整天的阴雨。相比之下男人们总因此郁郁寡欢。他们为与女人同行而感到尴尬，还因为这些女人们做着实际上该由男人去做的活儿而难堪。向导们喜欢看到这种情况。对他们而言，没什么能比一整团的男人更糟糕的了。一个没有女人的旅行团无趣、懒惰，很容易变得不知天高地厚。照顾男团员们实在太费劲了，而他们的陪伴通常抵不上所造成的麻烦。阿利亚什喜欢和女团员们围坐在火堆旁。“蟑螂”会组织她们建立一个规模不小的威尔士矿工乐团，让她们唱汤姆·琼斯[①]的那些老歌，每一句歌词他似乎都能记得。他们会唱《黛利拉》，会唱《我家乡绿绿的草地》，还会唱《我和琼斯太太》。自称威尔士裔的“蟑螂”说，她们没有一首能唱得出色。

午饭后，“蟑螂”和阿利亚什打开了备用帐篷，支起来，在里面补了一会儿觉。差不多下午三四点时，他们醒了，拉开帐篷链子向外望去。营地里一片黑暗。就算有一点亮光，也很难穿透雨林。远处，在看起来比营地还要明亮的河面上，暴雨如注般落下。但在他们光线幽暗的营地里，在南水青冈、黑木相思和泪柏浓密交织的树冠下，落下的雨丝稀稀疏疏，变成了一场毛毛雨，夹杂着时不时从枝条滚落的些许水滴。两个团员——穿着大红色戈尔特斯[②]冲锋衣的马尔科，和穿着湿乎乎黑色睡衣的德雷克——站在一块做饭时避雨用的蓝色大防水布下。他们在低声交谈。

“他们闲得发慌了。”“蟑螂”说。

“拿‘大富翁’出来玩啊。”阿利亚什说，两个人都笑起来。

“见鬼的主顾。”“蟑螂”说。

南水青冈或青或黄的叶子随雨水落在蓝色防水布上。雨水在布

① 汤姆·琼斯（1940—　），威尔士摇滚乐坛的传奇人物。

② 由美国戈尔公司发明并生产的新型面料，具有防水、透气和防风功能。

中央积成一片。马尔科用一支桨朝上戳了戳积水处，却让水泄进了下边一个开着口的食物桶里，里面的食物都让水泡了。

“该死的蠢货。”“蟑螂”说。

索妮娅和哈利

蔻塔·何给玛利亚·马格达莱娜·斯维沃打电话，探听哈利的近况。她们谈到了过去的岁月，谈到了阿利亚什，已经有好些年没人见过他了。她们还谈到了索妮娅，蔻塔·何从未见过她。玛利亚·马格达莱娜·斯维沃给蔻塔·何讲述了一九五四年索妮娅在的里雅斯特遇见哈利的故事。开头被她讲得宛如戏剧的开场。

“当时在国境两边，双方的军队开始集结。铁托[①]坚持认为，这个被斯洛文尼亚人称作特里斯特，又被意大利人称作的里雅斯特的斯洛文尼亚城市，应该被归还给南斯拉夫。同盟国拒绝了。短短一段时间里，来自冷战各方的角力就把这个地方搞成了亚得里亚海屁股上的一个脓包。”说到这里，她的语气转而变得平淡起来，“那时候，除了哈利·刘易斯以外，还有谁会挨家挨户地售卖日本缝纫机呢？那时没人买缝纫机。战后，里雅斯特连买波伦塔[②]的钱都凑不出来，更不用提那种夸下海口、要价虚高却看着名不副实的亚洲产劣质机器了，更何况，推销的还是个口音奇怪、右手没有拇指的外国人。

“第二个星期结束时，哈利依然没有卖出一台缝纫机，他想喝杯

① 约瑟普·布罗兹·铁托（1892—1980），第二次世界大战时期南斯拉夫领导人。

② 一种传统玉米蛋糕。

咖啡歇歇脚，于是正好走进了索妮娅工作的那家咖啡馆。哈利喜欢那杯意式浓缩咖啡，那味道对他而言，是那么陌生、那么奇特。他甚至一时没意识到那是咖啡，还以为是某种异国的饮品。

“索妮娅被这个腋下夹着缝纫机的深肤色陌生人吸引了。她觉得他看起来像从意大利南部来的，但走路的样子和那些涌到北边找工作的农民不一样。他的动作缓慢，就好像和周围人相比，空间和时间对他的意义有所不同，像是代表了某些开阔而宏大的东西。

“他走到收银台付钱的时候，手一伸进口袋，脸就红了。‘钱不够。’他用结结巴巴的意大利语说。索妮娅看向他失去光泽的眼睛，发现它们已经投向了下方摆放蛋糕的货架。

“他的脸颊瘦到凹陷下去。索妮娅知道，饥饿不仅是一种模样，还是一种强烈的气息。索妮娅还记得，战争期间她的母亲和姐妹们身上散发出属于饥饿的臭气。哈利的气味并不臭，但闻起来确实很糟糕。她将手伸进自己的口袋，然后越过玻璃柜台，把一些钱塞进哈利手中。他们的手指碰到了一起。哈利抬起头来看着索妮娅的脸，又困惑，又焦躁。索妮娅露出微笑，接着哈哈大笑起来。‘您要哪块蛋糕？’她问。

“哈利挑了四块，然后，清点手里的钱之后，克制住了冲动，重新点了两块，把剩下的钱收了起来。他付了咖啡和蛋糕的钱，对索妮娅连声道谢，保证说会尽快还钱给她。

“这时候，其他客人和员工都看着索妮娅，让她有点尴尬。她从哈利掌心拿走了相应的钱数，便转身去招呼一群吵闹的美国大兵。等她再转头看时，哈利已经离开了。

“卡塔丽娜，咖啡店老板，是那三十万意大利移民中的一个，他们丢下了自己在阜姆[①]、伊斯特里亚[②]和达尔马提亚[③]的房屋、村庄和记忆，要回到老牌资本主义国家意大利，而不肯搬去新兴的社会主义南斯拉夫。她从骨子里就瞧不起斯洛文尼亚人，听说他们如今占据了她的老家后就更反感了。每当她又在频繁地为什么事火冒三丈，这种反感便会像滚水里的新鲜意大利团子[④]一样翻腾起来。她故意用所有人都听得见的音量，对另一个女侍者用意大利语耳语道：'傻乎乎的小婊子。好像他还会回来似的。'她特意强调了斯洛文尼亚语里的'婊子'那个词。

"几天过去了，一个星期过去了，又一个星期过去了。咖啡馆老板开玩笑地说，她该扣下索妮娅所有的工钱，换成咖啡和蛋糕，分发给每个饿得昏昏沉沉、闯进这里的南意大利人。再之后的一个下午，哈利回来了。他身上破旧的外套不见了。他不再带着缝纫机，闻起来也不再有饥饿的气味了。

"他径直走到收银台，当着老板的面打开一个被钞票塞得鼓鼓囊囊的钱包，给了索妮娅一千里拉。她拒绝了钱，但接受了他带来的康乃馨。老板惊奇地看着这一幕。哈利点了一杯浓咖啡和两块蛋糕，结账时，随应付的钱一起，递给索妮娅一个信封。

"信封里是两张五百里拉的纸币和一朵雪绒干花。还有一张字条，用蹩脚的意大利语邀请她挑个晚上来和他见面。接下来的一个星期，每晚七至九点，他都会待在火车站的那家咖啡馆里。

"索妮娅在她工作的咖啡馆那间脏兮兮的厕所里，就着电灯泡的

---

① 1920 年至 1924 年为自由邦，1924 年后由意大利控制。现名里耶卡，属于克罗地亚。

② 亚得里亚海边最大的半岛，现由克罗地亚、斯洛文尼亚和意大利三个国家所划分。

③ 克罗地亚南部地区。

④ 用土豆和面粉搓成的丸子，一种意大利食物。

黄光读那张字条时，她还不知道，哈利去火车站里的咖啡馆并不仅仅是为了取暖，还因为那是开展他新生意的理想之地。

“索妮娅不想表现得太心急，于是等了四天，才肯赏脸光顾那家火车站里的咖啡馆。这四天里，她工作时会搞混订单、找错零钱，总觉得没法集中精神。老板把她骂了个狗血喷头，说自己如果不是因为好心，早就让她这样又蠢又没用的斯洛文尼亚人滚蛋了。然而她们俩都清楚，索妮娅之所以在这里干活，是因为没有任何意大利人会像没有合法证件的斯洛文尼亚人那样，接受一份薪水如此低廉的工作。

“到了第四天，索妮娅点起铜制汽油炉——那是她母亲在一个死去的德国士兵的行李中找到的，把一个表面坑洼的铝杯放上去，融化了一块肥皂。肥皂融化后，她用自己吃饭的叉子敲开一个鸡蛋。趁着这杯混合物还热着、泡沫翻腾时，她把铝杯从炉子上端下来，放在房间的地板中央，和一壶清水，还有一个印着一圈红玫瑰图案、边缘蓝色的搪瓷盘子放在一起。她跪在盘子前，用肥皂和鸡蛋的混合物就着清水洗了打结的头发，又用她从店里偷拿的果醋冲了一遍。她往浴盆里重新灌满水，用一块粗糙的浮石[①]搓洗了身体，然后看着自己的身体在摩擦和寒冷的夹击下慢慢变红。她没有立即起身穿衣，而是走到角落里那块倚在胶合板衣橱边的破镜子前。

“她颇有兴趣地打量着自己的身形，双手在腹部的优美弧线上滑过，那线条强韧而圆润，侧面衔接着臀部的隆起，下方没入耻毛的阴影。她望着自己的胸脯，乳头依然是少女的模样。她的双手从胸

① 火山喷发的岩浆冷却后形成的一种矿物质，主要成分是二氧化硅，可以有效去除皮肤上残留的角质层。

口滑下，滑到后腰的凹陷处停下，然后手心向外，腕关节向内，两肘叉在腰间。她一扬下巴往回一看，对着眼前的一切笑了起来。

“墨索里尼披着一个赤裸女人的外壳，从镜子里望回来。

“‘斯洛文尼亚人民必须意识到，只要他们将自己的民族身份融入伟大的意大利人民中……且只有在这种前提下，他们才有命运可言。’她模仿着墨索里尼那种故弄玄虚的腔调，接着后退一步，举起刚刚落在臀上的右手，安抚着想象中的一群罗马民众。‘他们必须学到历史的这关键一课，必须领会历史的这关键一课，否则，他们如果因自大而遭受苦难，便没有资格抱怨。’她继续演说。她的左手也从臀部的另一边抬起，和右手并到一起，来平息向这段深刻讲话致敬的热烈掌声。‘而直到那时，也只会在那之后，愚蠢的斯洛文尼亚小婊子才会发现，由可疑的男人献上的殷勤只会夺走它想要的东西，然后就永远也不会回来了。’

“卧室外响起敲门声。是玛利亚·马格达莱娜·斯维沃带来了她从一个朋友那里借来的裙子，已经给索妮娅熨好了。

“‘要是一个男人让你对自己花这么多心思，那以后也只会给你带来麻烦。’她警告索妮娅。但离开前，她又往连衣裙上身和腰部内侧的布料上撒了些丁香粉，咯咯笑着说：‘吃水果还是要加点调料。’从此以后，每当哈利再吃苹果卷[①]，一种欲火焚身的焦灼感定会重新浮现。

“那条裙子是棉的，印花设计。两条肩带很宽，腰间收紧，下摆到小腿中部。索妮娅试着把自己套了进去，她瘦小而结实的身体轻松地滑进了带着香气的布料。她又一次看向镜中的自己，用毛巾擦

① 此处指维也纳苹果卷，流行于中欧、东欧地区，可放丁香粉作为佐料。

掉了沾在脸上的棕色丁香粉。连衣裙的尺寸太大了，但穿上它站在镜前时，索妮娅感觉很好。

“到火车站的咖啡馆时，她看到哈利正在跟另一个男人聊得火热，那人年纪明显大很多，留着一把大胡子，头发又黑又厚。她之前见过他。于是她紧张起来，决定离开。但就在她准备走的时候，哈利发现了她，他从桌旁跳了起来，咧开一个大大的笑容。

“‘嗨。’他说，接着犹豫了，因为他还不知道她的名字。他垂下目光，然而迅速恢复如常，说道：‘我叫哈利·刘易斯。你能来我真的太高兴了。’他又笑起来。

“‘嗨。’她说，‘我叫索妮娅·柯西尼。’

“那个留着一头猪毛刷子般黑发的男人盯着索妮娅的胸，鼻孔抽动了一下。他看起来忧心忡忡。然后他说自己有事必须走了，又以一种不容拒绝的口吻表示他明天会在邮局和哈利见面，在‘邮局’二字上专门加重了语气。他走以后，索妮娅和哈利都如释重负。

“‘工作上认识的。’哈利说，不想让她误会那是个朋友。

“‘缝纫机？’索妮娅问道。

“‘不。’哈利大笑起来，衔着两根烟点着了，把一根递给她。‘不过也算是吧。’他补充道。她第一次注意到他的右手缺了拇指。他接着说：‘说缝纫机倒也不准确。’然后又咧开嘴，‘事实上，我已经不想卖缝纫机了。在的里雅斯特干这个挺好，跟在别的地方干没什么区别。’

“‘缝纫机？’

“哈利大笑：‘嗯，也包括缝纫机。’

“有一小段时间，他们谁都没有说话。之后，索妮娅刚想说什么，哈利就开口了。于是两个人都停住了，又紧张地笑起来。

“‘我不是意大利人。’索妮娅说。

“‘我也不是。’哈利吸进一口烟。

“‘看得出来。’索妮娅说，她又绽开笑容，紧张中带点柔情，‘像你的新工作一样好认。’

“哈利把烟从嘴里抽出来，笑容消失了。他专注地看着她：‘有那么明显吗？’

“‘我爸爸战前在奥地利和南斯拉夫之间走私东西，所以我看得出来。不过现在比那时候危险多了。现在被抓住得枪毙。’

“哈利一言不发。

“‘你卖什么？’她追问他。

“哈利鬼鬼祟祟地环顾四周，然后靠过来，在她耳边说了句话。

“索妮娅爆发出大笑：‘还是缝纫机！’

“哈利看起来有点委屈：‘南斯拉夫根本没人有缝纫机。这东西在那边可值钱了。德拉戈，刚才那个男人，在党内有门路。’他竖起一根手指，冲她晃道：‘我们只卖给上面的——将军，高层官员。他们付美元。’他把烟塞回嘴里，向后靠在椅子上，‘没什么风险。’

“索妮娅看着他，只是摇了摇头，后悔她之前还想过跟他发生点什么。”

玛利亚·马格达莱娜·斯维沃停了片刻。蔻塔·何提出了反对意见：“这些故事的问题在于，它们假设在你生活中总会有那么一两个瞬间，决定了你未来的全部命运。但生活不是那样的。”

玛利亚把雪茄从嘴里抽出来，灰色三文鱼肉般的舌头把嘴唇舔了一圈，润了润它。她说：“如果就是那样的呢？”

“不是的。至少我的生活不是那样的。感觉正好相反——特别草率。动不动就决定这个，决定那个。有一堆决定要做。”

玛利亚望着她快燃尽的雪茄上升起懒洋洋的烟，飘向天花板。“如果就是那样呢？等我年纪越来越大，我就越发现，这种故事里恐怕有点什么伟大的真相。我以前总搞不懂这些。现在我觉得，我以前不懂，是因为我们习惯于不去聆听沉默。不去关注空白。”玛利亚·马格达莱娜·斯维沃停顿了，但蔻塔·何什么也没说。玛利亚·马格达莱娜·斯维沃决定再讲一个故事。

“我听说，曾经有个女孩，她爱上了一个年轻人。挺好的年轻人，跟她同村。她应该有……我想，至少十八岁吧。后来她怀孕了。那个年轻人，因为他确实是个好人，就说他会负责任，意思就是会娶她。可她拒绝了他。他们在她的房间里坐了两天，对着哭。她说，她不会因为有了孩子就跟他结婚，为了孩子结婚是不对的。因为他确实是个好人，他就反驳说他爱她，他相信他们结婚会是个正确的决定。他们无法对未来达成共识。因为他们确实全心全意地爱着彼此，结果就只能为他们的悲剧痛哭不已。他们哭得那么厉害，泪水浸染了他们坐着的床罩。女孩的家人听着他们的哭声，不知道他们将做出什么选择来。他们最后走出房间时，女孩宣布他们不会结婚，以及她要去隔壁镇子度一个短假。她在那个镇上做了流产手术——怎么做的我不知道，因为那是很久以前的事了，那时候这种事都是偷偷做的。回来的路上，她的马车冲出路边撞上了一棵树，她死了。她死后，人们为她举办了葬礼，葬礼过后，她家人又挑了一个郑重的日子开始收拾她的房间，准备租给房客。房间里没什么东西，因为他们是穷苦人家。他们把被眼泪浸染的床罩取下来洗了，可上面的泪渍洗不掉。怎么努力洗都不行。他们把床罩漂白过好几次，在女孩死后的前几年里也经常洗它，可泪渍一点也没变淡。它始终留在那里。我猜，他们最后受不了这东西了，这张床罩，于是就把它送给了那个女孩曾经的爱人，那个年轻人。”

“然后发生什么了？”蔻塔·何问道，“我是说，那个年轻人怎么样了？”

“哦，什么都没发生。根本没怎么样。他结了婚，好多年以后。婚姻不算幸福，但也不算糟糕。他妻子给他生了四个女儿。最大的那个满十九岁那天，他把这张床罩送给她，给她讲了这个故事。”

“然后呢？”

“然后也什么都没发生。”玛利亚从双头鹰烟盒里抽出一支雪茄，用它的一端敲了敲其中一只鹰的喙。

“事已至此。[①]”她苦涩地说。她的头垂了下去，只有一瞬间，尽管只有一瞬间，蔻塔·何觉得那皱巴巴的苍老嗓音中出现了一丝颤抖。“事情就是这样发生了。老奥地利人喜欢这么说。事已至此。”她又停了下来，仿佛思绪会干扰语言。接着，就像停顿时那般仓促，她又突然继续说道：“从那以后，女儿开始每晚睡在那张床罩下，每晚进入梦乡前都看着那片泪渍，想着人生是多么奇怪。假如没有发生这一切，假如她父亲的爱人没有做出那个改变命运的决定，她如今还会在这里吗？”

玛利亚盯了她的雪茄一会儿，仿佛在细细检查它是否有瑕疵。而后，她把它点燃，吸入一口，屏住呼吸，用一种粗哑的声音开口道：“你想看看它吗？”她问蔻塔·何。她吞咽下口水。然后呼出一串缥缈的烟。

① 原文为德语。

第五天

烟飘满了我的视野。等它终于散去时，我看到团员们聚在火堆旁，医生里奇漫不经心地试了几下，想把火重新点着。这是件悲惨的事。下了这么久的雨后，连防水布下的木头都湿了。于是，羸弱的火苗在潮湿的火堆间进进出出，吞吞吐吐，烧出点点水汽，又烧出点点烟雾，仿佛在寻找哪怕一根能燃着的东西。现在是早餐时分。早晨缓缓到来，天光虚弱而压抑，乌漆漆的云尽管已不再倾泻瓢泼大雨，却依然在那里，让蓝得发黑的天空看起来就像一瓶被打翻的墨水。

"蟑螂"看着菜单——一张透明塑料文件夹里的打印表格，查询他们第五天的食物安排。他没去管火堆，而是摇开了两个汽油炉，然后往上面各摆一只烧水壶：一只煮咖啡，一只煮粥。当炉子忙着在汽油汽化发出的疾速脉动中嗡嗡燃烧时，我看到阿利亚什走出雨林，下到河岸边。我看着他伸展身体，打着哈欠。睡袋里的一夜休息让他的身体干燥而温暖，与此时四周的寒冷与潮湿格格不入。

他检查了昨晚插在河岸上充当水位计的木棍。河水泛着极小的浪，水位涨涨退退，于是他花了些时间观察，以确保分析无误。河水比昨晚上涨了大约十厘米，比起昨日白天内上涨的五米，这点涨幅微不足道。阿利亚什回去叫来了"蟑螂"。他们一起下到河边观察那根木棍，思考到底是该试着穿越峡谷，还是按兵不动。他们看向云层，猜测着天气又将如何变化。如果再等上一天，就会耽误太多行程。落后的行程倒不是不能设法补回来，但要想赶上在戈登河上客点的水上飞机还是比较困难。然而，如果河水继续上涨，穿越峡谷的行程会变得太危险，他们将只能等待，无论那些团员们有多沮丧，多么疲惫，眼看着宝贵的假期时光随着滔滔流水逝去。

“我们要不要再等一天？”“蟑螂”问道。阿利亚什环顾四周，惊讶于“蟑螂”竟然跟他想到了一处。“蟑螂”发出他招牌式的亲切大笑，龅牙龇了出来。“啊，怎么说，如果我们等得不够长，会受上帝惩罚的。”他说。这是个玩笑，他又露出了龅牙。“蟑螂”又注意到了什么，俯下身来，眯起眼睛查看，而后指向那根水位棍。水位已经开始下降了，虽然只降了少许。而就在“蟑螂”发现这点之时，一束仅有的光冲破阴霾，聚光灯一般打在两个河流向导身上。他们抬头看向天空，发现云层已经散开，其后的部分蓝天隐约可见。他们要做的决定，似乎已经由上苍替他们做好了。“趁着水位下降进入峡谷。”“蟑螂”大笑着说。两个向导转过身，开始朝雨林中的营地走去。“天使已经给我们下令了。”“蟑螂”说。

他们回到营地，发现粥糊了。那个会计德雷克向他们道歉。“我搅动过两次，”他的解释苍白无力，“但我想去打包一下睡袋。”“蟑螂”翻了个白眼，骂德雷克是蠢货，然后说他自己去煮咖啡。他把咖啡煮得特别浓，劲很大，阿利亚什喝得满嘴都是咖啡渣。阿利亚什蹲在地上，端着破烂的绿色搪瓷杯喝咖啡。浓郁的黑咖啡和隐藏在肚腹角落里的恐惧混在一起，让他的胃肠又翻滚起来。那一团肠道沉重得反常。团员们朝向导们围了过来，仿佛野兽围住一具腐尸。他们嗅到了决定已然做出的气味，但没有人出声询问。他们低声嘀咕着，彼此交流着自己的消化问题和睡眠质量，还有一些能让自己睡得更香的小技巧。

“我把衣服卷起来，塞进睡袋的套子里，做了个枕头。”希娜说。

“我挖了个坑，把屁股放进去。”里奇说。

“我穿着湿袜子睡，用体温就把它们烘干了。”德雷克说。

“我用我的屁点了个火，夜里暖和得很。”奥蒂斯说。其他人盯着这个体格巨大、稚气未脱的年轻男人，看到他的脸上逐渐绽放出笑意。“他开玩笑哪。”阿利亚什微笑着说。“蟑螂”大笑出声。其他人也跟着笑了起来。

阿利亚什站起身来，伸了个懒腰，手掌摩挲着冒出胡楂的脸颊，又摘下他的菲茨罗伊针织帽，手指爬梳过油腻的头发，再把帽子戴回去。笑声平息后，他开口了：“大家听我说一下，”团员们的低语渐渐消失，“我们一般不会在这样的水位进峡谷，不过你们也感觉到了，现在比昨天暖和，雨也停了。风变暖，说明坏天气朝北去了，接下来几天天气都会挺好。河水已经开始下降了。天气这么好，今天就能降不少。”

阿利亚什环视着团员们，从他的搪瓷杯里啜了最后一口，然后把杯中的咖啡渣倾倒到火上。“我跟‘蟑螂’觉得我们能安全划过峡谷，或许今天就该尝试一下。如果我们决定走，今天只会走到克鲁斯卡德斯河段，然后在下一段主路的高地上扎营。明天再穿过剩下的峡谷。”阿利亚什的说明在团员中激起了一阵大致算是赞许的嘟囔。团员们和阿利亚什与“蟑螂”一样，已经受不了继续在帐篷里干等了。

“所以我们走不走？”马尔科问。

“我们走，”“蟑螂”说，“进‘欺骗’峡。”

哈利

我看着阿利亚什又开始说着什么，可我听不到。我看到希娜摇着头。我看到里奇开始朝简易便桶走去，紧接着他也随着整个场景一并褪尽，消失在我的视野里。无论如何，我的思绪已经飘到了别处。我不再好奇他们会在河上遭遇什么，因为我再清楚不过，正在前方等待他们的是怎样的命运。而我想看到的那些，我却并不清楚。我想知道哈利一九五四年到底为什么会去的里雅斯特。我是说，这也太不像他的性格了。多年以前，他带着索妮娅和我回到塔斯马尼亚以后，就再也没有离开过这座岛，仿佛塔斯马尼亚就是一个完整饱满的世界。对他来说也许确实如此。他也从未停止发掘其中的妙处，都是那么新奇，那么不可思议——他这么觉得，也这么告诉人们。尽管酗酒让他的脑子变得迟钝，精神变得恍惚，仿佛他的身体是一盏灯，灵魂是逐渐耗尽的油；尽管每日的酒精如洪流般在他的心上淋出了沟壑，他也依然会抽时间去表达赞叹，有时是在那些诡异的烧烤聚会上，有时是在那些心血来潮去垂钓或捕猎的丛林之旅中。

我记得他过去是如何微笑的。我记得他会如何微微俯首，仿佛有些许难堪。我记得他的嘴角会如何微微上翘。我如今忆起这些，是希望能稍稍掌控这条变化不定的幻象之河，希望它能向我展示，我父亲为什么会死在的里雅斯特。这条河，一如既往地，没有回答我的问题。但它确实向我展示了一些我从未知道的事。

接下来看到的幻象，起初让我感到一头雾水。

十字路口。夜间。天空黑沉。一个男人穿着被雨打成深色的裤子和一件极其老旧的蓝黑色外套。那曾经是他父亲的外套。如今这件外套已经折旧破损，还因持续不断的雨淋而变得湿冷瘆人。本不该这样的，我能看到他在这么想着，拉过湿透的外套领子围住脸。

本不该这样结束的。他用黑色的翻领用力裹住沾湿了水的脸颊，呼吸形成的白气笼罩其上。我看到那脸颊被冻得发红。

这是谁的脸颊？我努力去看，探入幻象之河，细细研究着那疾掠而过的水流。终于，我认出了他。

是哈利的脸颊。是哈利的脸。上面空无余物，只有一种始终如一的坚信：命运决定一切，而他无能为力。那么多死亡，他却未曾预见过任何一起的发生。他本该被绞碎，却活了下来，但老波没有。艾丽姑妈没有。黛西没有。波伊没有。罗丝没有。他本该被绞碎，却活了下来。可一个没有大拇指的人是用不了斧子和锯的，于是他只能离开他深爱的河流，哪里有工作就去哪里。那个早晨，他搭上运矿回来的火车，从斯特拉恩一路上行来到昆士敦，盼着能在天黑前，找到适合缺根拇指的人干的活儿，酒馆、银行或者是商店，在哪里都行。但雇主们不是公开表示他们不缺人，就是——哈利猜测——私下里错误地认为，只有一根拇指的人不值得信任。

风猛然刮过，在被雨淋湿的孤单的电线间呼啸，与人们无论多远也希望互相碰触的愿望交相嗡鸣。无所谓，哈利想。他迈着沉重的脚步走出镇子，朝铺着石子的岔路口走去，希望能用左手拇指打出手势搭到一辆便车，沿海岸去往下一个采矿小镇罗斯伯里。他有个表亲在那里一家旅馆的底层酒吧做侍者，说不定他能说服表亲，晚上给他打个地铺睡一夜，第二天早上再给他介绍些活儿干。

他看着几辆车突突地从面前驶过，绝尘而去。他之前还指望着能在晚饭前到达罗斯伯里。而现在，天色已晚，他浑身湿透，又冷又饿。最后，一辆去向相反的车停了下来，那是辆老旧的道奇皮卡。开车的是个叫雷吉·何的渔夫，他的船被印度洋上的大风给困在了斯特拉恩。雷吉·何来之前喝了点酒，今晚他要一路开到霍巴特去，不为看望他住在那里的家人，而是去与情妇相会。去霍巴特。那得开八个小时，沿着杳无人烟的土路往东，绕过山口，循着峡谷之巅，抵达岛的另一端。去霍巴特。那可是个大城市，与哈利原计划的方向相反。不是哈利此行的目的地，也从来不是他设想中的目的地。无所谓。尽管直到那一瞬间之前，哈利都不曾想过到城市边上碰碰运气，可他却接受了这次邀请，因为那就是他的命运，天意已经为他掷出了点数。当雷吉·何驾车沿着那条凶险无人、狂风肆虐的坑洼土路艰难地朝霍巴特进发时，哈利坐在潮湿阴冷的座位上打着滑，同时竭力躲闪着扫进车厢的雨。

他们到后半夜才抵达霍巴特，浑身湿透，瑟瑟发抖。雷吉·何把哈利带到德怀尔太太的“蓝屋”，让他喝点热饮。“蓝屋”里，在一群烂醉如泥的码头工、抽着烟的渔夫、阴郁的警察、烦躁的政客，以及一帮在那里工作的无所事事的女人中间，他捕捉到了一个正在维特海姆牌钢琴上演奏的熟悉身影。那人是微醺还是烂醉看不真切，可他依然穿着一身整齐的拜登科普斯牌西装，依然是那副优雅而专业的模样，哪怕被夹在一个耍酒疯的苏格兰水手和一个气势汹汹的本地码头工人的激烈争吵中，他也纹丝不动地弹奏着，直到码头工人飞扑过来撞上钢琴，让曲谱散落得到处都是。血浆喷涌，酒瓶翻倒，杯盏破碎，嘶喊和尖叫此起彼伏。而鲁斯只是把他燃着的定制英格兰香烟从头到尾整个摁进烟灰缸里，并用一只颤巍巍的手不容分说一般，把他红色丝质的阔领带推回哈里斯粗花呢夹克下的正确位置，然后，冲一位女士送上一个歪歪扭扭的微笑，以感谢她帮忙，自己则从地板上捡起曲谱，又匆忙摆好在谱架上。鲁斯神游天外般继续弹奏着，甚至意识不到他正把两支曲子混着弹，一边是《我要坐下来给自己写封信》的后半段，一边是《喝着朗姆加可乐》的前半段。他或许是醉意太浓，注意不到哪里不对劲，或许是误把这不和谐的音调，归咎于某种他称之为“新潮音乐腐败堕落的影响”，不过，他倒还没醉到认不出自己的外甥。鲁斯下颌宽厚的苍老面容被认出熟人的惊喜点亮了。“嘿呦，哈利，”他说道，含糊不清的嗓音就像在试图切分从维特海姆牌钢琴的共鸣腔里传出的独特旋律，“你好呀。好久不见。”哈利开始向鲁斯讲述自己的遭遇，但他们的对话被德怀尔太太打断了。她像条被砍成两截的蛇一样气急败坏地冲到钢琴边上：“老天爷啊，鲁斯！你要是再弹美国佬的那什么比波普[①]，这屋里的人可都要被你气跑了！”她开始哼唱《凯利一家，乔·伯恩和丹·哈特》。鲁斯转头研究曲谱，费劲地盯着看了许久后，总算意识到了他严重的错误。他一言未发，突然开始弹奏阿尔·波利[②]的一首曲子。德怀尔太太笑了：“你还可以啊，没醉到连一首好听的都想不起来，对吧，鲁斯？还记得怎么弹，是吧？”鲁斯朝她眨了眨眼睛以示赞同。有一瞬间，德怀尔太太悲伤而空茫地望向远方，但只有一瞬间罢了。因为她看到了哈利和雷吉·何。

“你们是什么人？”她问。

鲁斯向德怀尔太太介绍了哈利，告诉她他目前处境艰难。德怀尔太太走开了，随后带着一个荷兰人回来，是个不定期向欧洲运送苹果的货船船长。船长把哈利带进德怀尔太太酒吧后面的吸烟室，狐疑地在他右手上找了半天拇指，什么也没说。他转过身去，走到

---

① 20 世纪 40 年代出现的美国爵士乐类型，曲调以喧闹狂放著称。

② 阿尔·波利（1898—1941），20 世纪 30 年代活跃的英国男歌手。

橱柜旁，打开它，在里面寻找着，然后转回身，毫无预警地朝哈利丢了个鸡蛋。哈利用右手的四根手指扣住了它。

“行吧。”荷兰船长说。他名叫格里，讲一口仿佛杂糅了欧洲和好莱坞口音的奇怪英语。“行吧。我在糖果店吃了糖，欠了德怀尔太太几张绿票子[1]，所以行吧。见鬼，为啥不呢？从这里出发去那不勒斯。告诉你干啥活儿，做饭，洗衣服。行吗？见鬼，咱就干吧，哥儿们。行吗？为啥不干呢？人活着不就是要碰碰运气吗？”

对啊，哈利想着，不就是要碰碰运气吗？管他是好是坏。无所谓。哈利是信命的，他相信冥冥中自有定数，而他对此无能为力。所以，就算他从未有过远行的念头，但这毕竟是个工作，他还是镇静地抓住了这个机会——意味着第二天一大早就要从霍巴特乘汽船出发，去往一个他横看竖看都觉得如同月球一般遥远的地方。

哈利看着那个穿着自己最好的一身白色棉布制服的荷兰人。一个体面人。一个行万里路的人。在哈利的认知中，远行只有随军一种方式，只会发生在赶上打仗的那种背运时候。但他已经失业太久了，随便什么工作都比领救济金强。这会儿他已经有了点醉意，他想要明早一醒来，就知道自己已经走在去往某处的路上。总比漂着强。哈利递上他少了一根拇指的手，以握手表示接受。

“那不勒斯在英格兰的哪里？”哈利握手时问。

赌徒基本上总是宿命论者，因为他们接受骰子掷出的结果必然有好也有坏，而且也明白，无论做什么都无法阻挡骰子落下。假如艾丽姑妈没有对赌博那么深恶痛绝，哈利可能最终会在赛狗或赛马上栽个大跟头，因为他会一输再输，却只觉得是天意弄人，自己毫

① 原文“greenback”，指美钞。

无办法。然而艾丽姑妈在他心中注入了对赌博的极大恐惧，让他连买张彩票都能涌出些许罪恶感。可哈利面对生活时，还是个不折不扣的赌徒。我猜，那正是他最后来到的里雅斯特的原因。

历经数月地狱般折磨人的船上生活后，在抵达那不勒斯之时，哈利被格里就地抛下了。因为后者接手了一批非法难民到船上干活，可以再少付些薪水。哈利开始给一个名叫汉克的退役美国大兵干活。汉克看起来是个消瘦版的克拉克·盖博[①]，说起话来却像米基·鲁尼[②]。他领了一笔折寿抚恤金[③]，跟一个在日本驻扎的朋友把这笔钱全换成了一堆日本产缝纫机。哈利既不了解缝纫机，也不了解意大利，更不会说意大利语，但用汉克的话说，他有一种胜利者的笑容。而胜利，汉克说，就是一切。“我不喜欢失败者，”汉克说，“你是个失败者吗，哈利？”“失败者”这个词和它所指代的概念都是哈利闻所未闻的。于是他停住了，有点不确定该怎么回答。他的整个世界都是围绕着失去[④]这个主题而塑造的。

“我不知道我还有没有可失去的了。”他停顿片刻后终于说道。汉克笑着拍了拍他的后背。

哈利从未想过做推销员。他见过那些在哈莫斯旅馆过夜，穿着便宜西装，有着柔软双手的旅客。他从来没兴趣成为他们之中的一员，但他需要一份工作，而推销还勉强算是工作。无论这份工作是好是坏，哈利都相信这是上苍为他准备的，本质上不是他自己能决

---

① 克拉克·盖博（1901—1960），美国电影演员，代表作有《乱世佳人》等。

② 米基·鲁尼（1920—2014），美国电影演员，身材矮小，擅演喜剧。

③ 20世纪中期美军制度规定，士兵在服役期间受到的身心伤害一旦被认定对寿命造成了影响，便有资格申领此类抚恤金。

④ 原文“lose”，同上文“失败”，有双关之义。

定的。他们的交易很简单。哈利用在船上干活赚的钱买下二十台缝纫机，又额外预定了二十台。“我从哪里开始？”哈利问。

“城南吧。”汉克说。他急于守住那不勒斯中心地带，不让任何潜在对手靠近，哪怕是哈利这种一看就知道没干过这行的傻瓜。

我再也无法忍受这些景象了。如果这是电视上播放的电影，我会躲到沙发后面，或是去煮一杯咖啡，因为这样的宿命感真令人火冒三丈。也许这段经历引起了我的巨大共鸣。我不知道。为什么会有人如此逆来顺受，无论发生什么？眼前这个人可是我的父亲啊，拜托，又不是某只什么该死的水母。我多希望我能为他做点什么，比如帮他得到那个帝国饭店的工作，想办法帮帮他。见人这么活着，却做不了什么，实在令人心中不平。我努力想转换视角，关注其他幻象，但就在我奋力将视野中这个无助的哈利抹消之时，我听到他说了出人意料的一句话。他说了一个词。他说：“的里雅斯特。”

“的里雅斯特？”汉克非常震惊，“你啥意思，的里雅斯特？”

荷兰人汽船上的厨房里，有一面墙上贴满了来自全世界的明信片。其中一张引起了哈利的兴趣。它看起来很眼熟。山上聚成一片的房屋以及山下的港口让它看起来有些像霍巴特。“这是什么地方？”有一天他问格里。“的里雅斯特，”格里说，“都是些怪男人和怪女人。斯洛文尼亚人、克罗地亚人、德国人，还有南欧佬。不是什么好地方。欧洲的垃圾场，到处是下九流的家伙。但管他呢，嗯？”

管他呢。哈利·刘易斯看着那已经卷边的明信片，有什么在他的脑海中生根发芽，有什么改变了他平日里对命运的安排随波逐流的习惯，引领他走向我的母亲，并最终引发了那件事——不是件小事，至少在我眼中如此——我的诞生。

“的里雅斯特，”哈利重复道，“我要带缝纫机去那里。”

汉克没说话，而后耸了耸肩。“随你便吧，伙计，”他说，“这就是资本主义的绝妙自由。”

哈利朝汉克一笑。

我记得他笑起来的样子，总是那么刻意。但这个笑容却有些不同，仿佛这一次他终于做了自己想做的事。

蔻塔·何，一九九三

我已经准备好沉浸在哈利北上之旅的细节中，观察他如何历险，努力理解他深入一片异国土地时的各种反应——时而目瞪口呆，时而困惑不解，更多时候兴高采烈。我想看看其他人又如何看待这个只有一根拇指的奇怪的外乡人。可是我没能跟随哈利的身影。虽然我很想跟上他，也奋力争取了，但还是没有继续这段旅程。我已经远了，远离那段久远岁月里的意大利，坠入一座城市，一条街道，飘过一家自助洗衣店，穿越马路，进入一个荒草丛生的花园。傍晚微光中它的轮廓正渐渐散去。正对着花园的一扇窗通往起居室，被一盏没有灯罩的电灯照亮。起居室里，电灯下，坐着蔻塔·何和玛利亚·马格达莱娜·斯维沃。

我能看到她们，她们却看不到我，也许那就是我突然间朝她们俩挥拳的原因。有时，我晚上在酒吧里到处找机会挥舞拳头。不过我得说，那已经是多年以前的事了。我这样做是希望有人会注意到我，对我说，兄弟，你是这个世界的一部分，我们关心你，在意你的想法和感受，你的想法和情绪对我们很重要，你并不是一无是处。但是当然，没人说过这样的话。不是他们轻蔑地冲我一哼，就是我轻蔑地冲他们一哼，但更常见的情形是我们并没有输赢之分，而只是胜者一般表示各自的鄙夷。无所谓，结果总是一样的。人们会大笑，会嘲讽，会饮酒作乐，都无人在意。因为和我打架的人也和我一样，是看不见的。因为我们都是幻影，失去了某些最重要的东西，只能像纠缠不去的鬼魂一样徘徊着，希望寻回它们，最终却无一例外地躺在外面的人行道上，努力用破破烂烂的袖子止住从嘴和眼中涌出的血迹。年轻时，我比现在更爱闹事，我曾以为那样能让我变得坚忍和完整。但我想，距离我上次打架应该有整整五年了，因为我甚至已经失去了那种无望的志气，那种挥舞拳头来建立一条通往现实世界的隧道的想法。可在这一瞬间，我脑中有根弦断了。我忽然无法自制，朝玛利亚·马格达莱娜·斯维沃和蔻塔·何接连挥出数拳。当然，什么都没发生。也幸亏什么都没发生。我的拳头轻飘飘地穿过了她们的头。我的双拳和双臂仅有施暴的意图，没有实体。

“我得继续干我的事去。”正当我的身体在手臂突然间的狂暴动作下发出痛苦尖叫时，我听到玛利亚·马格达莱娜·斯维沃开口说道。玛利亚·马格达莱娜·斯维沃站起身来，走到挂在墙上的一个相框前。照片上是一个女婴。“她真是个漂亮的小宝宝。”她说。

“杰玛是很漂亮的，”蔻塔·何回答道，“但你知道，问题是……”蔻塔·何的声音开始颤抖。她想止住颤抖，停下颤抖，吞咽下颤抖，可她停住话音，低下头，抽出一条手帕。再次抬头时，她眼中的泪水止不住地落下，而她就让泪流着，仿佛天经地义，没有一丝窘迫。我能看出玛利亚·马格达莱娜·斯维沃觉得这幅场景具有某种美感，但她说不清美在哪里。也许她觉得这是个关乎坦诚与信赖的瞬间，也许这样的瞬间在一个人的生命中不可多得。她继续站在那里。

蔻塔·何继续说着。

“杰玛死后，阿利亚什觉得我执念太深，出不来了。他说，我得把注意力转移到别的事上，别总把自己搞得那么病态。他是为我好。我猜这就是他应对的方式。他训练得比以前都狠，每天晚上都跑个不停。他觉得成天纠结这种事不会有什么好处。‘你就不能正常点吗？’他这么问我，‘你怎么就不能像别人一样正常呢？’‘因为我们现在就不正常。’我会这么说，‘因为这件事改变了我们，我们再也回不去了。’‘孩子死了！’他会冲我喊，‘死了，你还不懂吗？’我就会大喊大叫，哭着说：‘杰玛可能是死了，可她没离开。不管你想不想，她都永远不会离开了。不管你想不想，她都成了我们的一部分。’像这样的傻话。真傻啊。但我当时就是那么想的。那时候，阿利让我去报个夜校，好让我别成天只惦记着她。阿利总喜欢给自己找点事做。他会说：‘身体活动起来了，心理才健康。’天哪，你能相信吗？他不光打他的球，还去参加了铁人三项，他总是能干多少事就拼了命去干。就算他的孩子刚死，他就好像——就好像只要穿破足够多的跑鞋，只要能让膝盖比心脏更疼，这事就没什么大不了的。他常说：‘一天里的时辰总是不够。’可对我来说，一天那么长，每分每秒都那么难熬。”

蔻塔·何抬起眼来，意识到玛利亚·马格达莱娜·斯维沃还站在那里。“抱歉，玛利亚。”她说。

“别道歉，”玛利亚·马格达莱娜·斯维沃说，“没什么好道歉的。”

蔻塔·何道歉，说她不会再继续了，并让玛利亚·马格达莱娜·斯维沃坐下来，等自己平复一下心情。

“别停下，”玛利亚·马格达莱娜·斯维沃说，“你想说多少就说多少。”于是蔻塔·何继续说道：

“我每天都会去墓地看看杰玛的墓。她被埋在金斯顿，一个新式墓地，那边已经不用墓碑了，只有一排排草地上的墓牌。每个人的都一样。他们把婴儿都埋在一起，在一排。我不知道为什么，反正他们是这么做的。有的父母会把孩子喜欢的玩具摆在墓牌边上，好让他们孩子的墓看起来跟别人的有所区别。那种景象令人心碎。你想一下，一排排小婴儿的墓牌，隔两三个就摆着塑料的小娃娃或者别的什么，普通的玩具，大鸟[①]、小汽车、泰迪熊之类的，天上下着雨，又冷，这些玩具就在那里，没人捡起它们来，跟它们玩，把它们抱在怀里……”

蔻塔·何的声音渐渐弱了下去，她别开脸，目光穿过她家的窗户，越过前院，望向路对面的自助洗衣店，那里刚刚亮起灯来。她意识到房间里几乎已经黑透了，便站起来拉上窗帘，打开了灯。蔻塔·何做这些时，身边的玛利亚·马格达莱娜·斯维沃开口了，不是因为她想，而是因为她觉得自己应该说些什么。

“你一定很难过。”她说。但话音刚落，她显然就已经开始懊悔，自己不该拿任何虚饰之词来附着这个女人的感受。

“难过？”蔻塔问道。她坐回去，在喉间感受着这个微不足道

① 美国儿童教育电视节目《芝麻街》里的角色。

的词。“没错。”她说着，揣摩着它，仿佛要给玛利亚·马格达莱娜·斯维沃的回应一点尊重，虽然这个词不足以表达她的心情，再换一个也不会好到哪里去，“没错，是很难过。”但所谓“难过”的这个念头太小了，这个词也太微不足道，根本无法接近那些与她相随的感受。她能给出的、与她的感受最贴切的描述只有她的故事本身。玛利亚·马格达莱娜·斯维沃意识到自己打断了这个故事，也意识到她本不该这么做。“难过，”蔻塔说，“也可以这么说。”接着，她的视线回到了绿色的松木桌板上，发现两人的杯子都空了。“再来一杯吗？”她问。

玛利亚·马格达莱娜·斯维沃听到厨房里的水龙头拧开了，听到水注入有些缺损的蓝色旧瓷壶，听到插接电源，听到插座上的开关被打开的声音。电流飞速窜出，挟着火花进入旧瓷壶内的电路，当壶中水开始从底部发出隆隆声响，电流的嘶嘶声便几不可闻。而后，蔻塔捡起了她未说完的故事，此刻她的声音疲惫而疏离。

“阿利亚什说我除了忌日以外不能再去墓地了。我想，他也许是对的。也许我是把太多心思放在杰玛身上了。也许我病了。我不知道。我不在乎。我也不在乎我做什么。如果能让阿利感觉好一些，那我就乐意去做。我报了个纺毛线的班。可去上课的第一个晚上，我一坐进车里，就开车直接穿过城区到了那里，又回到了墓地。从那以后就一发不可收拾了。每个星期二晚上，我会出门，感觉还有点开心，阿利看到我开心，他也开心。而我开心，是因为我要去见杰玛了，还因为阿利在笑。”

“所以你一节纺线课都没去上？”玛利亚·马格达莱娜·斯维沃问。

“没有，”蔻塔的回答传来，盖过水倒进杯子的声音，“这只是让我有时间去墓地看杰玛。”

蔻塔为这个小小的骗局笑了起来。她站在桌边，用左手把一杯速溶咖啡递给玛利亚·马格达莱娜·斯维沃，把自己那杯抵在胸前。她举起杯子凑到唇边，用那两片小巧、柔软、未经妆饰的嘴唇啜了一口，继续微笑着品味关于这整件事的回忆。

“你就不担心阿利亚什发现吗？”玛利亚·马格达莱娜·斯维沃问道。

蔻塔把咖啡放在桌上，坐了下来，双手紧扣住杯把。她们隔着桌子面面相对，却没有望向彼此，而是望向桌面，望向咖啡摇荡的中心，望向桌上的污渍和食物碎屑。

“我是担心，”蔻塔隔了一会儿才答道，“的确担心。”她喝了一口咖啡，但喝的时候双手紧紧地握住杯子，仿佛她身处暴风雪的中心，而这个热腾腾的杯子便是唯一的热源。她把杯子放下，双手却依然牢牢地圈住它。“我担心他发现以后会暴跳如雷。纺线课上了十二个星期，要结束时我开始害怕他发现我在干什么。于是我到一家店里买了两件漂亮的手工毛衣，用自家纺的毛线织出来的那种。一件给阿利，一件给杰玛。那两件毛衣花了我不少钱，但自从……自从那以后，钱对我来说就无关紧要了。而且我还给杰玛挑好了大小，因为她下个月就满两岁了。卖毛衣的女人说那件衣服足够一个两岁小孩好好地穿上一年。那个星期二晚上我回到家，把为阿利买的那件毛衣给了他。他特别激动。‘我说过吧，’他说，‘瞧，找点事干你不就恢复正常了吗？’”

玛利亚·马格达莱娜·斯维沃大笑道：“他一直没发现？”

蔻塔也开始为这件事的荒谬而笑起来。“我知道，”她说着，又笑了一阵，“这事挺滑稽的。现在回头看看，挺好笑的。”从那段日子中竟然还能榨出点幽默来，蔻塔似乎有点吃惊，而这一想法带给她的乐趣不亚于笑话本身。“是挺好笑吧？我告诉你，我其实忘了——这事是真的，我发誓，估计你都不信——我忘把领子里面的标签剪掉了。他就那么把毛衣套到头上，我就那么看着那个标签，我想着，天哪，他是不是要发现了？但他什么都没发现。第二天，他下班回来之前，我就把标签剪了。他看起来对新毛衣特别满意，告诉我明年夏天想跟我一起去昆士兰度假。我说，听着可真不错啊，我们俩就在床上坐了好久，计划着到了那边要怎么玩。然后他开始吻我的后背，想跟我做爱。我无所谓，因为我已经没有任何感觉了，不管是好的还是坏的。我就躺在那里，一动不动，想着月亮。我当时就是那种感觉，庞大而空虚，就像月亮一样，就好像已经没有任何东西能伤害我了。”蔻塔抬头看向玛利亚·马格达莱娜·斯维沃，“真奇怪，我怎么在跟你说这么私密的事。我以前可从来没想过会跟人说这些。你也记得我以前什么样吧。但现在，说不说又有什么关系？别人什么都知道，或者什么都不知道，有什么区别？我只知道杰玛曾经在这里，现在她再也回不来了。”蔻塔一只手撑着脸，垂下眼帘看向杯中，另一只手摇晃着剩下的咖啡。“总之，我觉得阿利还是有点失望。他什么都没说，但是，好吧，你懂这种事。

“第二天一早，等他上班去了，我开车去墓地，把杰玛的毛衣放在她的墓牌上，这样她就可以穿了。我特别用心地把它叠好，叠成我在店里买下它时的样子。我还记得我放的位置。就在墓牌左上角。真有意思，记住的都是这些东西。我记得那件毛衣的样子，记得我是怎么放的，怎么叠的，可我却不记得杰玛了。我是说，我记得她，但记得的不是她的模样，她的动作，怎么哭，怎么笑，手怎么挥动，这些小细节。这些我都不记得了。我会看照片，可一合上眼我能看到的就只是照片，不是杰玛，我看到的她只在照片里面。我再怎么试着想起她都做不到。只有一次不一样。我把毛衣放到她墓上的那个晚上。

“那个晚上我睡得特别好。那是杰玛死后我第一次有那样的睡眠。我梦见杰玛长成了一个小姑娘，一个两岁的漂亮小姑娘，穿着那件毛衣在公园里跑来跑去——我就知道，她穿那件衣服一定很好看。她冲进我怀里，我能听见她在笑，我能感到她跑得热腾腾的小身体，然后她就对我说：‘我爱你，妈妈。’我就说：‘嗳，别把你的新毛衣弄脏了。’”蔻塔又笑了起来，嘴角上扬，脸颊后撤，她的嘴张着，却没有说出任何话来，什么都没有，只有一些压抑的抽泣。

玛利亚·马格达莱娜·斯维沃握住了蔻塔的手。“那是个好梦。”她说。

“是吗？”蔻塔问道，慢慢地抽出了手，“我不知道。我读过一本书，里面讲——不知道为什么，这一段我记得特别清楚——一个角色说，死去的人不会让你离开。是这样吧？我总记得这个。死去的人不允许你忘了他们。不管怎么说，我……我之后再也不是原来的我了。

“那之后不久我们就分手了。没什么确切理由，但就像把我们俩连在一起的什么东西突然断了。你懂我的意思吗？就好像坏掉了，修不好了。”

那天夜里第一次，蔻塔望进玛利亚·马格达莱娜·斯维沃的眼睛。蔻塔的脸上充满迷惑。很明显，她不知道该如何解释她故事的这个结尾。

“但好笑的是，他始终不知道那东西坏掉了，直到我告诉他。这是挺好笑的。”

于是她再度看向自己的咖啡杯，看着头顶的电灯在细细的黑色杯沿上的反光。“对吧？”

玛利亚·马格达莱娜·斯维沃在一旁看着蔻塔，没有开口。接着，她把手伸进她带来的一只塑料购物袋里，一阵哗啦啦的摩擦声后，终于掏出了一个捆着麻绳的棕色纸包。玛利亚·马格达莱娜·斯维沃把纸包放在桌上。

玛利亚·马格达莱娜·斯维沃拆开绳子，打开包装纸。里面，是那张带着泪渍的床罩，被折得整整齐齐，撒着丁香粉。玛利亚·马格达莱娜·斯维沃把手垫在下面，将它托了起来，递给蔻塔·何。

说：“如果两个人躺在一起，他们会热乎乎的。可独自一个人该怎么暖和起来呢？”

七

突然间我的眼睛睁开，那老旧床罩的一切影像瞬间消逝在湍急的河水中。而随河水涌回的，是我痛苦身体的各种感受，但我不该再受它们左右。我不想。为了无视蔓延的痛苦，我把注意力集中到伸出的手臂上。我能感觉到，不像之前水只淹没到我手肘上方一点，现在我只剩手掌和手腕能感受到空气的凉意了。这说明水位足足上行了二十厘米左右。说明河水已经涨得更加汹涌，瀑布已经变得更加狂烈，本就微弱的获救希望变得更为渺茫。

充满气泡的黑暗上方，某处，一座建筑开始慢慢展露形迹：一座房子。更准确地说，是一个家。一个铁皮打造成的天蓝色棚屋。接下来我看到它坐落的位置：在破烂拥挤的港口城镇斯特拉恩。而这座镇子自己又仿佛皮肤癌生出的死皮一般，坐落在塔斯马尼亚岛西南部的肉体之上。在那座天蓝色棚屋附近，有一座火车站。在这翻腾于幻象中的一系列事件面前，我似乎没有容身之处，但或许正是那些离我们意识最远的东西，才正中我们的本质。至少有些人是这么说的。哈利就会说，你要想看一场球赛，别看中间那些抱成一团抢球的，要多留意那些游走在边缘的零散球员。

艾丽姑妈，一九四〇

对这个镇子来说，距第一次见到小山般的火车头里（特意从瑞士引进的）喷出的烟雾，不过四十年左右。四十年后，一个特殊的日子里（说特殊，是因为这天阳光普照），在度过了穿越雨林、跨过山峦、深入偏远荒凉的国王河河谷的一段缓慢悠长的旅途后，一个干瘦、黝黑、长着大鼻子的孩子在铁轨尽头的那一站下了车。迎接他的是一个体形矮小、粉底厚重、下巴上毛发浓密的女人，她穿着一件多少有些过时的裙子，推着一辆婴儿车，嘴里还叼着一根陶土烟斗。虽然阳光灿烂，但无可避免的是——这里毕竟是塔斯马尼亚的西海岸，毕竟是咆哮西风带[①]在席卷数千英里空荡荡的大洋后撞上的第一块土地——无可避免的是，天空中依然阴云密布。而阴云之下，一颗冬日的太阳自西照耀过来，光辉洒在那黝黑的孩子、抽烟斗的涂脂粉女人和婴儿车上，仿佛他们只是坏天气纯粹为取乐而塑造出的一套静物。虽然这个男孩此前只是略略听说过这个矮小的、穿着奇怪的女人，但当他拥抱了她、亲吻了婴儿车里的孩子后，她却即刻表现得对他很熟络。她捧起男孩携着的捆扎着带子的纸箱，放在婴儿车后面，牵起男孩的手，然后，用另一只手推着车，朝镇子中心走去。

这个镇子看起来破旧而疲惫，就像一个因生活过于优渥而罹患癌症的人，曾经发福的身躯干瘪下去，曾经被脂肪绷紧的皮肤无力

① 原文“roaring forties”，又称“咆哮 40 度”，是南纬 40 度至 50 度之间海域的俗称。

地悬垂成悲伤、松弛的褶皱。那些恢宏一时的大宅子，里面曾居住着追逐名望的家族，如今也衰败萎缩，被一众挣扎度日、为鸡毛蒜皮大闹口角的家庭们瓜分而居。

我看着这个地方不久前的历史，如某种被疯狂加速的电影从眼前掠过。看着来自欧洲的开拓者在十九世纪八九十年代的采矿热潮中抵达此处，就像阔大的海浪汹涌着席卷荒野，彻底改变了西海岸的面貌，还留下了斯特拉恩这样怪异的小镇，一处失落梦想与破碎希望遗留而下的古怪残骸。我看着塔斯马尼亚西岸的广阔荒野突然之间人声鼎沸。我的视线穿过那片大地的广袤雨林看着：他们勘探，砍伐，用一场场大火把成片的森林烧成焦炭。采矿热潮到达顶峰之时，即澳大利亚联邦成立的一九〇一年，经由港口源源不断流出的，是西部大量的矿产财富，而像滔天巨浪般涌入的，是军事补给、装备、皮条客、妓女、投机者和私酒商，还有那些渴求任何事物，但主要是急切地想找工作，但就连这种幻想也已凋落的人，所有人都在朝这个被他们简称为“澳大利亚的黄金国[①]”的地方进发。在自鸣得意的宣言充斥耳畔的那一年，斯特拉恩的人口数量猛涨到了两千。我眼前电影的节奏越放越慢，直到一九四〇年时几乎停止。那一年，斯特拉恩的人口数量几乎锐减到原本的近四分之一，而且，没有任何增长的势头；全都是继续缩减的迹象，也许就像其他诸多西海岸上短命的采矿小镇那样，曾经让居民引以为傲的铜管乐队、共济会设施、技工学院和足球队都像西边飘来的云一样转瞬即逝，华而不实的酒店和冶炼厂渐渐消失，化为雨林中的泥炭；皮林格、克罗蒂、林奇福德和提普卡

① 原文为西班牙语“El Dorado”，“黄金国”原指旧时西班牙征服者想象中的南美洲。

纳[①]也化为泥浆，重回雨林。

不过并不是说，南水青冈和蚌壳蕨已然在斯特拉恩的主干道上生根发芽；也并不是说，那一节火车车厢已然悬吊在雨林的半空中，就好像在凯利贝辛镇一度繁荣的调车场中央发生的事：那里曾有一棵黑木相思穿透一节废弃的火车车厢生长而出，逐渐变粗长高的树干在数十年间把车厢朝上空托举了一码，这枝干朝着树冠之上的日光兴高采烈地前进，旅途之中始终携带着车厢，使那车厢看起来就好像飞翔在一片澳洲茶树、藤蔓、南水青冈和芹叶松构成的湿翠浓荫之中。铁轨不复存在，建筑物湮灭，曾经占地广阔的调车场和熙熙攘攘的城镇没有留下任何物质上的遗迹。一切灰飞烟灭。

只有一节在雨林中飞翔的火车车厢。

至今为止，我看到斯特拉恩的店铺中只有少数被封了起来，封条也只染上少许苔绿，刚刚开始腐朽。其余还开着的铺子努力用橱窗招揽生意，尽管展示出来的东西是那么寒酸：六瓶摞成金字塔形的澳珍果酱，因为摆了太久，商标都已经褪色卷边；一群死去已久的丽蝇尸体，落在一块写着“猴牌皂——不能洗衣服！”的广告板下。那些留守的人们决心等待下去，但还是会有一种陌生感盘踞于这镇上，当人们默许了自然界正从他们手中夺回地盘，当他们发现自己总是处于渴求之态，当他们在这过程中领悟到了一些什么——比如，他们的生命是多么短暂，根本微不足道。外来者会误以为这是种无可救药的绝望，但他们错了。那不过是种谦卑。我知道，是因为我能嗅闻出这种感觉。那是泥炭的气味。这个镇子已经屹立了五十年，很可能在下一个五十年也不会灭亡。甚至还会存活一百年。

① 皮林格、克罗蒂、林奇福德和提普卡纳都是业已消逝、变回雨林的小镇。

镇子外的溪流中横七竖八地倒着泪柏，仍如它们四十年前轰然倒塌之时那样古老坚实。斯特拉恩的居民倒不了解这点。但他们能感觉到。每一天，他们的感觉都变得更强烈，充斥着泥炭的气息。

在距离镇中心半英里的地方，艾丽姑妈右转走上了一条砂石小路。快走到尽头时，他们面前出现了一条破破烂烂的栅栏，艾丽姑妈径直穿过了栅栏门。哈利跟在后面，偶尔要快跑两步，才赶得上她疾速的步伐。他们沿着石子路走过一片茂密的澳洲茶树和纽扣草，那里曾是一座打理不当的花园，再走上一块小斜坡，来到一座刷成亮蓝色的锡皮屋前。

他们走近后，哈利发现筑房的锡皮是一种瓦楞铁皮，纹路比用来铺屋顶的锡皮密得多。这些铁皮上的某些地方用展平的煤油罐打着补丁，同样刷成了天蓝色。“到家了，哈利。”艾丽姑妈说着，用大手掌拍了拍瓦楞铁皮，“我们管这个叫波纹铁。在哥曼斯顿这边是最好的建材。不会烂，便宜，下雨的时候还能跟你说话。”接着，她点着一根手指对路那边的一座砖房指摘起来，“我跟你保证，哈利，比那种垃圾强。”

艾丽姑妈从来都不信赖砖房，自她十岁那年，在德罗莲的郊外第一次看到这类房型时便是如此。她停下脚步，呆望了许久，她母亲多尔西·多希特不得不一掌拍在她的耳朵边，催她快走。“别看了。”多尔西抬起头，看向那座在院前精心栽种了卷心菜、花菜和南瓜的小砖房，看到前门右边那扇窗里的蕾丝窗帘被拨开了一角。然后是一个比屋内本就昏晦的颜色更深的圆形。是一张脸。正看着她们。“最好快点走，”多尔西对艾丽说，“不然他们该以为，咱们想干点什么了。”

“但是，那个是怎么立起来的？”多尔西用手掌推她后背时，艾丽问道。

“我怎么知道？走就是了。”多尔西又推了她一把。这一次艾丽终于迈开步子，一边走，一边一直转头看向那座砖房。

“怎么立起来的呢？”艾丽问。

“该死的白人搞的。我不知道。别看了，快走。”

“房子要有大木梁才立得起来。每根木头都要钉在或者嵌在另一根上。上次叔叔们搭观鸟棚的时候我学到的。但是，如果一根梁都没有，房子要怎么立起来啊？”

“可能这些红石头盖的小方房子里面有桁架或者横梁吧，从外面看不到。估计是。”多尔西说着，拼命催艾丽走，生怕惹上什么麻烦。

“那可能是。”艾丽说。

“可能有没有梁根本不重要。”多尔西说。她这辈子见过太多前所未闻的东西和美妙绝伦的事物，已经不会对任何事发出惊叹了。多尔西的处世之道就是接受一切。

“为啥呢？”

“凡事别问那么多，你才能过你自己的日子，别人才能让你好好过活。你要是非要问出个所以然来，就会惹出乱子。你就会惹上麻烦，然后——”她比画着一根手指，让它像把刀一般划过喉咙，发出一记可怕的气窒声音。

然后她笑了起来：“谁知道那些傻子干吗想不开，要做那些蠢事？我从来不懂，也不想懂。”

这样，就在那座一头用砖块、一头用泪柏树桩垫起来的天蓝色铁皮屋里，就在一九四〇年冬天那座破败的小港口斯特拉恩，艾丽姑妈在她起居室兼厨房的前厅里，用南水青冈生起了一堆熊熊的火，在壁炉前给哈利准备了一个洗澡的地方。那壁炉也是波纹铁打的，几乎有整间屋子那么宽，庞大到艾丽姑妈能把哈利塞进去，自己提着一个煤油罐去外面的水箱里打水。她把壁炉那一头的铁烧烤架转过来，把煤油罐缠着铁丝的提手挂上去。火堆旁的哈利和煤油罐被不断迸裂的火苗舔舐着，渐渐暖和起来，而她在一旁蹦跳着忙来忙去。哈利望着已经被烧黑的烧烤架，上面因结块的油脂显得沉甸甸的。艾丽姑妈再次走出门，从房子下部取来一个有些年头的坐浴盆。她把那浴盆放在火堆旁边，再取下已经烧热的油罐水。哈利起身走出壁炉，看着一团沉沉的水舌倾倒下来，一大片蒸汽扑面而起。他的视线转向艾丽姑妈。他忽然发觉，她对他而言既熟悉又特殊。而那种特殊感，他发现，同样存在于他自己身上。他仔细地观察着她，想找出这种熟悉的特殊感的生理特征来。她却转过身来，对他的凝视报以大笑，误以为他感兴趣的不是她这个人，而是她嘴上的烟斗。“你真是个淘气包，哈利。想试试吧，嗯？”她把烟斗递给哈利。哈利抬眼看着她，意识到这个邀请是认真的，而并非大人对孩子的逗弄，于是接过烟斗，吸了一口。柔软的烟雾充盈口腔，哈利朝壁炉上方看去，望向那简朴的壁炉台。它曾经被漆成乳白色，如今却被木柴的烟熏黑了。上面摆有泛黄的照片，旁边，几朵枯萎的红色天竺葵插在花瓶中，水已经变成尿液般的颜色。两者中间静静躺着的是艾丽姑妈去世已久的丈夫雷格遗留的全部尸骨：一副假牙。

联邦成立后，斯特拉恩开始走下坡路时，雷格卖掉了他的牙。此前，他用十九世纪八十年代在国王河上淘到的金子买下了一块地，在接下来的若干年里，他甚至已经在那块地上搭好了一部分房屋骨架。但大萧条来了。他曾经雄心勃勃地计划着，要用美国流行的俄勒冈挡风板搭建房子的外墙，最后再来一条宽敞的走廊，刷成四种明亮的色彩。房子原定有八个房间，但雷格才搭好其中四个的骨架，便已经耗尽了钱财和运气。当时艾丽怀着孕，雷格什么工作都没能找到，便把牙卖给了一个本地的牙医。牙医用一种笑气[①]和鸦片酊的混合物麻醉了雷格，拔掉了他的全部牙齿。那个牙医拔好牙赚到的钱要比补蛀牙来得多，他和他住在英格兰布里斯托尔的姐夫联手经营着一桩利润丰厚的买卖，后者把塔斯马尼亚人的牙齿卖给伦敦蓓尔美尔街上的一家公司，为那些养尊处优到失去牙齿的富人提供假牙。产自斯特拉恩的牙齿备受好评，通常能卖个好价钱，因为，尽管有时需要磨掉烟草留下的色斑，但大部分都是由年轻人提供的上好牙齿。那些年轻人到西海岸碰运气，想要挖到点好东西，而当他们找不到工作又身无分文时，许多人便会拔掉牙齿，换一张回墨尔本或是霍巴特的船票。雷格和艾丽用一部分卖牙的钱买来波纹铁，补建他们的房子后，剩下的便用来维持生活。雷格的嘴，曾是艾丽眼中他身上最富魅力之处，在拔过牙后，却像老人一样打着褶凹陷下去。尽管雷格蓄起一把海象般的大胡子，来遮掩那位牙医对他造成的最为严重的面部损害，却再也没能摆脱那种屈辱感。他最终在斯特拉恩码头上找了份体力活，靠着赚来的一点和偷来的一点勉强糊口。这份工作有些油水，比如那一桶桶被运往莱尔山矿业公司的蓝色油漆。雷格发现，船运清单上的数量和实际发货数不一致，后者超出前者差不多二百加仑。雷格和码头书记员确保了清单上的数额被运往昆士敦，剩余的便偷偷卖掉了。于是在接下来的一年里，

---

① 一般指一氧化二氮，有轻微麻醉作用，并能致人发笑。

越来越多的人粉刷了他们的房子后，斯特拉恩的色彩便从无规律的杂乱渐渐转变为占据一切的蓝色，仿佛一层淡蓝的霜，永远地覆盖在小镇表面。

雷格死于中风以后，他的廉价假牙（和他的牙齿被拔去后制成的那种高档假牙简直是云泥之别）被摆放在壁炉台中央，在一段时间里栖身于一杯水中。但在一次家庭聚会（艾丽姑妈唯一允许的聚会）上人们发现，跳舞时拿它来打响板不错，此后便不再把假牙放在水里。于是，这副镶于棕色骨架上的两弯黄色月牙就躺在照片、烟灰缸、卷边的明信片和枯萎的天竺葵中，成了对一个人的牺牲的微渺纪念。

一八九一年，当艾丽姑妈的两个兄弟——杰克和伯特——干活的农场发生了某次事件后，她便从鼹鼠溪区经由维多利亚州的墨尔本搬到了西海岸。两兄弟为一个名叫巴吉尔·摩尔的农场主工作，后者在鼹鼠溪区后面有一片地。当时疯牛病肆虐，巴吉尔只能宰掉他的大部分牛。他吩咐两兄弟挖开一个大坑，准备把牛赶到里面，一并宰杀。他们挖坑时，巴吉尔抱着一只酒壶啜饮朗姆酒，为农场遭受的厄运而郁郁寡欢，偶尔过来赶马似的给他们鼓劲，吩咐他们挖得再用力点，再深点。等壶里的酒空了，他就把壶往地下一掼，慢吞吞地离开。一个半小时后他又回来了。很显然他回过住处，因为他带来了另一瓶已经喝掉一半的朗姆酒，还有一把猎枪。他跳进了两兄弟正在挖的坑里。坑此时已经有七英尺深了，比他上次监工时又深了三英尺。他面朝下摔在坑底的黏土上。他跌跌撞撞地爬起来，朝上看着坑口那两张低头冲他微笑的脸。在他那满是污泥的脸上，被酒精点燃的双眼迸发出屈辱的火焰。

“把枪丢给我！”巴吉尔朝上面的两兄弟喊道。他们看着他，而后面面相觑，然后又看向他。“我说，把枪丢给我！”巴吉尔高喊着。他把空酒瓶朝他们掷过去。瓶子升得很慢，快到坑口时撞上了坑壁，又朝巴吉尔弹回来，逼着他闪躲。两兄弟用麻绳缠住枪管，小心翼翼地把它垂下去，递给巴吉尔，后者急不可耐地一把抓走。他打开枪膛，从外套口袋里掏出两个弹夹，填进去，又合上枪膛。他把枪架到肩上，枪口朝天，闭上一只眼睛，身体摇晃了一下，重新找回平衡，然后用另一只眼睛冲天上巡视着，直到两兄弟中的一个进入他的射程。他把手指放在扳机上。然后吼道：“把我埋了吧，黑鬼！”

两兄弟难以置信地俯视他，表情中甚至有一丝轻微的哂笑。“把我埋了！”这时，他们才意识到巴吉尔是认真的。“我就不该离开德文郡。”巴吉尔说。就算已经在两兄弟面前喝得醉醺醺，他还记得坚持自己是来自德文郡的自由移民这个说法，而实际上，这一片的人都清楚他是个罪犯，来自索尔福德，因兽奸先是被判处死刑，之后减刑为流放“范迪门斯地”十四年。那都是他年轻时的事了。如今他已老去，已经衰朽——因为那个体系，因为他自身对一种再也无法获得的尊敬的渴求，因为他无力将这块买下的土地改造成自己理想的模样。

“你们要是想拿回土地，就把我埋了！”他大叫。

对现在的巴吉尔来说，想站直望天又不摇晃太过困难，他最终失去平衡，摔倒在地。不等枪响，两兄弟已经从坑边逃开了。他们奔跑着，巴吉尔的诅咒在背后紧追不舍。

“你们这些软蛋黑鬼！回来埋了我！你们不就想干这个吗？不就

想宰了我好拿回你们的土地吗？行啊，现在就回来干掉我啊。埋了我啊！”他开始拉长每一个词，“你们——这些——恶心的——黑——鬼！”

然而两兄弟没有回去。他们第二天没回去，下一个星期也没回去。甚至此后再也没回去，因为就在当天晚上，有人敲响了他们家棚屋的门。有人发现巴吉尔死在那个坑里，身上有个枪口。两兄弟原本是打算回去的——等到鼹鼠溪酒吧里的人开始讨论，巴吉尔如何因为耍酒疯而被妻子痛骂，之后又恢复了平日里那套敬畏上帝的福音堂教徒做派；等到巴吉尔像过去一样，用上帝的怒火而不是一把猎枪来威胁他们。可现在，他们已经回不去了。

“我们一定会被吊死的，”伯特说，“没人会信两个黑人的话。”

伯特、杰克和艾丽跨海逃到了墨尔本，在那里待了三年，直到墨尔本杯[①]的那个前夜，伯特在科林伍德的一家酒馆遇见了雷格·刘易斯。那一次会面改写了他们的命运。雷格从斯特拉恩来墨尔本度假，刚刚赌输了身上的全部钱财。伯特把他带回了自己和杰克、艾丽以及另两个亲戚合租的公寓。他们用牛臀肉炖土豆招待雷格，伯特还借了他一镑——相当于他在本地一家屠宰场做半个星期屠夫的工资。雷格向他们描述了塔斯马尼亚西海岸是如何充满活力，连奈丽·梅尔巴[②]都亲临兹罕——一座以惊人的速度发展、并为塔斯马尼亚崛起立下汗马功劳的矿业小城——为人们献唱。三兄妹思念家乡和亲人已久，告诉雷格他们当初不得不离开的原因，诉说自己有

① 澳大利亚最为知名的年度种马赛事。

② 奈丽·梅尔巴（1861—1931），澳大利亚女高音歌唱家，她的头像被印在100澳元钞票上。

多么想回去。雷格开始对两兄弟的妹妹，这个瘦小、黝黑，具有魅力的女人产生好感。她听雷格讲起他在西部雨林里探矿的冒险故事，频频微笑。他的故事讲得越夸张，她的笑容便越明媚。他告诉他们，有些走运的家伙挖到了宝，发了财，点雪茄时用的都是钞票。这些人吓唬从加利福尼亚来的挖矿者，说塔斯马尼亚的袋狼会以独自去勘探的家伙为食。说到最后，他终于承认，在塔斯马尼亚西海岸，一个人能拥有的最大优点就是，无论去哪里，都争当全场把牛皮吹得最出神入化的那个。这让他们哄堂大笑。“见鬼，”伯特说，“我知道你都是在吹，我就是觉得，一点牛肉炖土豆就能让你吹成这样，也太厉害了吧。”他们笑得前仰后合，整座廉价公寓在笑声中摇摇欲坠，雷格抹掉了笑出来的眼泪。

接下来，雷格开始怂恿他们去西海岸碰碰运气，他说，那里挤满了来自世界各地的人，他们永远不会被认出来，还会有好多工作机会。他们点过头，便把这事抛在脑后。第二天，在一八九一年的墨尔本杯开始前的一场比赛中，雷格把伯特借给他的一镑押在了一匹赔率为三十六比一的马身上。它胜出了。第三天，雷格去屠宰场找到了伯特，还了他五倍的钱，还给了他三张从墨尔本到斯特拉恩的单程船票。三兄妹碰了头，讨论了这个计划，最终认为，现在他们应该已经可以用假名安全地返回塔斯马尼亚，便决定接受这个邀请。船还没驶入麦考瑞港地界，艾丽就答应了雷格的求婚。

艾丽姑妈，一九四一

哈利来到斯特拉恩即将满两年的一个夜里，艾丽姑妈打倒了莱尔山矿业公司经理养的那头白牛。那天，她的孙女黛西病得很重，还发起了烧。起初，艾丽姑妈没有太担心。但到了夜里，高烧不退的黛西开始抽搐，艾丽姑妈决定出门去叫医生。她穿越城镇来到西斯特拉恩的医生家，却得知医生正在镇子另一头的莱特斯湾打牌。她沿着那条漫长、黑暗、孤单的路朝莱特斯湾走去，感到所有久埋心底的恐惧在此刻浮现。四周的黑暗就像一个深洞，仿佛时刻准备把她吸进去。就像老人们一样，她始终对黑暗畏惧不已，而这一次，这种恐惧在她胸中积聚，直到她再也无法将其压抑下去。她大叫一声，开始狂奔。她能感到身后有一张白色的脸在追逐着她。她提起裙子，用尽全力奔跑着。她的陶土烟斗因大口喘气而掉了下去，她就任它遗失，不敢停下去捡。她一直跑到肚子绞痛，咽喉火辣，却依然没敢停下。跑着跑着，她感觉以前老人们讲过的故事浮现在耳边，那些她在孩提时代听过却已忘记的故事：白人们在夜里追逐他们；母亲们用树皮塞住婴孩们的嘴，免得他们的哭声将方位暴露给追捕者，有时孩子会因此窒息而死；他们甚至不敢点起火堆，来驱赶前来偷走死婴灵魂的“维罗瓦”[1]，害怕生出的烟被人看见。她跑到手臂疼痛，胸腔冒火，却仍然能感到那张白脸在她身后阴魂不散。她想起老人们告诉她，她的祖先曾被当作野兽一样追捕、处置，牡蛎湾的米利根医生会让他们吃药，以避免繁衍。她想起母亲讲过的恐怖故事，比如士兵们把一个黑人女孩捆了整整一夜，早上再放开，在她狂奔逃命时一枪打死。她还记得拉拉给她母亲讲，那些士兵在狂欢会后继续让自己保持兴奋；拉拉还亲眼看见，其中一个士兵用刺刀挑起一个婴儿，放在火上烤。

① 在本书语境中，是对撒旦、恶魔等邪恶之物的民间俗称。下文亦有提及。

她再也跑不动了。她的脚步慢下来，变成了小跑，接着变成了踉跄，然后彻底停下了。刚停下时，她的喘息和心脏的搏动声震如雷，暂时缓解了她的恐惧。而后，呼吸渐渐均匀，她感到有什么东西在朝自己的后颈吐热气，便知道那张白脸仍然跟在她身后。她也知道，那是“维罗瓦”的呼吸，在向她宣告死亡。但那是谁的死亡？她被全然的恐惧麻痹住了。她感到气流冲过她翕动的鼻翼，感到全身的颤抖，感到那张白脸吐出的气息落在后颈上，让上面的汗变得冰凉。

艾丽姑妈突然一跃而起，转身使出全部力气挥去一记重拳。她感觉拳头砸到了某种柔软而光滑的东西，然后滑到了口水和一堆牙齿上。接着她听到一声震耳欲聋的怒吼，一个庞大的身躯重重摔在地上。艾丽姑妈低头，看到了一头不省人事的白牛。她站在那里，动弹不得。然后她开始哭泣。哭个不停。

她哭着走完了剩下的一小段路。她走到莱特斯湾，找到了医生，医生开着他的奥斯汀小精灵载她回到了家。但艾丽姑妈其实已经明白，来不及了。他们走进房间，看见哈利坐在火堆前的地板上，怀抱着黛西无力的小身体。医生说，她死于脑膜炎，已经有一会儿了。哈利说黛西刚刚又抽搐了一次，之后便一动不动了。他说，他知道她是什么时候吐出最后一口气的。他没有哭，尽管艾丽姑妈希望他能哭出来。他已经是个男人了，好吧，她想，尽管他才十二岁。但当他抬起头来看着她，问她为什么会有这么多的死亡，她不由得抱住他的头，抵在自己的小腹上——那腹部黝黑、潮湿，带着雨水的刺鼻气息，在沉重而深长的一声声抽泣中剧烈起伏。

艾丽姑妈，一九四六

她坐在火堆前的地板上，哈利可以从她的腮红浓度判断出她现在状态不妙。她越是觉得难受，就会往脸上抹越多东西。她一向对自己的皮肤感到自豪，总在夸耀它有多么美丽，色泽多么浅淡，尽管在哈利眼中，她的肤色可称不上浅。

哈利到斯特拉恩不久后，有一次望着艾丽姑妈问道："你是土著吗，艾丽姑妈？"然后，哈利记忆中第一次，也是唯一一次，艾丽姑妈狠狠地教训了他。

"不许你跟体面人这么说话。这不是什么好话，明白吗？我们是善良、高贵的天主教徒，善良、高贵的*白种*天主教徒。懂吗？"

哈利不懂。

"真的对不起，艾丽姑妈，我只是之前以为你可能是个土——"哈利没有继续说下去，因为艾丽开始一遍又一遍地扇他耳光，这次是以一种粗暴但有条不紊的方式。哈利明白这种惩罚并非出自她的本质，而是生活给她的教训，而她希望他也就此学乖。正是因此，这耳光没有伤到他，但他注意去听。她会先扇他一侧脸，然后说些什么，再扇另一侧，再说些别的什么。她一边扇，泪水一边从她脸上滚落，尽管她的责骂气势汹汹。

啪。

"我们不是土著，我们不是原住民，记住了吗？"

啪。

"你要是那么说，别人就会那么看你，懂了吗？他们就会把你赶回岛上去。我不是告诉过你，我们是——高贵的白种天主教徒了吗？"

啪。

“我们是什么人？”

啪。

“白种天主教徒。”

她的手停在自己的侧脸上。“这就对了。”她短暂地扭开脸去，目光撞上自己的掌心——它正蓄势待发，准备在必要时再挥出去——又飞速转了回来，凶狠地瞪着哈利，仿佛刚刚瞥到了什么陌生而可怕、令她不想注目的东西。“高贵的白种天主教徒。”艾丽姑妈说，但此刻她的声音颤抖着，听起来没有那么笃定了。

哈利不懂其中的缘由，但明白不能再提这个话题。两个人谁也没再提过这件事。不过，哈利自恃孩子特有的精准直觉，开始玩弄一些小伎俩，继续探寻这个领域。他发现，只要他不具体使用“土人”或“土著”这样的字眼，艾丽姑妈其实会告诉他很多。他并不是有意寻找信息，去发掘这个艾丽姑妈不愿谈及的话题；他是在步步深入，却没有意识到自己正这么做，也不知道他为什么要提那些问题，又为什么要做那些掩饰。

哈利发现，提问的最佳时机是他们出门散步的时候，这是艾丽姑妈喜欢的一种消遣方式。他们会沿着大洋海滩一连走上几英里，吃着被其他人称作“猪脸花”[1]而被艾丽姑妈称为“死人手指”的一种多汁的叶子，用肥美的茎叶擦去上面杰克跳蚁和英寸蚁留下的咬痕。他们会漫步于国王河河岸“小黑人”角附近的灌木丛，一直走出如今已成为一片雨林中的废墟的提普卡纳。这时候的她会让哈利想起一种深色的浆果：艾丽姑妈摘下在清晨的阳光中爆裂的成熟

① 原文“Pigface”，学名 *Carpobrotus rosslii*，一种植物，果实和叶子均可食用。

澳洲茄，塞进他的嘴里，那种味道就像煮烂的土豆，有时则像香蕉。艾丽姑妈自己则格外喜欢木拉果，一种在雨林中的藤蔓上生长的大号蓝莓。他们一边散步，艾丽姑妈一边从灌木丛里摘出东西喂他，这时，她就会打开话匣子，告诉他人们要照料土地的原因——土地就是他们的神明。当昆士敦发生矿难，不少矿工丧生时，她会说，那片土地浸透了鲜血，之所以会发生这种事，“是因为神明发怒了，是因为神明伤心了”。当干旱、洪水或火灾发生时，她也总会这么说。有时，当她生了病、喝醉酒或是在灌木丛里散步时，她会讲起她的母亲及其族人，对于后者她只以“老人们”相称。还有时，当她感到特别开心或特别悲伤，她会谈起老人们是怎么看这个世界的。她是个坚定、自豪的天主教徒，只不过偶尔会把撒旦称为“维罗瓦”，据她说，那是老人们对恶魔的称呼。

“倒不是我有多了解他们，”她会这么说，“就一点，不多，一点。你想知道什么，得去问博物馆里的教授，哈利。现在他们知道的不少。”她会用手拍打自己的头和胸口，“我只有在这里，和这里还存着点东西，不过它们俩也啥都不是啦。”然后她调转视线，向树上望去，试图再找到一只奔跑的负鼠或大片成熟的木拉果，接着，她并不直视他，而用一种漫不经心的语调说：“那群人过得可够惨的。天哪，真是。他们特别惨。”但谈到自己时，她只会说：“我是个善良而高贵的白种女人。”对艾丽姑妈来说，她受到的尊重很大程度上来自她作为教会一员的身份。而她信仰的宗教就像她本人一样，是一种新与旧的诡异结合。当教会举办重大仪式，比如洗礼、圣餐、坚振礼[1]、婚礼和弥撒时，她会穿着她另

① 天主教和东正教中“圣事”的一种，象征着信徒通过洗礼与上帝建立的关系获得巩固。

一条、也是最好的一条深色哔叽[1]裙子去观看。但与裙子的古板单调相反，她会往脖子上悬挂一圈又一圈漂亮的项链，那是她用在大洋海滩捡到的贝壳亲手做成的，那条羊肠线[2]上串起了大海拥有的全部色彩。只要遇到对她来说真正重要的事，她就会沿袭老人们、而非罗马教会的做法。

后来的一个早上，当她叫哈利把火堆里的灰烬朝启明星的方向挥撒，以给它温暖，让它顺利地完成白昼的旅程时，哈利可以确定，她的身体不行了。那一天，她母亲家的亲戚们纷拥而至。他们是一群粗人，但和善、检点与礼貌的程度不逊于任何人。下午的晚些时候，哈利的叔叔巴吉尔和乔治来了。他们带着狗围坐着，聊着天，大笑着，呵斥着狗别咬这咬那。

艾丽姑妈快要死了。

自从黛西夭折后，这一进程便开始了。艾丽姑妈的精气神渐趋枯竭。她开始放下手上的一切事。她不再像过去那样叼着烟斗抽个不停，而渐渐地，只在上午砍完当天要用的柴火后抽一口卷烟。她不再在神父做弥撒的每一天里前去教堂，而只在礼拜天去。她不怎么开口了，笑得也越来越少。慢慢地，她走起路来越发艰难。每个礼拜天，她都会坐进一辆没有马的小马车里，配上一套在垃圾场捡回来改装好的挽具，让哈利拉着她去教堂。结束后，哈利还要把她拉回家。如此几个月，直到塞顿斯一家在前去做弥撒的路上开着福特 A 型车，捎艾丽姑妈和哈利一程。

当神父赶来为艾丽姑妈主持最后的仪式时，她露出了没有任何

---

① 密度比较小的斜纹的毛织品。

② 手术缝合线的一种，可被人体吸收。

人见过的轻蔑神色，甚至辱骂起来："滚开，布瑞恩神父。"她说："我要去见老人们了。我可不需要去你们天主教的天堂。"布瑞恩神父困惑不解，但决定强迫她完成仪式，不过，哈利的一个表亲，一身强烈短尾鹱[1]气味的大块头迈克·布伦南垂下双臂，那双臂就像一对毛茸茸的羊腿一样，搭在神父的肩上。然后他微笑着，重复了姑妈的命令："识相点，走吧，神父。"布瑞恩神父拿起帽子，和他们道了别。

房门被甩上以后，艾丽姑妈倒了一杯茶，开始给他们讲老人们的故事。她没有提起她在去往莱特斯湾的路上、被牛追赶的那个晚上想起的任何一个故事。她讲的都是温暖而有趣的过去。大多是家族里的故事。

过了一会儿，艾丽姑妈停了下来，再一次躺回地板上。她在地上等待死亡时，她的兄弟们坐在天蓝的旧铁皮屋子里，继续讲着故事。男人们听得喝起酒来，还有几个喝得太多，女人们于是生气了，将他们赶出了艾丽姑妈的房子，什么时候不喝了才能回来。有人尖叫，有人大喊，随后一切再次安静下来，除了诺亚。他喋喋不休，一直在嚷嚷，有人竟然因为他总摔跤就说他喝多了，可他认识不少即使清醒着也总摔跤的人，所以他总摔跤又能证明什么呢？怎么能证明他醉了呢？只能说明他的平衡能力不够好罢了。于是女人们又起发火来，男人们开始大笑，又打开酒瓶。到最后，连奄奄一息的艾丽姑妈都受不了了，她从躺了几个小时的火堆前坐起身来，愤怒地走到屋外，吹起口哨，召唤风来。直到这时，所有人才发觉这场闹剧已经过火了。平常，艾丽姑妈只会召唤湿润的西风，而只有在心情极度糟糕的时候，她才会召唤北风——她称之为"'维罗瓦'的

---

① 澳大利亚可供商业捕猎的几种本土海鸟之一。

呼吸”——给人们带去头痛和胸闷。她会发出一种尖厉的哨音，那声音极为诡秘，会引得树木摇晃，沙沙作响，人还没有反应过来，大风便已呼啸而至。

那个和煦的上午，艾丽姑妈站在她家外面的走廊上，噘起嘴唇发出尖锐而怪异的声响，风便刮了起来，如同缓慢聚起的巨浪，最初只有一阵轻微的沙沙声，随后渐渐积聚力量，开始敲打她那座小小的铁皮房的门窗，让它们咯吱摇晃，最终撼动了整座房屋，幅度大得让里面的每个人都感到恐惧。风就像一首狂暴的歌，每当它流露出减弱的迹象，艾丽姑妈便会再度吹起口哨，毫不理睬身后的门被狂风掀开又拍上，而风也会立即应和她，变得更为猛烈，更为有力。每个人都安静下来了，因为他们终于意识到，艾丽姑妈拥有和老人们一样的魔力。男人们倒掉了啤酒，于是艾丽姑妈回到房间里，回到她原来躺着的位置，继续面无表情地凝望着火堆。

这些亲戚中哈利有一半没见过，但他们似乎都认得他。哈利问，他们是怎么知道艾丽姑妈病得这么重的，毕竟没人通知过他们，而亲戚们只是笑着指向在风中摇晃的树梢。风的到来似乎让艾丽姑妈开心多了，哪怕平日里打扫得一尘不染的房子如今也已被糟蹋得面目全非，而她本人别的不说，至少是个自尊极强的持家女人。但她的生命还是一点点流逝了，从那个白天直到黑夜。

到了最后时刻，她躺在地板上，让人把面前的火堆烧得更旺些。她在那堆红彤彤的火焰前蜷起身子，她的狗儿们伏在周围舔着她的手和脸，看起来她对这样的别离感到满意。火堆的光影在它们身上跳跃着，她的目光穿过狗喘气伸出的舌头，望向慑人的火堆中心，望着那不停变幻、跃动着的形影，被燃透的火苗攫住又放开；她仿佛从这火中看到了什么此前从未见过的景象。当哈利来到她身边，她变得前所未有地健谈："有件事不对劲，哈利。他们不是要把老人们带走吗，哈利，可有件事不对劲。上帝没有给这片土地补充动物。这里本来到处都是沙袋鼠和大袋鼠，负鼠会上门找食吃，然后被你吃掉。现在你得找一天才打得到一只。鸸鹋也没有了。袋狼也没有了。老人们都没有了。"

哈利不知该说什么好。"我们还在啊，艾丽姑妈。"他说。

艾丽姑妈笑了。她抬头看向哈利，说："我感觉我变得越白，你就变得越黑。"她又笑着，笑着，然后咳嗽起来，变成某种抽搐，又归于平静。

"我的族人在召唤我了。"她突然说，狗儿们开始嗥叫。"不要为我哭泣，哈利，"她说，"我要回去见我的族人了。我要回去了。别哭。我的族人来带我走了。"她拉过哈利的手，仿佛回到了她引领着他在灌木丛里散步的时光。"他们用力划着船来接我了，哈利。"她说着，指向天花板，仿佛突然在上面发现了一条船，穿越天空来接她离去。"划啊，你们这些讨厌鬼！"艾丽姑妈用完全不同于平日的洪亮嗓门与粗话大喊起来，"用力划！"她使劲握住哈利的手，握得他生疼，他无法理解，在这一具油尽灯枯的苍老身体里，为何仍有这么大的力量。泪水从哈利眼中涌出。艾丽姑妈的视线从天花板上收回，她看向哈利，最后一次开口。

说："别为我哭泣，哈利。我的族人在召唤我。"

艾丽姑妈死后，所有在场的生灵——亲戚们，狗儿们，就连那匹棕褐色的马——都号叫起来，持续了半个小时，或许更久。

哈利，一九四六

我向火堆中望去，却绝不想看到艾丽姑妈在火里所见的景象。我望着天花板，但除了雷格多年以前钉在那里的油漆泪柏木条外，什么都没有。而就算我拥有看到幻象的能力，我能召唤到眼前唯一的船，便是哈利的那艘方头平底船，那时他正沿着富兰克林河继续向简恩河划去。

哈利划了一整天时间，抵达富兰克林河与简恩河的交叉口，随后沿着简恩河上行，一直划到了第一座峡谷深处。他在那里扎营过夜，第二天早上把船拖上河岸，倒扣过来用绳系好。他又等了半天，等来了步行穿越第一座峡谷的诺里和乔夫·哈尔西。在接下来的两天里，三人把哈利用船带进峡谷的装备搬到了诺里的营地。这座营地架设得非常粗糙，只在一套“A”型架上搭了一块帆布，因为附近已经没什么松树了。诺里和乔夫在等待哈利时，已经砍掉并拖走了大部分值钱的东西。现在他们准备攀登第二座峡谷，因为听说那边还有不少品质上佳的松树。第二天，他们艰难负载着全部装备和补给，包括诺里的船，开始朝那段被称作“船山”的山脊行进。但是，在寻迹进入那条由巴恩斯·阿贝尔带着儿子们于一九三六年开辟的小径之前，他们先划进了第二座峡谷的深处，去探看情况。哈利从未见过这样的景象：陡峭的峡谷岩壁足有上百英尺高，阴冷潮湿的风沿着这道黑暗走廊滑行下来。峡谷底部满是长着青苔的滑腻石块，似乎从未接受过阳光的照拂。河水如今低浅，但峭壁和岩石上一直在渗水。水似乎从每一道石缝口滴落，从每一处斜坡上流下，流经一块块足有房子大小的巨石。峡谷孤独地矗立着，透映着绿与黑的光晕，自是一个完整的世界。没有人开口。诺里指向一根被卡在五十英尺高的崖顶的浮木，这三个伐木工的血液瞬间被冻住了：他们想象到峡谷发洪水时的样子，一汪狂躁野性的瀑布，一场白色洪流的崩泄，将横扫这泛着绿与黑色彩的世界里的一切，只要它不幸地出现在洪水的前方。他们兴奋又恐惧，兴高采烈又心惊胆战地看着这一切，嗅闻着峡谷的凝重气息，感受着它那种让他们双腿发软、让他们的脑袋在想象带来的晕眩中天旋地转的力量。

“真见鬼。”诺里感叹道。他们掉转船头，慢慢划回他们在峡谷底下扎的营地。

接下来的六个星期里，依照巴恩斯·阿贝尔标记的路线，他们在位于第二座峡谷上方的一片树林里砍伐松树，并一一拖走。那个地点在临河的一片峭壁后几百码处。伐木工们在砍下的原木上打好诺里姓氏的“H”标记，借助滑轮组和长铁棍把它们拖到峭壁边上，投入下方深深的河水里。这些松树干在运送到峭壁之前，只能艰难地缓慢移动，可一越过峭壁边缘，它们就像海豹一样骤然滑落，垂直坠入下方的深潭，而后再短暂地弹出水面，最终落向一侧，陷入沉寂。几个人又花了数天时间疏通堵在河道里的原木，让它们从峡谷的出口漂走。从那里起，冬季的洪流会带走它们，托着它们朝家涌去。

他们在弗莱特岛上遇到了斯麦格希和老波。老波告诉他们，他们和老杰克朝富兰克林河上游进发时，老杰克因为太想喝一杯，便跟着他们遇到的另一伙回返的伐木工走了。斯麦格希急需人手来帮着拖原木。考虑到他们少了一个人，哈利便表示自己愿意帮他们一把，不过他不知道诺里和乔夫为何偷偷溜走了。

当时正是清晨，雨已经淅淅沥沥地下了一夜，落在他们小屋顶部长了苔藓的比利国王松板条上。哈利从他用糖口袋拼起来的铺位上坐起来，双拳揉着眼睛，深深地吸了一口充满烟雾的甜美空气。他在火堆旁找到了自己的靴子，上面蒙了一层烧泪柏木留下的细细的浅色灰烬，虽然还有些潮湿，但摸起来已经很温暖了。他穿上靴子，感到一阵抚慰人心的暖意，深深沉浸在它们给双脚带来的美妙感受中，他明白，在这一天接下来的时间里，这双鞋会让他生不如死。他们吃了些老波上礼拜天做的面包和斯麦格希煎的培根，喝了些茶，然后划船沿河而上，去往通向斯麦格希和老波干活地点的小路。

那片树林是老波多年前发现的，但当时树还太小，没有砍伐的价值。如今，它们已经长得够高了。那片树林离河边约有四百米。为了把原木拖出那片雨林，他们准备了一架煤油绞车，将它先拆分开，从斯特拉恩用船运进雨林后，再在目的地组装起来。

老波和斯麦格希牵着钢索进入丛林，把它挂在被砍倒的树干上。这边完成后，哈利就会启动绞车。绞车运行得有些磕绊，而原木已经被缓缓拖来了，于是哈利拿起润滑油罐，想给绞车上点油。他潮湿的靴子踩到了一棵滑溜溜的檫树幼苗——他们在开辟空地时，和其他灌木一并砍倒的——脚下打了个滑。他摔倒了，右手大拇指卷进了齿轮的传送带。哈利看向自己血肉模糊的残指，感到双腿虚浮，头昏脑涨。他喊斯麦格希和老波过来。斯麦格希和老波看着他，他看着他们。斯麦格希回到干活的沟里，拎回了一把斧子。哈利把受伤的手放在一段倾覆的南水青冈树干上。老波在那段树干上抓了抓，一大把棕色的软块就像巧克力蛋糕般掉了下来。这整段树干已经腐烂到芯了，成了一块被分解殆尽的泥炭，只靠包裹着它的苔藓和地衣才勉强保持着原本的形状。

“别用这个，哈利，”老波说，“太软了，孩子。”这是哈利喊他们回来后，他们对他说的第一句话。在他们前一天拖回来的一段原木顶端，斯麦格希清理出一片平整的地方。

“手术台好了，是吧哈利？”老波说，他们大笑起来。

然后笑声戛然而止。

哈利把他的软肉和隐约可见白骨的伤口放到那段松木上。在他眼里，它就像一小块撒着干椰丝的肥嫩牛腿肉。斯麦格希在哈利身后松松地揽住他的脖子，拨开他的脸，让他看不到自己的手指，而后收紧手臂，固定住姿势。老波用左手把哈利的右手腕紧紧地扣在松木上，右手握住斧柄下方，高高扬起斧头。

“对这孩子轻些，斯麦格希。”老波说。

然后斧子落了下去。

我还得看下去吗？

感谢上帝微小的慈悲。

第五天

我看到的不再是被砍掉的手指，而是一块手表，正低头看着它的人是阿利亚什。他发现那块表已经停了，耸了耸肩。他回头看向山谷，那里的雾气沉甸甸地压在低处，整条河似乎都笼罩在一片白色之中。在这个瞬间，世界格外宁静，我能看出阿利亚什此刻有这样的感觉。当团员们把最后一批装备运上橡皮艇，在营地做最后一次检查时，河水显得那样沉默。如今回头看去，那一天自宁静开始，此后却再无宁静可言。随后，就像对这宁静致敬一般，橡皮艇也在沉默中被解开，被站在岸上的阿利亚什和“蟑螂”无言地踢离岸边，悄无声息滑入富兰克林河茶黑色的河水。挥桨时，也没有人说话。所有人在此行中首度如此整齐划一地划着，两艘橡皮艇紧紧咬住彼此，仿佛由一根无形的线牵在一起。水流远比他们之前感受过的更为有力。河水流成了一大片奔腾的黑色，而置身其中的他们感受到了那力量，并为此兴奋。橡皮艇的状态也令他们兴奋——之前流速缓慢时，它懒洋洋地漂行，如今却开始以一种堪称超速的方式迅疾移动。

这场遐思被一声尖叫打破了。是阿利亚什艇上的艾伦。“是蚂蟥！一条蚂蟥！”她叫道。阿利亚什爬过艇上的装备架，来到艾伦所坐的橡皮艇头部，从她手背上扯下一条黝黑发亮的血包，丢进了河里。艾伦颤抖着，手上留下了一个流着血的小口子。

他们继续划着。一阵阵奇怪而尖厉的声响穿透了包裹着峡谷的迷雾，宣告着一群黑色的凤头鹦鹉正从他们头顶飞过。这鸟群纵向飞越山谷、朝别处而去之前，团员们透过迷雾间的一处缝隙看到它们一闪而过。而鸟群消失后，那粗犷而沙哑的叫声仍一阵阵地依稀可闻，仿佛带点幽默又带点冷漠地昭示着马上就要到来的大雨。他们继续划着。雾升高了些，露出的云正以堪称狂躁的速度掠过头顶，穿越愈发狭窄的一线天空。没有人说话。团员们已经感到了恐惧，向导们的情绪尚算平静。他们刚在河上前行了一个小时左右，天气就突然变得莫名阴冷。“蟑螂”的橡皮艇走在前面，他让橡皮艇减速，被阿利亚什的橡皮艇从后面撞上了。“蟑螂”抬起手，指向山谷深处的一条侧脊。它已经处于雨幕的笼罩之下。他们面面相觑。没有人说一句话。风向已经回转向西。他们继续划着。

他们划过一处小河滩，上面有一只虎猫在闲逛。它看着他们从眼前经过，对他们是谁、是什么一无所知，毫无逃跑之意。它并不怕他们，他们却怕这些小型食腐有袋动物。它们会盯着漂过的红色橡皮艇和乘客，在它们眼中，这东西和被洪水冲到下游的浮木没什么区别，只是多了些花哨的装饰，不过是来自某些遥远世界的古怪漂流物。

天色越发昏暗。还有一个多小时才到中午，但天色已经黑到仿佛夜晚即将降临。补丁般的片片蓝天变得越来越狭小，也越来越难以看见，直到最终消失在全黑的天幕上。那黑色看着如此牢固、紧临、迫在眉睫，团员们紧张地朝橡皮艇中央聚拢。橡皮艇行过山谷，而后进入狭窄的峡谷，两侧的山崖也变得更陡峭了。“蟑螂”艇上的一个团员开始唱一首威利·尼尔森的老歌，内容是从此以后只见蓝天。如此可以抒发抑郁之情，却无须指明具体担忧，团员们都如释重负，笑了起来。歌唱完了。笑声渐渐消退。一片无边无际、凝重深沉的死寂包围了他们。

而他们继续朝这死寂划去，划向峡谷深处，划向黑暗之中。

八

此刻，我远比当时更加努力地向那片黑暗中望去，希望能看到它的核心。黑暗开始解体。它破碎成黑色的残片，每一片都幻化成一种动物的轮廓：一只袋熊、两只环尾负鼠、五只小沙袋鼠、三只长鼻袋鼠、七只蓝鹪鹩、四只蝙蝠、一只外形不错的绿树蛙、两条友善的巨蜥、一只神色平静的淡水螯虾和一只愤怒到变红的小龙虾，都坐在一张铺着油毡的老旧桌子同一侧，而那桌子也是由黑暗幻化来的。桌子另一边是一群同样古怪的动物：三只袋獾、两只虎斑猫、一只袋鼬、一只袋狼——下颌大张着，看起来颇有食欲地等待着入口之物——还有一群满嘴牢骚的黑色凤头鹦鹉、一条急切地扭来扭去的小鞭蛇，以及旁边一条冷漠地盘起、似乎对自己的爬行类亲戚视而不见的虎蛇。它们身旁有一条橡树石龙子，再旁边是一只猫头鹰、一只山袋貂、四只杂种狗、两只鸭嘴兽和五只袋鼠，行列最后是一只坐立不安的针鼹。在这场为动物而设的盛宴上方亲切微笑的人，正是上了年纪的哈利。

动物们抱着各自的餐盘，吃得啧啧有声，看起来乐在其中。哈利低头看着它们，仿佛在看着一个他从未能拥有的大家庭。当然，虽然在索妮娅去世前，她和哈利只有我一个孩子，但他们的确梦想过拥有一大家子人，也想象过他们有朝一日，能和很多孩子们一起做各种各样的事。索妮娅去世后，哈利仍然会在每星期举办的烧烤聚会上为她准备好盘子。那之后又过了一段时间，除了为他自己、我、玛利亚·马格达莱娜·斯维沃和我死去的母亲准备的菜品以外，他还会额外摆上一盘沙拉，以及烤肉或烤鱼。那是在她死后大概十八个月的时候。他开始在宴会上摆出很小的一盘食物：切成丁的肉，佐以一点碾碎的蔬菜，是一盘婴儿餐。在那之后，每隔大概十八个月，他便会再加上一盘，就像饲养着一个逐渐壮大的幻影家族。他提供的菜量也在逐渐增加，好像来吃饭的鬼魂也从婴孩长成青少年，直至长大成人。接着，他开始为更多鬼魂形态的客人准备更多的饭菜和饮料。据他说，那些来客是失散已久的亲戚，以及他那些鬼魂形态的孩子们所结识的朋友。没有人对此说过些什么。就好像这是再正常不过的事，而一段时间后，它确实成了一件正常的事。只有那些偶尔出现在我们每星期聚会上的新鲜面孔才会对此称奇。

到最后，场面肯定会染上些许荒谬之感，只是我离家过早，从来无缘得见。哈利会在他的烤架旁边摆上桌子，每个礼拜天，桌上都堆满炸肉饼和烤鱼。你可能以为那些食物会被猫和流浪狗扫荡一空，但这种情况从未发生过。那些食物会静静地坐在长条餐桌上，在爬满葡萄藤、摇摇欲坠的老旧棚子下，直到每个星期一的晚上——哈利会吹起口哨，一种奇异的哨声，带起一股轻轻的风。动物们会从四面八方涌来：猫、狗、负鼠、袋熊和袋獾。在霍巴特这种规模的城市的中心地带，这些动物到底是从哪里来的，我至今都想不通。它们看起来就像是从土地里幻化出来的。动物们有的围坐在桌边，有的跳上桌面，一齐开动，时而争抢，时而分享，而哈利就站在它们头顶，咬着一根卷烟吞吐，不说话，脸上微带笑意。

我看着那只袋狼用前爪在桌子边缘撑起身体，看着它探身越过一盘冷的炸肉饼，拾起一把带绿色刀柄的老旧厨房用刀，在桌上拍打着刀柄，以求引起这群吵吵嚷嚷的动物们的注意。接着——我发誓那是真的，如果不是亲眼所见、亲耳所闻，我也不会相信这种情景——袋狼宣布，她[①]要讲一个关于失去的故事。这番宣告并没有立刻让所有动物安静下来。有一些闭上了嘴，一些继续闲聊，还有一些故意唱反调般号叫起来。针鼹大声叫着，说他不会听一个长得像人行横道的家伙讲话，然后和袋鼬一齐狂笑起来。袋狼让他们滚蛋，说她才不在乎一个脑子不清不楚的小针球怎么想。她有一把好嗓子，虽然音调略高，但饱满而洪亮。可能是拜她那张漂亮的大嘴所赐。于是，她开始讲故事。

一片麦海预言的死亡

这两个男人从未有过只言片语的交谈，只有烟偶尔在两人手中传递。每一年的某一天，矮个子男人都会走上那条没什么人经过的土路，来到路与他的农场入口处相接的地方，在那里等待。他会穿着一条整洁的紫色压褶裤子——过去二十年里，每到这个日子，他都穿着这条整洁的紫色压褶裤子——和一件经过多年磨损和多次洗

① 原文的拟人化处理，译文均一一对应保留。后文同。

涤、薄到能在最热时分也穿着舒适的绿格纹法兰绒旧衬衫，在那里等待。这条土路穿行在始终低平的乡野，在那些不了解其细微之处的人眼中，一连几百英里的路程都毫无特色可言，哪怕对于这条路的终至之地、西澳大利亚偏远小城埃斯佩兰斯来说，这片土地也堪称荒僻。那件绿格纹法兰绒衬衫的袖口被整齐地卷到手肘处，之下是被皮肤癌烙下印痕的小臂，每当他卷起一支烟送入口中，那小臂的肌肉便如老旧的剑麻绳索一般扭曲缠结起来。每一年，这男人都会慢慢走到自己农场的破旧大门口，靠在那里的一根杆子上，等着从坎巴尔达驱车而来的朋友接上他，一起去埃斯佩兰斯看年度比赛。对双方来说，这样的搭车既未经提前确认，也没有预先知会，不过是他们生活节奏中的一章，谁都不会质疑，也不会感到奇怪。每年中都有一天，一辆破破烂烂的灰绿色霍顿 EH 多用途车会带着一路飞扬的尘土，停在路边一个规模已大不如前的小农场边，接上一个农民，把他带到埃斯佩兰斯。那是一种不存在猜忌的友谊，因此也不需要交谈。这种友谊如他们在接连数小时的沉默中驶过的乡野一般宽广，语言在其面前也显得贫瘠不堪。

除了这一年以外。

这一年不同于往年。他们又捎上了一个搭车客，一个有着黝黑皮肤和大鼻子的敦实的矮个子男人。他穿一条褪色的卡其色工装裤，粉色背心外面搭一件蓝色法兰绒衬衫，头戴一顶脏兮兮的卡特皮拉牌黄色棒球帽，短短的红发从帽子两侧和后面支棱出来。农民从车里下来，站在那条热气腾腾、尘土飞扬的路上，望向远处无尽延伸的低地。他抹了抹眉毛，示意搭车客坐到中间。等行驶了差不多一个小时后，司机问搭车客要去哪里。

“家。”那个敦实的男人用一种缓慢、模糊、平坦，让人窥探不到任何信息的声音说。

“家？”司机问。

“塔斯马尼亚。”敦实的男人说。

“比我们要去的地方还远。”司机说。穿着紫色压褶裤子和褪色法兰绒绿衬衫的农民笑了。但笑得很浅。没到那个敦实的男人能看见的程度。不过这不重要。那个敦实的男人也笑了。

接下来的几个小时里没有人开口，直到他们在一个路边服务站停下。在长着低矮蓝色灌木的荒漠里，那房子闪动着，就像一团红砖摞起的海市蜃楼。三个人都下了车，在附近散了会儿步，然后农民抬头看向敦实的男人，说：“经常回家？”

“不常。”敦实的男人说，“十年没回了。”敦实的男人看着农民，决定加上一句：“家里有事。”

“哦。”农民无比清楚，那意味着坏事，“你妈妈还是你爸爸走了？”

“我爸爸。”敦实的男人说。

如果农民接着问这男人，是什么时候得知他父亲去世的，阿利亚什没法告诉他，是在西澳大利亚的一片麦海中，当他第一眼看到一阵风自东向西打着旋刮过时。那片麦子以它们特有的谦逊姿态朝盛行西风躬下身去。当时，一台联合收割机正向着南方无情推进，麦子朝阿利亚什的左侧倒伏，埋进被这台收割机吸干水分的污浊空气里。那麦子起初还是一片贫乏的棕色，突然间又直立起来，之后再向阿利亚什的右侧倒去，化成一片金色。接着，就在这色彩的切换快要延伸到地平线的那刻，风向又转回来了，麦子回到了原本的位置，染回了原本单调的棕色。这片麦海的颜色变了。它就像一张被翻来转去的波斯地毯，售货员正急切地展示它完美纹理的魅力。

他也不能告诉那农民，正是在接下来的那个夜里，当他躺在汽车旅馆的房间里，听着空调在漫漫黑夜中隆隆轰鸣，他梦见海雕在一条闪亮的河流上空飞翔。不过他可以告诉农民，当他在第二天早上打电话回家——他已经好几个月没给家里打过电话了——一个邻居接起电话后，说他父亲生病住院了，他才意识到自己必须回家了。他去找工头讨要了薪水，说家里有急事，他必须回去。工头说："啥时候回来都行，我罩着你。"

"明白。"阿利亚什说。工头从不克扣薪水，给了阿利亚什他该得的数目，但和干完一整个炎夏所能拿到的相比还是差远了。他们都知道这一点。

"太可惜了。"工头说。"你干活真不错。好工人不愁没活儿干。"工头说。

阿利亚什什么也没说。工头看着他，好奇他到底是什么人。开收割机的大部分是本地青年，就算有些人不是工头看着长大的，对他们知根知底的人工头也相识。阿利亚什却是一头闯进镇子的。他在酒馆里听到有人招工，第二天便到工头这里来应聘了。他的执照是新南威尔士签发的，但他说自己来自塔斯马尼亚。除此之外他没有透露更多信息。大家喜欢他，因为他很好相处。他跟工友们出门喝酒的次数足够多后，他们便不再对他疑虑重重，但没有人真正了解他。小道消息说他之前在长湾干过，但工头不信。无论如何，阿利亚什身上的某些东西，比如他在被问到个人问题时直率的态度，都让工头对他的来历感到好奇。工头继续跟他搭话，希望能挖出点什么。

“不愁没活儿干、没钱赚啊。”工头说。

“那是。”

“从这里过去可够远的。”工头说。

“没错，”阿利亚什说，“我也觉得。就是挺远的。”

“她就是因为这个才走了。我觉着。”工头说。

“也这么觉着。”阿利亚什说。

农民没有再试图和他搭话。他们走进饭馆，吃了牛排、沙拉和薯条，回到EH多用途车上。他们没再开口，直到当天夜深抵达埃斯佩兰斯，直到他们在南方广阔的夜空下挥手道别。

阿利亚什等到第二天早晨才上了一架飞往珀斯的小飞机。那趟航班花了半天时间，飞过了六个开辟在灌木丛中的简易机场。抵达珀斯后，他得知由于在加油时出现了纠纷，之后的六个小时都不会有向东飞的航班。一阵巨大的恐惧瞬而降临在他心头。突然间，他对回家这件事感到无比惧怕，怕那些人，也怕那个地方。他不知道该怎么做。已经走了这么远，现在中途返回未免荒唐。他浑身无力，感到恶心。这时，他看到了一个电话亭，便下意识地走过去，拨给查号台，问一个住在霍巴特、名叫“蔻塔·何”的人的电话。他查到了号码，拨了过去。

拨号音响了两次、三次、四次，阿利亚什突然挂断了电话。

他走出航站楼，看向出租车停车点，数了数钱包里他四天前在一片遥远的麦海中领到的工钱还有多少，又算了算付完去往东边的机票钱以后能剩多少。他想喝一杯，但不想去机场酒吧。他走向一辆车，问去城里多少钱。出租车司机是个瘦瘦的中年人，浓密的黑发都梳向后面。他戴着一副金边墨镜，是十年前流行的款式，而且无疑会在他扔掉它之前再度流行起来。阿利亚什跟他说话的时候，他始终看着前面。

“差不多三十块吧。打不了包票。”

“行吧，我有四十。”阿利亚什说。这话有点水分，但他此刻想给司机一点颜色瞧瞧，让后者别想耍花招。

“那估计就够了。我猜。”

阿利亚什绕到副驾驶那边，打开门上了车。司机开始打表，车启动了。

“你介不介意我……？”司机冲阿利亚什晃着一包烟。

“你的车，你决定。”阿利亚什说。

出租车司机点燃烟，抽了一口，明显放松下来。

“真有意思，”阿利亚什说，“我就没剩几个钱，倒打了辆车。我要是有好多钱，可能就想多攒点，去等大巴了。可就因为啥也没有，花不花都一样。”

“穷人才是好顾客啊，伙计，我总这么说。别人都说，要挑有钱的。我说，让他们滚。有钱人从来不付现金，总用谁知道刷不刷得出来的卡，还总要发票。我要是想抽烟——那没门。去他妈的，我就这么说。你以为有钱人为什么有钱？”

这是个反问句。阿利亚什向窗外看去。他对这个问题不感兴趣。他看着高速公路上一辆辆车头尾相接，慢吞吞地向前蹭，看着无限延伸而去的住宅区。他好奇所有那些住在这些地方、开着这些车的人的生活是什么样的，那肯定是一种被锚定的感觉吧，哪怕锚住他们的只是一个方向盘，用它每天得花四十五分钟上下班。随后他想，说不定这些人都和他一样。如果真是这样呢？如果根本没人被锚定，只是所有人都装模作样呢？他心底升腾起一股恐慌，又迅速幻化成他那经久不散的恐惧，这一次恐惧的对象是这个新的念头。如果根本没人清楚自己来自何处，又将去往何方呢？多年以来头一次，他发觉自己身上的问题也许不完全是他本身造成的，也不是他能独力解决的。可这只是一个闪念，几乎在他感知到的那一刻就消逝了。

“你觉得呢？”出租车司机问，他重复了之前的问题，甩了甩左臂以示嫌恶，“有钱人为什么有钱？”

“鬼知道。”阿利亚什终于说。

“有钱人有钱，是因为他们给钱小气，刻薄得要死。有钱人的钱都是这么省出来的。因为他们是一群浑蛋。”

阿利亚什转过头来看看司机，耸了耸肩，转过头去继续望向窗外。这就奇怪了，他想，既然变有钱的唯一条件就是当个浑蛋，他为什么还没发家。

“我这车都载过那些大人物。个个都是小气鬼。”阿利亚什继续看向那些住宅，说不清为什么，他突然大笑起来。

也许，阿利亚什心想，也许其他所有人也都在公路上前行——从“垮掉的一代”到嬉皮士、雅皮士，再到如今所有那些一心扑在事业上的浑蛋；从我自己到出租车司机——他们，我们，所有人都在不停地试图逃离自己的过去、家庭、出生之地。纵使我们上路的方式各有不同，舒适度也大相径庭。也许其他所有人都像我一样大错特错，阿利亚什想，也许是时候走下公路，回到我们诞生于斯的丛林去。

袋狼的讲述就在这里停止了，她把这奇怪的故事讲完了。我目瞪口呆。一只该死的袋狼怎么会这么了解我？怎么会连我彼时在想什么、有什么感受都知道？但是，就在我能看到幻象之后，思绪会跟随着我试图追寻的每一件事游走，它不等眼下的话题结束，又突然冲向了别处。我听见一片喧嚣，其他那些动物不像我这么热衷于这个故事，再次开始发出刺耳的吵嚷。一只橡树石龙子发现了哈利留给他们的自酿黑啤，他们便都一头扎过去。黑色的凤头鹦鹉用他们巨大带钩的喙撬开了瓶盖，给所有动物省却了麻烦。淡水螯虾用他一只紫绿相间的有力大螯，从正想说些什么的针鼹那里抢走了一把绿色柄的厨房用刀，拿着刀像木槌一样砰砰敲击着桌面。然后，尽管许多动物完全没有向他投来关注，他还是开始讲起第二个故事。

圣母啊！我真不敢相信眼前发生的一切——但我必须停止思考了，因为淡水螯虾已经开始讲述。我再也无法确定那是他口中的故事，还是我眼中的幻象，但我如果继续想下去，便会错过他讲给大家的话。

哈利，一九四六

当他们在蒙蒙细雨中沿河而下时，哈利躺在防雨布下，被船底泪柏板条散发出的潮湿辛辣的气息所包围。痛苦愈发强烈，直到哈利除痛苦之外再无法感受自身的存在。其他任何都不过是在这种刑罚过程中痛苦的一个小逗点。每一次划桨，曾经是拇指的残肢上便痛如火燎，火甚至吞噬了他的手掌，蹿上他的臂膀。他时不时睁开眼睛，便会看到一只海雕，是那只他在大瀑布上看到的、缺了两根主翼羽的鸟。哈利一睁开眼睛，就会看到那只鸟站在岸边的一棵树上俯视他，然后又飞走，只有等他再度睁开眼睛时它才会飞回来。哈利已经不知道自己看到的是现实还是梦境了。他想起艾丽姑妈曾经给他讲的故事，说一只海雕如何从索雷尔港上的小围场里抢走了一个婴儿，带着婴儿飞到了海上，又是如何把婴儿养在远在海峡深处的三丘岛上的鸟巢里。她相信这个故事是真实的。哈利没有相信也没有怀疑，只是听完了它。也记了下来。

划到双瀑布和大瀑布时他们不得不改换陆路，绕过激流，在岸上拖拽着船，而哈利在一旁裹着灰色的毛毯瑟瑟发抖，跌跌撞撞地跟着。他们抄近道来到戈登河，大雨开始倾盆而下，河上笼罩着低垂的雾气，像被一只看不见的手操控一般，上升、下落、拂扫。哈利开始发烧了，他手心和臂弯里的热火甜蜜地烘暖了全身。

哈利不断地在清醒与入睡间摇摆。某次醒来，他拨开盖住他头和身体的毯子与防雨布，抬头看向老波和斯麦格希。他们俩一人执一把桨，斯麦格希在右边，老波在左边。他看向他们的腿，他们的裤子，打湿后的布料变得厚而沉，从膝盖处垂下褶来，套在靴子外面。他看向斯麦格希稀疏的黑发，湿湿的，闪着光，贴在头皮上。老波戴着一顶脏兮兮的绿色针织帽，上面覆盖着一层白毛状的水珠，看起来就像一块陈年羊排上的霉菌。他看着他们的胡楂，还有闪着雨滴反光的沟壑纵横的脸。他们的脸是静止的，偶尔几颗水珠汇成一串，沿着他们颊边的皱纹蜿蜒流下，落到穿着的灰色法兰绒衬衫上。他们的眼睛里闪着光，但空无一物，只聚焦在某个遥远的点上，确保在沿河而下时不会偏离路线。雨仿佛一根根扎入河面的尖刺。哈利重新坠入梦乡。他梦见自己坐在一只船上穿越雨林，划船的是两棵古老的南水青冈，各自长着老波和斯麦格希的脸。

他们在下午晚些时候抵达了“约翰爵士”瀑布，爬山而上，进入过去供游客留宿的小屋，那里一直存着些干木柴。老波点了堆火，烧水沏茶。他们围坐在火边，用缺口的搪瓷杯喝着放了大把糖的浓茶，考虑着要不要在这里过夜。哈利一句话也没说。一方面是他烧得太厉害；另一方面，在他为数不多的清醒时刻里，他明白这两个男人为了帮助他，要损失大概一个星期的工时：先划船去斯特拉恩，再回到雨林里的营地，因此他不该再向他们要求什么。最后，他裹着毯子，在火堆前像条狗一样蜷了起来。他发觉自己抖得厉害。他的身体正在疯狂抽搐，汗如雨下，可大脑却始终感到平静，停在席卷他全身的风暴的中心。

“这孩子不行了。”老波说。

就这样定了。

他们走回船边，把船舱里的雨水舀了出去，把哈利舒舒服服地安顿在船尾。那时雨已经停了，雾也升高了。划下戈登河时，太阳在他们面前沉落。哈利感觉，它的最后一线光辉在他眼帘上留下了一片短暂的温热。

“还得走四十五英里。”斯麦格希说。

“赶在晚饭前到呗。”老波说。他们大笑起来，连哈利都笑了。而后，当夜晚的凝重降临在他们身上，没有人再说话。哈利看着他头顶上，窄窄的星河闪耀着，每条光边都被雨林描摹，他睡去了，再一次梦见了两棵为他划船的南水青冈，只不过这次划过的是星空，目的地是月亮。万物寂静无声，旅程永无止尽，星星就像穿越雨林的河流，一样熟悉、安全，抚慰着一个世界。

他们划过了巴特勒斯岛，划过了“大理石”悬崖，漫长而静默地划过了“长直道”，划过了“鹰涧”，划过了“石灰窑”河段——曾经，光着脚、饿着肚子的犯人们被发配至此，在雨林里烧石灰——再转过“马蹄铁”峡弯，最终划出了河口，随河谷冲进了麦考瑞港的无边汪洋。月亮升起来了。满了四分之三的月亮给天空和海洋洒下银光，那海面平坦无瑕，没有一丝皱褶。他们划到了一百年前曾因关押犯人而臭名昭著的莎拉岛。过去从那里越狱的犯人们，最终下场不外是在丛林里自相残杀，吞食同伴，直到自己也一命呜呼，骨架被雨漂白、被泥粘湿，与南水青冈不断延伸的根须绞缠得再难分离。他们停靠在莎拉岛上，休整了一下。月亮已经升上了天顶。两个男人身体发僵，笨拙地走上一小片黑莓丛中的空地，那是给来当地一日游的人们留的。哈利在船上睡着了。老波把茶煮得像一壶蜂蜜味的柏油。

“上帝啊，我就需要这么猛的玩意儿，不然可真划不动了。”这个老男人一边说着，一边往壶里舀糖。

“还有二十英里。”斯麦格希说，“走直线的话。”斯麦格希想沿着海岸线划，不然小船到了港口中央，可能会被突如其来的大浪打翻，但这样他们还要多划七英里。老波嗅了嗅空气中的味道，又抬头看了看星星。

“我们就直走，”他最终敲定，“明天上午才有风。”他们喝光了壶里的茶，又煮了一壶，接着再煮了第三壶，才终于止了渴。斯麦格希在地上躺下，闭上了眼睛。

“我能睡上一百万年。”他说。

“边划边睡吧。”老波说，踢了踢斯麦格希的侧身，“看在上帝的分上，别在这里睡。”他们站起身来，朝着火堆撒尿，把它浇熄。尿液热气腾腾地坠成弧线，他们在尿液里搓手，好让手坚硬却柔韧，适合挥桨。船桨的摩擦已经让斯麦格希的双手脱了些皮，露出了粉红色，接触尿液时一阵刺痛。他哆嗦了一下。他们迈着毫无热情、筋疲力尽的步伐，蹒跚着挪回到船上。

斯麦格希划船时闭上了眼睛，于是他不确定自己是真的在划，还是仅仅梦到了划船的情景。动作带起的钝痛在他的身上却是如此清晰牢固。老波的眼睛从未闭上。他让船保持着航线，穿过内海，向斯特拉恩而去。划到那片海中的某个地方时，老波开始讲起故事，奇异而迷人的故事。斯麦格希的眼睛睁开了。听着听着，他突然困意全消，清醒起来，思绪离开了他这如一台缓慢的蒸汽机般划着船的身体，进入了老波故事中的世界。在那个世界里，过去、现在和将来仿佛相互抵牾，又共存下去。

哈利，一九九三

我能看到老波，也能看到淡水螯虾讲起了下一个故事，在某个时刻，二者重叠得如此彻底，我再也无法确定是一只螯虾在划船，还是老波在讲故事。随后，他们划着的船消失在麦考瑞港的夜色中。与他们相关的一切景象和声音都远去了。

我还以为自己已经搞懂了幻象这东西。一开始，看我自己出生时的情景——好的。看让我身陷麻烦的河上之旅的头几天——好的。甚至，看我父亲在我还未出生的多年前因砍树而失去一根拇指——好的。我也理解我为什么会看到我的童年以及和蔻塔在一起的经历，但现在，我越发迷茫了。看一群喝醉的动物讲故事，私事——我得说，还是我自己和我家族的私事——然后这群动物还喝到烂醉，甚至中断了讲述：嗯，这可不太对。幻象本该由一些神圣的存在赐予你，而不是给一群醉醺醺的有袋类动物和他们的小伙伴取乐之用。然而这些幻象总是以一连串突兀的画面出现，可能由几个人或几只动物讲述给我，每一场幻象之间的联系又始终不够明确。到如今，这些幻象似乎开始同时播放，并彼此入侵。

也许正因如此，当看到阿利亚什、“蟑螂”和他们的团员们没能发现那间病房时，我并不惊讶。里面满是心率检测器，输液设备，以及盛放不锈钢茶壶的推车。那间病房从雨林中探出，搁浅在海滩上，就像一棵南水青冈或一棵檫树那般自然，本就是河畔雨林的一部分。我也不惊讶，为什么两艘艇上没有一个人朝躺在病床上的哈利招手。他们径直划走了。

一个护士从一片蚌壳蕨类的矮林中走来，进了病房。

“您的手腕，刘易斯先生。”

哈利惊愕地抬起眼来。他正津津有味地观察、嗅闻、聆听着涨水的富兰克林河，这个问题打断了他的兴致。

“您的手腕。”她重复道。哈利抬头看向她年轻的脸，其上短促地闪烁着丝缕微笑的光芒，仿佛一块石头落入水中激起的涟漪。护士把一支温度计放到他舌底，微笑便消失了。她测量了他的脉搏，用血压计裹住他松松垮垮、布满皱纹的手臂皮肤。让这样一个年轻的护士看着自己松弛的皮肤在萎缩无力的手臂上叠起褶皱，哈利感到难堪。曾经，这条手臂也强壮过，绷紧的肌肉下力量一目了然，即使是最细微的手部动作，都会让大小臂的每一条肌肉上下牵拉。如今——这个念头带给他的已经不是绝望，而是疲惫——那已经是一个即将油尽灯枯的老人的手臂了。他觉得自己需要做些解释。

“生活是最残忍的拳击手。”他说。

那种短促、微弱的笑容再次出现了：“是的，刘易斯先生。”

哈利继续试着向她解释，这是她该知道的，他几乎在借此警告她，她自己也终会迎来死亡。一切肉体都是那么不可靠，哪怕是她如今正美丽动人。然而，即便她已经在工作中懂得了人人皆有一死，正值青春的她也无法明白，这条在她心中不过是抽象学术概念的定律，同样适用于她自己。“对，它就是那么残忍。”他说，“等你变老了，它就会把你逼到角落里，让你走投无路，根本没有裁判会替你喊停。然后它就会一下接一下地揍你。你要是摔倒了，也没有裁判会说，够了，别打了。场上就没有裁判，不会有人说，在对手倒下以后不能踢他的肚子、他的脑袋。可生活就是这样的。生活会不停地踢你，直到再也没东西可踢了。”护士垂下眼帘来看着他，解开血压计。她的嘴唇微微后扯，露出一点轻微的沮丧。

哈利看到雄伟的山谷围着河流隆起，看到它们把他包裹起来，看到雨林，看到河水上涨，他的面颊感受到了沉甸甸的湿润空气，闻到了泥炭的气息。

“别哭了，刘易斯先生。”她说，“请别哭了。”她想说情况还没那么糟糕，可她的医学知识告诉她那是假话。她感到后颈上拂过温热的呼吸，转过头去看到了埃利奥特医生。这是个年轻的专科住院医生，她对他怀着认真的感觉。埃利奥特医生听到了他们的对话。他把护士拉到一边，在一棵高大的南水青冈下对她低语。

“我觉得该给刘易斯先生加大吗啡剂量了。他看起来非常痛苦。”接着他说，“星期五晚上，在蛇鲭街那家新开的泰国餐馆。”她微笑着表示同意。

年轻的护士与年轻的医生交谈中的性张力让哈利感到羡慕。他们的肉体如此鲜活，仿佛拥有独立于头脑的另一份生命，甚至微小的动作里都饱含信息，被另一具肉体读到后，就会引起持续高昂的兴奋，只能通过交媾来平息。哈利甚至会为这性活力对他们心怀憎恨，只不过如今，就像他已经无法心怀爱意一样，他已经不再具备憎恨的能力。

哈利退回了他那个由痛苦构筑的孤独世界。他以前从未想过人老时会是这样的，不过那时他也从未认真想象过人老之后的样子。就他过去谈及这个话题的情况，以及回想起他所认识的老者所呈现出的状态而言，他推断，人老了以后还是有点乐趣的，至少还会为某些曾经骄傲的成就感到满足。可如今他躺在临终的病床上，只感到心灰意冷，为自己的一无所成，为在日常生活的鸡毛蒜皮中将获得友情与爱意的机会错失、消磨殆尽。他的最后一刻也并没有如丰收的秋天般来临，而是挟着冬季傍晚升起的雾气到来，刺骨、慑人、潮湿、寒冷。他感到孤独，孤独得可怕。生命对他而言，是一连串欢愉从未得以履行的愿望。他看着这世上他熟悉的一切，所见只有悲哀，悲哀，悲哀。他再也没有那种年轻的自信，宣扬这世界可以被重建得更加美好、更加温暖。爱似乎已荡然无存，恨却随处可见。他感到自己赤条无依，世界和他自己的生命在其中永无止尽地彷徨。在这两处他只看得见荒芜。他的前路无可期冀，回首又无所作为。他在想如果能重活一次，他会做些什么，接着便感到他根本没有重活一次的欲望，这一辈子已足够艰难，让他筋疲力尽，他甚至不知道自己是否有力气迎接死亡。他只感到一股压倒一切的疲倦，它到最后甚至吞噬了他思考的能力，接着消灭了他做梦的欲求。

而在那一刻，他看到了死去已久的叔叔巴吉尔和乔治向他走来。“把你脚上的东西卸了，‘小鞋油’。”乔治说。他看到母亲罗丝向他走来，激起一种强烈的情绪。她说：“我爱你。”他看到一条河朝他奔流而来，但不是他所认识的任何一条。他看到两棵高大的桉树在暴风雪正盛的时节，转眼间开出繁茂的花朵，与此同时，一个奇迹正在发生。两棵树的枝条朝天空伸开，舒展，现出一树繁花，奶油色的花朵越发浓密，两棵树开始浮上天空，向它翱翔而去。他看到老波和斯麦格希。老波说：“对这孩子轻些，斯麦格希。”哈利睁开双眼。

但他已经永远离开了那张病床。

耐德·奎德，一八三二

他躺在一条方头平底船上，一只有着老波嗓音的淡水螯虾在划着船。他们刚从一片柔软如羊毛的落雪的云里穿出来，这时他留意到，在这条飞翔于天空之上的船下方，隔着很远的距离，一片杳无人烟的高地旷野里，有一个孤独的身影。老波，那只螯虾，嘴里正滔滔不绝。

他说，到最后，只有“石人”耐德·奎德和艾伦·赫西活了下来。至于其他人，都按照逃跑前约定的方式死去了。这种绝望的结局在他们逃亡的那个世界里，是一种所有人默认的必然结果。但当真理时刻到来时，只有发着高烧的杰克·詹金斯没有抵抗，而是请求其他人给他半小时独处，与上帝进行最后的对话。没有人抱怨，说还不如就此掉头回去。艾伦·赫西和“石人”围坐在篝火边，因疲惫和恐惧而形销骨立，两人心里都清楚，无论谁先睡着，下次就只会在被送进那永恒的安眠之前短暂地醒来一刻。就在这广阔的南方夜空下。这一次，先闭上眼睛的是“石人”。他坐在那里前后摇晃着，虽然眼睛闭上了，身体却没有停止摇动。艾伦·赫西紧张地观察着他，怀疑这是不是一个陷阱。但几分钟后，他确定“石人”睡着了，也许他潜意识里多多少少还在想着——他身体依然是坐直的，依然在前后摇动，所以他一定还醒着。不，他睡着了。但就在艾伦·赫西用他们杀掉另外三个越狱同伴的方式去杀耐德·奎德的那一瞬，就在他要用他们一路携带的斧子，像对待一颗冻坏的萝卜那样劈开耐德的头时，“石人”的眼睛刷地睁开了。他们打量着彼此，“石人”坐着，艾伦·赫西保持着斧子即将落下的姿势，站在他面前。

“我看到了一些东西。”艾伦·赫西说着，一动也不动，依然高举着斧子。

“石人”一言未发。

“我看到光着脚的男人们像牛一样被拴在犁上。我看见他们给霍巴特的一个女人套上带尖钉的项圈，还剃光了她的头发，就因为她和另一个女人睡觉，一伙英国兵和罪犯模样的人还强奸了她。我看见一个土著女人带着孩子躲在树上，被人像鸟一样打下来。我还看见一个男孩被一整群拴在一起的罪犯鸡奸，警察还帮忙按着他。”

“石人”一言未发。

“大部分是坏事。”艾伦·赫西继续道，“不记得我自己是不是个坏人了，被送来这里之前。可能是吧。可能我一直都挺坏的，就差这样的机会意识到了。我已经忘了我到底是干了啥事才被送到这里来的。不过他们肯定有啥不错的理由才这么对我。可能都不是什么不错的理由，是不怎么样的理由。但肯定得有一个。会有一个。这个我知道。”

“石人”浑浊而发红的眼中充满疲惫。

“坏事真是太多了，”艾伦·赫西说，“都是给我的惩罚，而我也是其中的一部分。这就是为什么惩罚我是对的。为啥呢？这就是理由。”

“理由，”“石人”说，“就是真理之树上的邪恶果实。”

于是，“石人”动了，以迅捷而凶猛的动作朝艾伦·赫西的双腿扑去，把他撞得脸朝下砸到火堆里的焦炭上。赫西大叫着翻身往火堆外滚，但在那之前，“石人”已从他手中夺下斧子，狠狠地砍在他头上。

赫西黏稠的灰色脑浆朝前流去，和火堆边的炭渣混成了一团疙疙瘩瘩的粥状物。“石人”又落下一斧，砍穿了艾伦·赫西的脖子来结果他。不过，要杀死一个人还是不那么容易的。赫西没有反抗，然而也没有当即断气。他的气息还混着鲜血，沿脖子上的断面流了一些时候，溅落在下面的炭渣上，腾起嘶嘶作响的热气。接着，耐德·奎德站了起来，望进斑斑驳驳的黑暗里，他感觉自己已经超脱了恐惧，超脱了疲倦，感到这片土地的全部苦难尽数在他心中升发，他希望这么死去的不是赫西，而是自己。

他剥掉了死尸的衣服，用它的裤子将尸首倒吊在一棵树上，等血流干。尸体就这样悬吊着，耐德·奎德剖开它的肚子，掏空了它的内脏。他重新生好火，在上面烤了剥出来的心和肝，但他饿得太狠，没等烤熟就尽数吞食下去。靠着重新获得的力气，他接下来第二天和第三天都整日整日地前进着。他精心分配了赫西的四肢份额，来支撑着自己抵达新耶路撒冷。在一片铺着厚厚黑袋鼠粪的纽扣草平原上，他与一伙土著人不期而遇，于是他举起他如今一瘸一拐倚靠其上走路的木棍，装作那是一杆火枪，摆出要射击他们的架势。他和他这群生活在旷野上的同胞们之间的距离不算远，刚好够他们明白这个动作的意思，于是土著人立刻四散奔逃，匆忙中还落下一头死负鼠。他就带上它继续前进，回到了雨林。穿行在雨林之域，他越走越感到希望渺茫，以至于当他终于走出来，回到更高的地界时，他在一棵比利国王松前停下了，准备在上面用腰带自缢。但他的求死之心只作祟了一阵。他在那棵树下躺了两天，然后蹒跚着继续前进。耐德·奎德依然抱着希望，想象着自己会找到海岸，那里有一艘小船。他将乘着它离开“范迪门斯地”，到新南威尔士，再从那里前往新耶路撒冷。

他最后死了吗？我想知道。或者说，在他幻觉之外的某个地方，在那条河中央的某个地方，他是否找到了他梦中那座围墙坚固的城池？是在他心脏被一个土著人的矛尖贯穿时，看到那座城在眼前拔地而起？还是在他筋疲力尽地倒在灌木丛里，活生生地被虫豸啃噬，口中舌头僵硬、枯干、开裂得如一只犯人的木底鞋，忽然听到自由的欢声笑语在耳边喧嚣，看到“幸运母亲”翩然而至，将水亲自送至他唇边，带着他朝新耶路撒冷而去？我不知道，幻象还不曾向我显现。但也许在那里的某个地方，他看到了自由，以及自由的代价。也许就在某一处，从那里开始到中国为止的地方，人们将会发掘出那座城池的遗迹，而残存的记录会表明，耐德·奎德即便没有当上帕拉马塔镇长，至少成了“幸运母亲”的得力臂膀。我还想知道，这些人是谁？这些在我面前求生又死去的可怜之人，这些命运太过悲惨，以至觉得这样死去都比活着要好的人，这些把这种死亡的方式视为救赎的人，究竟是谁？于是，梦境的力量再一次碾压了思考，我再一次看到耐德·奎德躺在一片蛮荒之中，看到他衣衫褴褛，关节溃烂，铁项圈又裹上了新的、更厚的一圈——那是苍蝇正在吮吸他化了脓的血肉，而它们的幼蛆，在他衰腐肉体上被吃剩下的地方繁衍生息。耐德·奎德听到一阵鼓声，是军鼓，宣告着一种即临的、重要的抵达。鼓声越来越响，越来越坚定。

“石人”已经一动不动地躺了两天。他知道，他正在走向死亡。因为当他躺在涨水后太深太急而无法横渡的河流岸边，在太过宽广而无法攀出的溪谷之底抬眼向上望时，他看见，一条木制的方头平底船正在穿越夜空，划船的是一个鬼魂和一只螯虾，还有一个幽灵，从船尾探身向下俯瞰，盯着他，像是认识他。那条船正向他划来。

哈利在远远的上空看着“石人”渐渐死去。

“别管他，”老波说，“你看到的只是个老犯人的鬼魂。”

“一个幻影。”斯麦格希说。

哈利收回向下望的视线，目光飘向夜空中我所飘浮的地方，在他的船边。我们正要说些什么，却双双被云层包裹，于是我们再一次地，就像之前的每一次，失去了联系。

“一个货真价实给鞭子打死的。”我听到斯麦格希说。

“该打。”我听到老波回答。

“就犯了点小错。”我听到哈利反驳。

哈利耸了耸肩，再次望向地面上垂死的“石人”。

阿利亚什，一九九三

我听到一阵遥远的干呕声，是橡树石龙子在呕吐。远处，傍晚的杏色云层中，我只分辨得出一艘船，正缓缓消失在惠灵顿山那边，后面跟着满满两桌动物。动物们这会儿基本都在酒食里泡透了，不然就是在高歌或斗殴，只有几只黑色凤头鹦鹉和巨蜥还在打牌。

而从蛇鲭街的一头，向下俯瞰那促狭的街道，在寒酸的房子间，我发现了阿利亚什。这条街闻起来依然有老码头和旧日贫穷的气息，但正在改变。街的一头开了家古董店，另一头多了家泰国餐馆。然而，哈利家的老房子看起来仍和过去一样：木质结构，年久失修，门廊几乎延伸到街上，前院格外逼仄。不过，好歹还算有个前院花园。哈利的前院花园准确地勾勒出了他内心的轮廓：一丛荒芜的野草和零星的植物，还在他和索妮娅搬进来之前就已经长在了那里。而在正中，是一片极为美丽的巨型玫瑰树丛。它肆意生长着，无人修剪，沉甸甸的深红色花朵压弯了枝条。

阿利亚什敲响了久经风吹雨打的前门，尽管他知道，哈利躺在医院里，因此并不会有人应门。他缓步走下廊边的过道，来到小小的后院。那里矗立着哈利最伟大的作品——他的烤炉。

这座房子本身很寒酸，烤炉却壮观如一座砖砌成的大厦。碎玻璃和啤酒罐搅在混凝土和黏土中铸成管道，厚厚的水磨石板可供肉类、沙拉、饮料或随便什么东西摆在上面。烤炉高有三米，长度至少也有这么多。它中间是一座炭火烤架，但整座烤炉除了简单的烤肉以外还有很多其他功能，几乎称得上一个兼具宗教与历史意义的多用途厨房。它吸取了哈利生长于斯的古老澳大利亚和索妮娅生长于斯的古老欧洲的特色，综合了本土建筑与南欧的神庙、墓碑中的某些元素。一台老式干衣机架摆在烤炉顶一侧。它被刷成天蓝色，拆掉了内部结构，如今被用作一个熏肉箱，通过镀锌风管与底部的旧炉膛相连。往炉膛里会放入木麻黄或南水青冈的柴禾，生起慢火来，而往熏肉箱里会塞进袋鼠肉、鳟鱼、三文鱼、鲹鱼、条纹婢鰯、鳗鱼、沙袋鼠和猪肉萨拉米肠，出炉时，它们就成了最为美味可口的熏肉。绿色或粉色的塑料装饰花盆，高高低低地挂在钉于烤炉后墙的钩子上，开红花的老鹳草、开粉花的天竺葵和五彩缤纷的仙人球，张灯结彩一般从盆中垂落。在烤炉的中心，紧贴着烤架下方，有一个用灌煤油的土坯制成的烤箱。这个以干泥隔热的烤箱下方又有个壁龛，里面布满排烟管。壁龛里烧的火为烤箱提供热源，烤熟了哈利的面包——用他多年前从波伊那里学到的方法烤制出的大圆面包，一块块比男人的胸膛还宽。烤箱旁还有一个稍小的壁龛，侧边排了一列绿色的果酒瓶。哈利曾经在那个小壁龛里醒发面团，索妮娅则会把牛奶罐放进去发酵酸奶。烤炉背后的砖墙上，嵌着哈利刚回澳大利亚给渔民做帮工时收集的、散发珍珠光泽的紫色鲍鱼壳。鲍鱼壳排成一圈，中间有两根三英寸长的铁钉，被径直打入砂浆中。其中一根钉子上挂着一副烤肉钳，另一根上挂着一具哈利多年前发现的海雕头骨，形状小巧精致。各种风烟管一路爬到烤炉顶，将烟雾吐进后壁上残破的陶土烟囱里，而烟囱的高度并不一致，这给整座烤炉带去某种疯狂的巴洛克风情，宛如一座沃立舍管风琴。

阿利亚什笑了。

而就在那里，在哈利的烤炉旁，坐在哈利最喜欢的椅子——一把老式拖拉机的金属座椅，下面还带着连接钢柱的球承——上的人就是她。这么多年没见，她的模样变了一些。她的头发由灰变白了；也已经把那种旧日欧洲寡妇穿黑裙、搭黑色开襟毛衣的打扮，换成了新式澳大利亚寡妇的打扮：闪亮的绿紫相间的运动服，配上闪电状条纹，还印着“**有氧行动**”几个大字。她一只手落在面料发亮的运动裤上，另一只手夹着一支吸了一半的雪茄凑到唇边。

“最后一支？”阿利亚什问道。

她转过身来，带得球承缓缓旋转，嘎吱作响。她看着阿利亚什的表情就像已经等了他一段时间。

“不。”玛利亚·马格达莱娜·斯维沃说。于是阿利亚什知道，他来得太迟了。

殡仪馆的人带阿利亚什去看他父亲的遗体。“我们鼓励家属亲眼看一看所爱之人的遗体，”殡仪馆的人说，“这样做可以帮助他们快点度过悲伤的进程。”悲伤的进程是什么？阿利亚什想。我现在的感受是分阶段的？自己的感受可能像一节情绪的火车头一样，以死亡为始发，沿途经停每一站，直到抵达终点——好吧，无论终点会是什么——这想法让他觉得特别不可思议。终点，也许是幸福，且不管它的定义如何。这节火车头会停在每一站：内疚、愤怒、哀悼与和解。他看向摆在小架子上的一瓶瓶花，看向连百货店都不再售卖的、印有海浪和落日的廉价印刷品。他打量着风格还停留在七十年代初的整体装潢，黄色的印花墙纸和乙烯基家具。他看向棺木那带着斑点、被擦得锃亮的外壁，看它华丽繁复、色泽闪亮的铜质把手，还有用钉子固定住的天鹅绒内衬。这一切看起来都毫无意义，所有这些布置，所有这些工艺、装饰，唯一的归宿都不过是潮湿的泥土。他想，在这间模仿起居室布置的房间背后的工坊里，这些棺木是不是在那里制作出来的，还是从什么地方，也许是亚洲进口的现成货？很可能是买的，阿利亚什一边用手指摩挲着它的棱角，一边思忖着。不然该用泪柏的，他想。那才合适。但他转而意识到，哈利该会多么痛恨那种做法。哈利会觉得太蠢了，白白浪费了好木材。哈利会说，把我装在胶合板里埋了就行。他应该跟哈利谈谈这件事的，阿利亚什想。他该回来跟哈利谈谈的。就是这样。他们之间有那么多话没说，那么多事没做。阿利亚什的视线退回到把手上，他抚摸着它们，感知着它们的重量，看着自己的手汗在一尘不染的铜质表面留下痕迹。而后，他无意识地深吸了一口气，带着明显的声响，带着颤抖。他抬起头来，视线回到棺材里面，看向躺在那擦拭得锃亮的斑驳木板之间被钉紧的天鹅绒内衬垫起的物体。什么是悲伤的进程？阿利亚什想。说的是他？是他吗？

阿利亚什从他父亲的遗体上抬起眼来。

“但我没觉得悲伤。”他如是回答殡仪馆的人。悲伤，据他所知，与如今这种身体和灵魂一起跌进虚空的漩涡感毫无关系。殡仪馆的人比阿利亚什年轻一些。他先是微微笑了，而后感到不妥，收敛了笑容。没人教过他该怎么接这样的话。

阿利亚什出去到街上，不想动弹，也没力气动弹。他甚至无法决定该往哪里走。他看到马路对面有一家报刊店，便走了进去，尽管他也不知道为什么。进了店他也只是站着，一动不动，没有拿起或放下杂志，就只是站着。他知道人们开始打量他。他低头向放杂志的架子看去，却什么也入不了眼。“请问，先生，”收银台后的女人问，“有什么需要的吗？”

“我爸死了。”阿利亚什在说出这句话后，才意识到自己说了什么。那女人看他的眼神就好像他是个疯子。“他死了。上个星期五。他死了。大肠癌。”仿佛是有必要给他刚告诉她的这件事补充点证据似的，“他们把他放到一个盒子里。”阿利亚什接着说。那女人开始张望着，想叫人来帮忙。他向外面来来往往的车流指去：“就在路那头。一个盒子。一个该死的盒子。”阿利亚什知道自己在哭，知道店里所有人都在盯着他。他像尊雕像般站在那里，并不是因为紧张或担心，而是因为他已经没有力气、也不想再做别的。“他这一辈子，最后就这样吗？”他扫视过店里的所有人，他们手中的杂志或报纸已经落到腰际，每个人都盯着他。那场面就像一个噩梦——凝视的回环，茫然的人群，于是突然间他感到了恐惧，不可抵抗的恐惧。“爸。”他哭着喊出来，扬起头，四处寻找着一个伟岸父亲那熟悉的气息和身影，然后，就像一个从父亲或母亲身边被夺走、害怕再也见不到他或她的孩子一样，他再次开口了，这一次声音恍若破裂的喘息：“爸……爸？”又一次：“爸？”没有应答。他垂下头将脸埋进双掌，又将某种关于失落的祷言抖落在他张开的、窝成托举状的十指之中。再一次说出的那个字宛如悼词。他说了它五次，每次从口中吐落，声音都是那么单薄、绵长、虚弱、疼痛，仿佛要走过一百万英里、跨越一百万年才能被听见。然后他从掌心抬起头来，神情还在颤抖。他环视了这家报刊店，看到这回环里的每一个人都不发一言，都望着他战栗的头和失去理智的双眼。于是他转过身去，依然颤抖着，走出了这个地方。

回到家，玛利亚·马格达莱娜·斯维沃看起来疲惫又苍老。在阿利亚什离开的这些年里，她就像株植物一样枯萎下去，满是皱纹的脸让阿利亚什想到杏脯。她原本就身材矮小，如今看起来更小了，曾经结实的肉体随着精神中某种东西的流失已经干瘪大半。她一直非常强悍，而如今这种强悍变得像燧石一样坚硬。他们坐在蒙尘的老房子里，在它甜蜜得令人思绪万千的气味里，每口呼吸都能激起阿利亚什的一连串回忆。这个地方依然是他记忆中的样子，只是更为破旧与衰败，连地毯的颜色也变得更加晦暗。

曾经，这座房子是闪亮亮的。所有寒酸的家具，二手的或其他人丢掉的废弃家什，都闪亮得如同养尊处优的猫。能看出来，这座房子是被人爱着的。这里的大部分东西都有着缝缝补补的痕迹，但这种缝补和修葺做得那么彻底，反而让它们拥有了一种特殊的气息，是从商店里买来的新品只能模仿却无法拥有的。那种气息属于真实的生活，属于岁月，还来自索妮娅改造这些物件时留下的点滴印记——先在想象中改造一遍，后在付诸实践时再改造一遍。有一把椅子换上了新支架。一口煮锅原本的塑料把手坏了，换上了木刻的。旧电锯的刀片经过打磨，替换了坏掉的厨房用刀。然后，索妮娅死了。然后，哈利的心碎了。

再然后，当哈利最喜欢的那把乙烯基椅子的扶手开裂后，他没有像过去那样剥掉乙烯基层，换上他在五金店买的便宜边角料。他什么都没做，直到那扶手开裂得太狠，发硬的紫褐色乙烯基卷成了一块块锋利的硬壳，每当他呆坐在椅子上喝酒，迷失到连电视都懒得打开时，卷边就会刺痛他搭在上面的手臂。于是他走到屋外的棚子里，找出了些电工胶带，把裂口缠了起来。等到胶带也开始松脱、卷边，他就直接在旧胶带上一层层缠上新的。扶手椅如此，房子里的一切也都如此。修理变成了多余的破坏。一扇窗吱呀作响，他就把它粘上，从此再也不打开；冰箱门松了，他就在上面钉了两颗自攻螺丝[①]，一颗在门上，另一颗在侧边，然后用一只挽衣架的钢丝把两颗螺丝连在一起，做成一套钩闩。就这样度日。除了每个星期为鬼魂举办的烧烤聚会以外，再没有什么能让哈利兴奋起来。

阿利亚什在冰柜里找到了些土耳其咖啡粉，便为两个人都做了土耳其咖啡。他把咖啡壶和两只小杯端进了起居室，玛利亚·马格达莱娜·斯维沃在那里，整个人陷进了紫褐色的旧扶手椅中，扶手已经被红黄绿三色的电工胶带缠出一匹交错的织锦，鼓鼓囊囊，就像两顶驼峰。阿利亚什走进那间昏暗的起居室时吓了一跳，因为那椅子上就像是根本没有人，只搁着一套花哨的、紫绿相间的运动服。直到一条手臂动了，一只打火机亮了，她的脸和它永远的随从——一支雪茄——才被映照出来。有一瞬间，他甚至生出错觉——是有什么鬼魂让那套运动服活了起来。

“你盯着看啥呢，阿利？”她问道，刺耳的嗓音使得她讲话的口音更加明显。

“抱歉，”阿利亚什说，“太黑了，适应一下。”

他把咖啡倒进两个杯子里，递给她一杯。她把雪茄从嘴里抽出来，大笑起来。“你知道，这事才好笑呢……”她略微停下，坐起身来，啜了一口土耳其咖啡，然后放下杯子又吸了一口烟，“你爸爸是个地地道道的澳大利亚人，结果他只喝土耳其咖啡。是跟我们学的。可你妈妈呢，她才不爱喝这个。她要喝雀巢。”她微笑起来，“她是

① 一般指尖头、带螺纹、质地较硬的螺丝，用于非金属或较软的金属，可以直接旋进去并固定住。

跟哈利学的。她说土耳其咖啡太麻烦了，雀巢方便点。”现在换阿利亚什微笑了。但他没有接话，只是喝着他那杯土耳其咖啡。他感觉她还想说点别的。玛利亚·马格达莱娜·斯维沃继续道：“他们是好人。谁还能像他们这样给我钱，帮我移民，还让我跟着他们一起住这么多年？”她猛地把雪茄从嘴里抽出来，用手背抹了抹舌头，然后把雪茄按灭在烟灰缸里，“啧！今天晚上连烟抽起来都没味了。”

阿利亚什望着对面的老妇人，意识到他其实可以信赖她，这是种他很少体验的情感。“我后悔有那么多事没跟他讲过。”阿利亚什说。

“总是如此。”玛利亚·马格达莱娜·斯维沃说。

“他要是能说话，可能会告诉我现在该怎么做。”阿利亚什说。

“死人是教不了你什么的，阿利。”玛利亚·马格达莱娜·斯维沃看着他，琢磨了一下，然后又开口了，“有些话，你爸爸活着的时候该跟你讲的。现在我也不知道我有没有资格讲。不过我想，如果我不告诉你，还有谁会跟你说这些呢？”于是，她用最简洁的语言，向他讲述了五十年代初的索妮娅是如何从南斯拉夫逃到意大利，如何在的里雅斯特遇见哈利，而不久后哈利又是如何被同伙出卖，被意大利当局以走私罪投入监狱。哈利在监狱里待了两年。阿利亚什是在从哈利和索妮娅初次约会到哈利入狱之间的短暂时光中怀上的，因此随母亲姓了“柯西尼”。儿子的姓氏本是索妮娅的耻辱之源，毕竟，这意味着她未婚就产下私生子，之后这却成了她的毕生骄傲。索妮娅的性格中有一种不通情理的执拗。尽管她允许将哈利作为自己的资助人，一九五八年时带着蹒跚学步的阿利亚什作为移民迁居澳大利亚，也同意了跟哈利住在一起，她却拒绝了他的数次求婚。

她说，太迟了。既然她已经承担了那些耻辱，阿利亚什将她古老的娘家姓氏带入新世界时，便只需感到自豪。

讲到这里时，玛利亚·马格达莱娜·斯维沃泣不成声。

阿利亚什试图把谈话转到没那么伤感的话题上："我看到有新邻居了。"

"对，马罗尼家，"玛利亚·马格达莱娜·斯维沃说，"一家原住民。"

"我回来时看到他们都醉醺醺的。"阿利亚什说这话时没什么恶意，说完就停住了。玛利亚·马格达莱娜·斯维沃抬起眼来，又低头看回自己的运动鞋。阿利亚什觉得极为疲倦。他继续说着，却只是为了说点什么。他感到愤怒，但自己也不知道原因。他想谈谈他父亲，可似乎有什么已经横亘在他们之间，让关于哈利的话题成了一种忌讳。他继续说着，用农民和建筑工人们不想动脑时的那种状态说着，就像他们把汽车引擎、足球和板球谈了个遍后，还需要不违心地说些什么时那样。他想着哈利，他多想再见他哪怕一面，多想再跟他说一次话。他想问问他世界为什么会变成这个样子，如此苛刻。他感到愤怒，因为哈利从来没能给他警告。但他听到自己在说着什么，纯粹没话找话似的，他听到自己说："该死的土著人，呃。"

玛利亚·马格达莱娜·斯维沃再次抬起眼来。"你知道土著人长什么样吗？"她问。

阿利亚什意识到自己冒犯了这个老人。他退缩了："我知道，他们其实挺好的。"他停了下来。她什么也没说，等着他说完。"你知道我什么意思。"

玛利亚·马格达莱娜·斯维沃过了一会儿才回答："不。我是说一个真的土著人。货真价实的。”

“啊，我想……知道吧。”

“哈利也没告诉过你这个？”

“告诉我什么？有什么可告诉的？每个人都知道。你知道，我也知道。”

“不。不，你不知道。”她瘦削的手，看起来就像禽类的爪子，是那么憔悴与干枯，插入缠住扶手的胶带里；她瘦到极致的手臂绷紧了，把身体推得站立起来。她捡起那根雪茄，拿起不锈钢打火机，重新点燃，吸了一口，转头看向阿利亚什，目光中的询探夸张而逼人：“你真知道？”

“你在说什么，玛利亚？”

但她只留给他一个背影，便走出了房间；回来时，阿利亚什正在翻看一份凯玛特超市的广告册。“看看，”她说，“看这里。”阿利亚什从广告册上抬起视线。玛利亚·马格达莱娜·斯维沃的鸟爪紧紧抓着哈利剃须用的镜子，探到他眼前。镜面上的那道裂纹从阿利亚什记事起就在了。在镜子里面，他看到了自己灰黄色的脸，那道细细的裂纹刚好把它一分为二。她拿着镜子，直到他再也无法直视镜中的人像，而当他转过脸去，她依然用镜子对着他。

她说：“土著人就长这样。”

第四天

一片死寂。

而后是灌木枝条破裂的声音。突然间，我被抛出了镜子，抑或是掉了出来，一头栽进浓密的互叶白千层中，阿利亚什和“蟑螂”的身影撞进眼中，他们正在茂密的河岸灌木丛中寻路，砍开枝条，朝下游行进，搜寻着一条可以行进的河道。

然而当他们终于接近河道时，河岸已经变成了峭壁。他们不得不顺着壁沿游下去，还要时刻抓着低垂在水面的枝条，以免被激流冲扫而去。峭壁在激流汇拢前止住了，他们得以重新爬上地面，找个地势优越的高点观察一下这条河。河很宽阔，令人心惊肉跳的宽阔，已经完全不复此前处于低水位时那条简单而平坦的河了。他们商量出了一条路线，可以在渡河时避开那两处主要的障碍。于是，他们沿着峭壁后的一条远路绕回去，和在岸边泊靠的橡皮艇上等待的团员们会合。终于坐回到他那条艇尾的浮筒上，阿利亚什感到身体更加舒适，多了一些掌控感。

“注意了，”“蟑螂”对两条艇上的人说，“过会儿我们只能沿着一条线下去，要是偏了就有大麻烦了。所以待会儿，我跟阿利告诉你们要做什么的时候，你们都好好照做，不然我们全得完蛋。从现在开始我们不是在游戏了，到认真的时候了。”团员们感到不安。今天以前，他们的河流向导看起来始终无所不能、无所畏惧，这在很大程度上安抚着他们的心。然而眼下这条崭新的河流，这片来势汹汹、复杂难解的水系形成一个潮湿、寒冷的世界，带给他们的感受与行程初期那种温暖惬意的河上体验截然不同，让他们打心眼里感到恐惧。而如今，很明显，这条河同样令他们的向导忧心忡忡。

阿利亚什感受到了他们的不安。他试图在避免给“蟑螂”话中的分量打折的前提下，让语气显得委婉一些：“我们不太走运，这会儿来得不巧，”他说，“我们只是想确保大家能安全走过这段路。”

雨落下时，没人有半句怨言，毕竟大家已经有了心理准备，也早就体验过连绵阴雨带来的抑郁。起初，雨丝只是偶尔落下，随后，雨下得越来越大，甚至在橡皮艇浮筒那绷紧的橡胶面料上聒噪起来，在每个人脸上形成一道道细流，瓢泼一般砸向河面，声响压过了团员间低促的交谈。“蟑螂”和阿利亚什踩在橡皮艇的橡胶底上，两人都能感受到脚下的河水不再下沉，而是开始上涨。他们感受着水的涨起：感受着橡皮艇的飞速行进，微小的沸腾开始出现，一道道大浪逐渐没过浮筒，漩涡越来越明确有力。水涨起了，手臂在告诉他们，在变强劲的水中更难划动的桨、被桨拉扯着的前臂和肩膀都在告诉他们。同样在提醒着阿利亚什的，还有他那不断被扰动的回忆，因为他们太快就到达了一处处地标——起初是因弗雷斯特拉河的细流，接着几乎立刻就到了“侧滑”坡，然后便抵达了“欺骗”峡，于是所有人都能在他们心中蠢蠢欲动的不安里感受到这个事实。不久以前，富兰克林河上这些特殊的地貌都还没有名字。阿利亚什不由得想起了他尚年轻的二十世纪七十年代，他最初几次沿这条河而下的经历。那时沿河而下的每一天都是惊喜。那时人们心中的富兰克林河还是一个整体，而不是一连串被简化成区区几张照片的有名有姓的景点。不过那时的富兰克林河还默默无闻，那时它不过是一小群单纯对它本身感兴趣的人追寻的地方。随后，开发者们来了，建起了水坝；再接着，环保主义者们也来了，要把它保护起来。从此，这条古怪而美丽的河在国内变得人尽皆知。人们就应该如何处置它进行了激烈的辩论，最终环保主义者们胜出了。他们的胜利成果包括给这条河上的独特地貌一一命名，让那些永远不会了解这条河的人学会如何称呼和记录它们，可阿利亚什觉得，在这种把一个整体分解为无数碎片，再一一冠以愚蠢名字的过程中，这条河的某些灵魂也被偷去了。阿利亚什痛恨所有那些嬉皮士风格的命名——“杰作”“伽倪墨得斯池”，还有“寂静之声”。但他最痛恨的，其实是在他们对这条河为所欲为时，自己却什么都没有做。

他不由得想起了西部的其他河流，想起他是如何探索它们，又是如何眼睁睁看着它们沦陷，自己却无所作为的。他曾经目睹默奇森河的沦陷，目睹麦金托什河的沦陷，目睹皮曼河的沦陷。他曾独自从霍巴特驱车千里，在新水利大坝开始蓄水的第一天，去看那些河流是如何消失的：眼睁睁看着河水蓄起，曾经宏伟的峡谷了无踪影，永远逝去，他哭了，又一路开回霍巴特，却什么都没有做。他的记忆全部是关于失败的，他觉得自己唯一能做的只有见证。于是他看着，于是他哭泣，于是他把胸中涌起的一切忧郁与愤怒都镌刻进灵魂深处。我会记住的，开车回去的一路上，他都这样想着。但这又是为了什么呢?

接着，示威者堵住了路。那是一场拯救富兰克林河的战争。有一次，他走进了环保主义者在斯特拉恩的据点，想参与他们的活动。一个他根本不认识的女人微笑着，嘴咧得像小丑娃娃脸上的缝线一样宽，上来就拥抱了他。于是他离开了那里，心想，这些人不是我的同类。他们跟我不一样。他什么也没有做。

流速飞快的河段越涨越宽，越流越长。水位低时，这样的河段不过持续百米，如今已有三倍之长。太高了，阿利亚什想，水太高了。

在他们周围，小丘已经变为山峰，峡谷仿佛在向他们夹拢，如同海浪，越靠近岸，就积得越高，攒下的力量也越骇人。

“欺骗”峡，阿利亚什想。他笑了起来。接着笑声停止了。

想着：太高了。太高了。

阿利亚什漫无目的地在霍巴特街头走着，在老城的街道间穿梭。他走过的那些狭小冰冷的建筑，都摆出一副无欲无求的颓相，仿佛只想闷闷不乐地存留下去；他走过的那些昏暗的商铺，萧条的陈货方式更接近柏林墙倒塌前的东欧，而不像澳大利亚本岛一贯的奢华。整座城镇都弥漫着贫穷的气息，彻头彻尾的贫穷，写在和他擦肩而过的一群穿运动服的人眼中，或从排水沟里升起来，钻进他的鼻腔。

他努力不去看商店橱窗上自己的倒影。那东西没有任何意义，他想，咂摸着玛利亚·马格达莱娜·斯维沃对他说过的话。因为我什么也不是。那只是个想法罢了。

它什么意义也没有。于是他没有停步。

阿利亚什不停地走着。最后他停了下来，从人行道上抬起头，看到它就在那里。他没有计划过，甚至也没有期待过，但双脚最终把他带回了蔻塔·何的家门口。这是他回来后第二次来到这里。他站在大门前，抬眼朝房门口看去。檐板上的油漆，是他很久以前在某个炎热的夏天里刷涂的，如今已经起泡、剥落。这房子曾经属于一位富有的公民，在被雷吉·何买下时可能也还算体面，如今已经凋敝零落。他会走进去，还是不会？他第二次转过身，离开了。

他感到肚肠又开始翻腾。他极度渴望喝上一杯。口袋里还有当天早些时候，他去过殡仪馆后买的一小瓶朗姆酒。但他没有打开酒瓶。他没有。他继续走着。

于是，我看着阿利亚什继续在霍巴特的街头漫步，看似没有方向，双脚却沿着一条用眼睛和头脑无法看透、灵魂却无比熟悉的路线前行。阿利亚什又走了很远，足迹覆盖了大半个霍巴特，从下午一直走到大半个夜晚过去，然后他发现自己站在一家酒馆门外，尽管这看起来完全是碰巧——可以说，给他的感觉也是这样——但我明白，这条路的终点早已注定。他紧张地抚弄着口袋里那瓶仍未开启的朗姆酒，犹豫着要不要进去。

如果进去了，他想，他免不了要被认出来，要解释自己过去八年都在干什么。他还没喝醉，没有那般勇气。他抬头看着酒馆殖民地风格的砖墙，如今被漆成爱尔兰式的绿色。他想起了哈利给他讲过的威廉·雷恩的故事。据说，绰号“比利国王松”的雷恩出身所谓纯正塔斯马尼亚土著血统的最后一代，在南边海域上的“兰尼米德”号上以捕鲸为生。他在一八六九年死于这家酒馆的顶楼。他的尸体被送到医院以后，本地一个名叫克劳瑟的外科医生偷溜进太平间，切开雷恩的脖子，取出他的头骨，换上一个白人乞丐的，然后草草地缝合了这团模糊的血肉。同一夜的晚些时候，另一个医生斯托克尔抱着同样的目的潜入，却沮丧地发现已被人捷足先登，于是他退而求其次，砍下并偷走雷恩的手脚，送给了皇家学会。那头骨给克劳瑟带来了学术上的声誉，因为当时的欧洲人对他们心中那些低等和堕落的种族的颅相学兴趣十足。哈利喝得烂醉时，偶尔会唱起一首在霍巴特的酒吧里风行一时的歌：

比利国王死了，克劳瑟拿了他的头，
斯托克尔拿了他的手和脚。
我的脚啊，我可怜的黑色的脚，

它们曾经如此坚毅，
却再也无法登上“兰尼米德”号，
它们在某个地方，就在这城里。

如今，阿利亚什终于明白哈利为什么会唱这首歌了。

他会进去吗？还是不会？这家酒馆老旧破败，拿着刀或碎酒瓶斗殴的人却依然不减。墙上曾经贴着一八四八年总督丹尼森发表的禁止弹琴跳舞的法令，理由是这种活动本质上对社会有害。他会进去吗？还是不会？

而后，在他下决定之前，在他衡量过利弊之前，他已经走上台阶，穿过狭窄的门廊，从穿着黑色紧身超短裙的胖女人和宽松大码皮夹克的瘦男人之间挤过去。根本没人认出他。他竟然以为会被认出来，阿利亚什嘲笑自己奇怪的虚荣心。他穿过那些不断移动的烂醉夹克，走过那些彼此倾着身摆出聆听的架势、却不在乎真正说了什么的阴郁大衣，路过那些百般流转却空无内涵的眼波，走过那些松垮着诉说背叛的湿润嘴唇和那些飞快变换形状的干燥嘴唇，它们时不时被一口烟打断，却仍要径自组合出无意义嘟囔着的音节。他走过挤在吧台前那些抽着烟来来去去的人们，他们推搡着彼此，近得肩膀、后背和臀部不停摩擦，却仍然保留着各自无可救药的孤独。所有那些东西后面，几片破碎的光击溃了黑暗，勾勒出一个乐队的轮廓。乐手们汗流浃背地演奏着，似乎却没有一个人专心在听。主唱秃了顶，有个啤酒肚。吉他手年纪大一点，体形也更胖，留着一头枯草般的红色长发。他们身后挂着一面破破烂烂的原住民旗帜。主唱介绍着他们的下一首歌：“这首是写给夏格的妹妹的，她刚离开塔斯马尼亚了。”他摇晃着一杯啤酒，让杯里的酒来回拍打着玻璃，直到酒最终洒在了他自己手上。阿利亚什从他摇啤酒的方向推断，“夏格”就是他们的吉他手。“她为什么走，夏格？”

夏格走到麦克风前，看向主唱，笑了，然后清了清嗓子说：“因为她觉得塔斯马尼亚是个鬼地方。”那抹微笑消失了，正如它刚才突兀地浮现。“因为，”夏格说，“她觉得这里没有希望。”阿利亚什听到夏格吉他上迸出尖厉的声音，立刻就知道他究竟在弹什么，知道这个发胖的老男人想让这些钢弦尖叫：如果你离开了，你就再也无法获得自由。

那是种非常恐怖的噪音，但其中有些东西就连那时的我都听得出。如今我知道那并不是一首新歌，我已经无意识地把它带在心中生活了那么久。但那是什么歌？再一次，我听到主唱嘶吼，尖叫，和着夏格的吉他。即便在当时，在那一晚的酒吧中，阿利亚什都感到自己的目光被主唱触电般抻开的双手牢牢吸引，他看着对方脸上肥肉摇晃，前额冒汗，覆在上面稀疏的几绺头发因用力而被汗水打湿。他嘶喊出那首歌，直至最后，他看上去比一只痛苦挣扎的动物更为糟糕。他不再为下面的人群而唱，也不为这晚结束时，收银台后面的人将付给乐队的那点可怜的报酬而唱。当时的酒吧里没人明白，但如今的我明白了。他甚至不是在为自己而唱。他的歌发自他的身体，发自他的灵魂，发自一种如此厚重、深切而痛苦的记忆，不能为人们看到或描述，只能被厉声嘶吼而出。

当我离开人群，耳边回放着他的尖声叫喊，自己也在压抑的孤独中喊叫时，我脑中浮现出另一片幻象。那是在英国人初到之时，那时这片大地还如此肥沃，树木繁茂，猎物遍地奔跑。英国人第一次看到原野上遍布着厚厚的鸸鹋粪便和沙袋鼠粪便，仿佛这些闪亮的黑色物质是天空降下的厚礼；他们第一次看到这里的海，看到宽广、蔚蓝的德文特河，群鲸吐出闪着虹彩的水柱，一队队海豚在其下遨游。从那一刻起，失落就开始了吗？从那时起，随后的每一代人都会找一种新猎物来追捕，以谋求生存。起初，鸸鹋消失了，然后是袋狼，接着是许多不同种的鱼类和海豹。鲸，连同它们的虹彩一起渐趋稀少。然后，河流静静地积在大坝之下。然后树少了。然后扇贝、鲍鱼和淡水螯虾都少了，于是它们离开了穷人的餐桌，却被富人丢进垃圾箱。

我想知道，这关于失落的记忆是否由这片土地上的原住民承载。尽管他们知道自己属于这里，英国人却持有一套土地私有、为己所用的理念，失落的记忆是否就从他们保护土地的战斗开始？抑或是，土地在人们心中从知识之本变成了财富之源时？白人的想象与黑人的智慧相互缠斗，并最终通过占有后者的根源——土地——的方式将其驯服时，失落便开始了？或许，关于失落的记忆始于那些被铁链捆着运到这里的人，他们像马一样被分出优劣，被卖给种植园主，去开垦这个如今被称为“范迪门斯地”的岛屿？又或者是罪犯和黑人们共同的记忆，那记忆虽然曾把他们分隔，却终将让他们走到一起？

主唱抄起了落地麦克风，把它甩过后背，背着它，仿佛那是一座十字架。他焦躁地晃动着，向后扬起脖子，再一次嘶叫起来。他的尖叫声来自那失落记忆的中心，甚至穿透了如今围绕着我的河水，以一曲齐发的号哭、挽歌和祈祷充盈了这河水，充盈了我——这一曲来自那些曾经挤满岛上监狱的罪犯，来自一切受苦受难的人，来自我所有可怜的先辈。

然后，有什么从这片狂暴的水中升起，歌者的嘶叫、来自过去的呼喊和我正在承受的痛苦合而为一，不再有任何区别。那不再是一种幻象，而成了包罗万物、令我无法逃离的疯癫。在我的脑海中，像血液沸腾般翻滚的这片“范迪门斯地”已不再是一个世界，甚至也无法形成一个社会。它成了一处地狱。谁会费力去改造地狱呢？我亲眼见过最有雄心壮志的人绞尽脑汁只为逃离它，希望尚存时靠乘船，破灭后靠寻死；我见过数不清的罪犯死去，死于自杀、他杀，或是疾病。数不清的人心中失去的东西无法被有条件的赦免弥补，无法经受时间的疗愈，他们也明白它们无法被弥补和疗愈，明白自己不过渺如尘埃。而当英国政府不再送来罪犯，也不再送来维持监狱运行的黄金，这座岛便陷入了贫穷与死寂的漫漫寒冬。

不再有人开口，除了吐出谎言。不再有人说话了。

此刻，主唱开始飙出高音，当声音攀升到一定高度时，人们再也听不到了。余下的只有最糟糕的沉默。谎言给了那沉默能量，使它成形。

黑人已经在这片土地上被灭族的谎言。曾经的罪犯们离开这座岛，去往其他国家淘金的谎言。留下来的只有纯正白人移民的谎言。就像其他所有一手遮天的谎言一样，这些断言中存在属实的成分。确实有许多黑人被杀死了，而更多的则被欧洲人带来的疾病乃至精神问题摧毁了。确实有许多罪犯抓住一切机会离开了岛上的监狱，数量多到让当时守旧的维多利亚州殖民政府特意颁布法令，禁止他们移居该地。但到了最后，绝大部分黑人和罪犯都留在了岛上，饱受梅毒、悲哀、恐惧、疯癫与失落的折磨。当长夜降临，他们会睡到一起，有些明目张胆，而有些偷偷摸摸，可无论他们这样做是出于羞耻、骄傲还是动物般的欲求，结果并无差别：他们留下了血统混杂的后代。可在漫长的岁月里，被大肆宣扬的始终是谎言，就连做父母的都保持着沉默，只是偶尔悄然吐露真相，不是在无人聆听的荒野，就是在无人记得的醉后。

这是一段令人又憎恶又怜悯的时光。他们留在这里经受苦难。可他们的恐惧也一并留了下来。孩子们拒绝接受自己的血统，编造出全新的家系，用备受尊敬的自由民取代了空余耻辱的先祖。那些罪犯和黑人们的后代如果运气好，还可以去做高速公路服务区的服务员、商店售货员、卡车司机、侍者或文员。没有人说话。没有人开口。在长达一个世纪之久的时间里，没有人听闻真相。就连作家与诗人在他们生存于斯的世界里都喑哑无声。他们也有机会离开，然而回荡在他们耳中的咒语却如蛆附骨，阴魂不散。

如果你离开了，你就再也无法获得自由。

他们在内心不过是拿着假释许可的犯人，虽然获得了去往别处的门票，却从未拥有离开的自由，无论身体到了何方，灵魂始终被铐在世界尽头这座古怪崎岖、充满恐惧的小岛之上。这时，夏格的吉他开始重复此前的旋律，只不过这一次不再仅是一种宣言，而是由质问、控告与宣言糅合而成的一体。夏格让吉他弦发出尖叫，因为他那么渴望得到自由，渴望让他妹妹得到自由，而允许他们挣脱桎梏的唯一法门，便是奏出这段阴森不堪的回忆。

如果你离开了，你就再也无法获得自由。

他一次次拨动那把劣质的老吉他，主唱在大喊，在怒吼，好像这座岛承载的全部诡异痛苦都属于他们自己。好像这些痛苦远超肉体所能承受，却由人身背负了一个世纪之久。仿佛从混沌中苏醒的鼓手敲响了鼓点，贝斯手竭尽全力弹出强劲有力的旋律，与夏格的连复段、主唱的嘶吼相抗衡。烟雾缭绕的酒馆变得鸦雀无声，所有人都在悉心聆听，奇怪于为何自己之前对这旋律置若罔闻，而如今听来，又为何这般令人痛苦不堪。

阿利亚什起身离开。他感到有人拽住了他的袖子。他转过身去。在昏暗、浑浊的空气中，他一开始没认出对方是谁。直到他听到了她的声音。

说：“好久不见，阿利。”

他在惊讶中攥住了口袋里那个朗姆酒瓶，寻找着合适的话，开口却只剩下一串嘟囔：“是啊，好久了。”

接着他笑了。

说：“蔻塔。蔻塔·何。”

九

孩子死了，他们两人心中从来没有怀疑过这一点。于是，当我从头到尾再看一遍时，也许正是这种毋庸置疑给整个画面蒙上了一种特殊的忧郁底色。此刻我看到的，与当时发生在我眼前的基本一致，只是一些不连贯的片段，而我们恰好不幸成为那些情景中的主角。那时我想的是，这是个错误，是场梦，是恐怖的幻象，而我终将从中醒来，丝毫不知它将惩戒我，让我在往后十三年里辗转难眠。我看到蔻塔摇晃着杰玛，看到阿利亚什在杰玛脸上胡乱地到处亲吻，仿佛在寻找某个魔法按钮，一触碰就能将她唤醒，蔻塔拨着急救电话，又记不清号码，阿利亚什给杰玛做着人工呼吸，蔻塔始终拨不对，他说："杰玛不会死，杰玛不会死。"但杰玛已经死了，蔻塔冲进花园，想让邻居帮忙打电话，还没能跑到邻居那边，她就崩溃地站在后院里大喊"救命，救命，救救我们"，阿利亚什喃喃着"杰玛不会死的"，一边把她抱在怀里，像她出生那天一样，但杰玛已经死了，赶来急救的两个男人，各代表杰玛活过的一个月份，就站在那里看着，年纪大的还努力忍着泪水，年纪轻些的已然魂不守舍，而正是这个年轻人最终以无尽的温柔抱起死去的孩子，像对待自己初生的女儿一样，从前门离开了，杰玛的左脚从包裹着她的小被子里滑了出来，那是我关于她最无法磨灭的记忆：一段穿着黄色羊毛软靴的胖乎乎的小腿；我们坐在救护车里，和那些拯救生命的人在一起；还有那噩梦般的气味，黑暗中的医院亮起一点黄光，杰玛已经死去；吊唁的人们挤满家里，说他们对发生的一切感到难过，而在街上遇到的熟人却沉默地撇开目光，仿佛生命本没有终点，是杰玛玷污了他们对自身必将永生的信念；而我不明白到底谁离开了，为什么世界变了，我眼中只有那段胖乎乎的小腿和黄色的羊毛软靴；而后是葬礼，神父说："让我们感谢杰玛曾经来过。"而我站起来大叫："杰玛不会死，她不会死。"人们哭了，而杰玛已经死了。

太平间的门关上了，关于她的其他一切记忆——从婴儿床里把她抱起、给她洗澡、她躺在床上咯咯笑、她的出生——都从我脑海中消失了，至今也没有回来。我曾经不想要杰玛：她是一个意外，怀孕的蔻塔和那个与我相恋三年的女人判若两人，生产后的蔻塔又把全部心思放在杰玛身上，让我感觉自己像个自私的浑蛋，没给蔻塔她如今需要的空间。我的不满终结在这场可怕的变故里，我觉得，杰玛的死就好像是对我当初不想要她的惩罚。蔻塔心怀悲伤，而我心怀内疚，只余对一段胖乎乎的小腿和黄色羊毛软靴的记忆。

我从未感到悲伤。我从未感到痛苦。我感觉似乎某些重要的身体部位，比如我的腿、我的手臂，被切除了、遗弃了。我如何能对自身的缺失感到悲伤呢？我没有感到悲伤。我开始奔跑，仿佛在追寻遗失的手或腿，仿佛我会看到它被丢在路边，再带回家给蔻塔，一切就能重新变得完整，各在其归宿；应该如此，始终如此，循环从未打破。我没有感到悲伤。我不能感到悲伤。

圣母啊！我现在为什么会有这种感觉？为什么我觉得自己就像是在被过去摧毁？为什么过去就像某种蛇的毒液，一部分接着一部分、一个器官接着一个器官麻痹我的躯体，一片接着一片撕裂我的头脑？我，可是个一直觉得自己活在一方没有过往的国度的人啊！我没有未来，也不需要过去！我从来不想看到这些幻象，不想知道自己是谁、来自何处，对这种无知安之若素。我也许浑浑噩噩，过得一团糟，但至少我为此只需责备自己。可如今，我的过去一股脑涌上来，从四面八方围拢，把我推向“大锅”的深处，把越来越多的水灌进我的肺叶和头脑里。这些我统统不想要，毕竟，它们对我能有什么好处？我的结局本该像哈利那样，成为一个糟老头，在漫长的岁月里缓慢地死去，为一个星期只会见到一次的动物们准备宴席。而不是听任过去的潮水无尽地冲刷我的脸。

不过，他为什么会一连那么多年，坚持给鬼魂们烹制那数不清的鱼和炸肉饼？

也许他真的知道一些我从未想过他会了解的事。可我知不知道又有什么关系呢？过去是一场噩梦，我想从中苏醒，却无能为力。我曾自在快活，逃离一切，而如今我意识到，逃离这些实在是正确的选择。有哪个神志清醒的人会想承认这一切？有什么理由非得承认这一切？这毒蛇般噬咬着我的记忆有什么解毒剂吗？爱。爱谁？爱什么？我又感觉到腹中的绞痛，但此刻它是唯一的疼痛，就好像我的肠胃膨胀到占据整个身体，全身上下都在燃烧。我躺在河底，被最可怕的火焰蚕食。我是否被丢在这里，要永远烧灼下去？

然后，在那吞噬一切的火焰之中，我看到了旗帜。

燃烧的信号旗!

蔻塔·何就站在火焰上方。接着，阿利亚什从她身侧冲过来，把还没烧着和烧到一半的信号旗从火堆中抢救出来，又拦住她，不让她继续往火中丢旗帜。他问她是不是疯了。她一句话也不说。阿利亚什继续抢救着五彩斑斓的信号旗，他喷灭了火，救出了大部分旗帜，除了蔻塔·何最初接成一串用来引火的那七面。他试着跟她说话，可她不发一言。

距离他们那次不期而遇已经七个星期了。自那晚他跟着蔻塔离开酒馆回到她家已经七个星期了。当时两个人都自欺欺人地想，那举动不过是出于某种可以轻松看待的情谊，标记着一段故人之情，而非出自真正的爱。出自一段刻骨铭心的爱。她没有邀请他上床，他们之间最亲密的行为止于用同一把茶勺在各自的杯中搅拌加了糖的咖啡，而他再清楚不过，就连这样也是他无权要求的。

我哪能要求更多呢？更不用提和她躺在一张床上了。只是在那个晚上，我发现十三年的岁月并没有终结我们的爱。我爱她，她也爱我。我们的爱已经超越了身体欲望，进入了另一层境界。

而这份爱让阿利亚什惊惶不安。咖啡喝到一半，他就匆匆起身，道别，而后离开了。

那晚后，这是阿利亚什第一次直面那次探访。蔻塔的黑发依然向后扎成马尾，但这个让当年的她看起来很时髦的发型，现在却凸显了她的年纪。她发胖了，比他更甚。她的脸上虽然还没什么皱纹，但在日渐变方的骨骼和松弛的皮肤中，却预示出中年的沧桑与苦相。她的一举一动曾经那么果决有力，如今变得短促虚弱。他注意到，她的那一双手，多年前曾毫不犹豫地把他拉近，如今却带着一种疾促的羞怯。她的着装已经泯灭了个性，开始偏向百货大楼卖的主流款式，仿佛年轻时那种用服装来定义自己在这世界上渺小存在的乐趣已经远去，如今她穿衣服仅仅是为了舒适，为了不出格。她仍然戴着大大的吉卜赛式金耳环，但它们已经黯淡下去，再也没有光在其上跳跃闪烁。令他震惊的不是她老了——毕竟他对此已有心理准备——而是他同样老了。他多希望他们是一起变老的，多希望他日渐苍老、满面皱纹、大腹便便、腰酸背痛时仍在她的身边。

"对不起。"阿利亚什说。

"这些东西我留到现在，"蔻塔·何说着，指向那些信号旗，"然后我想，有什么意义呢？"

"我该早点来的。"阿利亚什说。

"都过去了。"蔻塔·何说。

看着太可悲了，真的。更准确地说，是看着这一切的我太可悲了。"对不起。"他说。她什么也没说。

他垂头看着自己的脚，想起了各色的小旗子和它们的寓意。他把手伸进那堆散发热气的湿漉漉的黑色灰烬，最后摸出了一面仍旧冒着烟的蓝底白十字旗。于是他站在她面前，出演了最滑稽的一幕：在头顶挥舞着那面旗子。

"我船已停，且已无水中速度。"蔻塔·何读出了它传达的信息。阿利亚什点了点头。蔻塔·何笑了。这么久以来第一次，蔻塔·何大笑起来。

她煮了咖啡，他们在厨房桌边坐下。桌子依然是他和她同居时用的那张绿色松木板餐桌。仅凭这房子的外观，阿利亚什想，你猜不到内里会是这样，尽情显露着蔻塔的个人品位：一些常见又寡淡的家具，和一些放在其他任何地方都会显得极其普通的复古小摆件，经她的搭配，由松木板的绿色和乙烯基的红色增添了某种质感后，瞬间变得既亲切又充满异国风情。阿利亚什脑中盘旋着这些念头和其他思绪，他沉默着。

这种曾经在多年前吸引过蔻塔·何的紧张的沉默，如今几乎令她难以忍受。为打破横亘在他们之间的空白，她只好断断续续地说些什么。她粗略地谈起了和菲尔失败的婚姻，谈起她在附近一家酒馆工作，烹饪简餐，就他礼貌提出的各种话题做些回答。然后，交谈便卡住了。很长一段时间里，他们面面相觑，感到尴尬，却谁都说不出什么话，只好别扭地朝彼此笑笑，房间里只剩下啜饮咖啡的轻响，隔壁播放电视的声音都显得过于吵闹，然后是一片死寂。蔻塔·何又开口了。

“还在喝酒？”她问。

“三个月没喝了。”他撒了谎，她也知道。但让她心烦意乱的并不是这件事。

见到阿利亚什的瞬间，蔻塔心中有种坠入虚空的感觉，席卷了一切。她不想坠落。寇塔觉得，自从阿利亚什多年前离开她，她就像在一条细丝上行走，她也学会了在绷紧的钢丝上独行的技巧。她想说，现在再来这套太晚了。她想说，你知不知道，在那之后我经历了那么多，没有丝毫与你有关。你那时不在这里。她还想说，她恨他占有了她的爱，像挤柠檬一样把它从她的身体里挤出来，在她的房子里住过，又在他们陷入困境时离开了，逃跑了。但她什么也没有说。明明是她在酒馆里邀请他来自己家的，她有什么权利告诉他，说他没有资格回到她的生活中？她能应对、也早就应对过他的离开。可如今是他的归来太过煎熬，她不确定自己是否足够坚强，能承受那种重负。

他不一样了，但本质没变。他依然寡言少语，依然用客气来掩饰自己的内向。而她对此无能为力。她敞开心扉，她袒露软肋，却无法判断他在想什么、想要什么。她记起多年以前，苍老的玛利亚·马格达莱娜·斯维沃——蔻塔·何有时会给她买雪茄——点燃一根烟，深深吸了一口，向她问起阿利亚什的近况。蔻塔·何回答说，他已经走了，她不知道是否还能再见到他。玛利亚·马格达莱娜·斯维沃用《旧约·传道书》中的话回答了她。玛利亚·马格达莱娜·斯维沃并不去教堂，说任何在意大利经历过战争的人都不可能再去教堂；对《圣经》的评价也大体不佳，把它描述为“一道气味相冲的意大利浓菜汤”。但玛利亚·玛格达莱娜·斯维沃对《传道书》评价很高，甚至将其熟记于心，偶尔会引用几句，就像那一天的情形：她从嘴里抽出雪茄，清了清嗓子里的痰，让它顺着喉咙再流回去，然后倾身向前。

说：“‘江河都往海里流，海却不满；江河从何处流，仍归还何处。’[①]”

“哈利死了我很难过，阿利，我说真的，”蔻塔说，“他真是个好心肠的老头。”她拍了拍他的手，一下，两下，然后将手缩回她坐的这半边桌上。

接着他们又倒了些咖啡，阿利亚什开始给蔻塔·何讲述他的故事。开口谈这些很难，真的不容易，可一旦开始就不好停下，因为

① 引自《圣经·旧约·传道书》1:7。

他忍不住想告诉她一切，告诉她自己的每一件事，而他只有这一个故事可以囊括自己的全部，也只有在讲完后，他才会知道这个故事究竟能否涵盖他想讲述的一切。他历数了自己打过的短工，走过的那些小镇、广袤的郊区、望不见尽头的路和人潮滚滚的机场，如同一份盘点绝望的清单。他讲到自己跑到海岬那边捕龙虾：坐一条小船，和一个蠢货船主与船主妻子，就他们三个人，待在永无止尽的烈日之下。阿利亚什倒不介意这些。他在那里干了三年。船主总是说个不停，阿利亚什和船主妻子就边干活边听着。这没什么，只要让脑子像地平线一样空空荡荡。不过后来这么做就不顶用了。船主开始问东问西。越来越多的问题。于是阿利亚什又去了西奥兹，到埃斯佩兰斯见一个老朋友。那朋友交了个新男友，是个做冲浪板的工匠，不过她对阿利亚什依然很好。她留他住了两个月，他们有时会聊一会儿，但当他沉默下来，她也不会开口。她是个好人，叫罗达。一直挺善良。之后他就去割麦子了。接着他就回到了这里。不过他计划等夏天结束再回到北边。

然后他把玛利亚·马格达莱娜·斯维沃曾告诉他的话讲给了她。

“但你一直与众不同。”蔻塔说，随后沉思了片刻才开口，“也许就是因为知晓不同之处吧。”

他们坐在那张松木板餐桌两边。早些时候，路对面的自助洗衣店关了门，熄了灯，于是这间屋子变得昏暗起来。两人坐姿拘谨，仿佛这场谈话是某种形式的审讯，或者更准确地说，一场忏悔——她想着他们分开的这些年，想着如果他们一直在一起会怎样；他想着自己在没有她的日子里过得多么凄凉。他堕落了，但还不算一堕到底，毕竟他见识得够多，知道人还有更为堕落的可能。一旦到了那地步，走投无路，你就会把自己卖给任何人，做任何事。你穷疯了，甚至会不顾一切地闯进别人家里，只为偷走一台顶多能换来一百块的电视或录像机。他还没到那份上，这已经不错了，但还不够，也没什么可引以为豪的，只有这也做不成，那也做不成。他没什么成就可言。这么多年来，也没交上几个朋友。他曾经以为只要活着就会不停结识新朋友，但事实证明不是这样。没错，他是认识不少人，但他对他们抱有戒心，与他们保持着距离。那些人不算他的朋友。他没有钱，没有资产，不过他也不在乎那些。他在乎的是自己没能成为什么，没能融入什么，没能属于什么。他堕落了，并继续堕落下去，注定要在越发沉重的屈辱和困窘中煎熬。这就是我如今所得见的一切的本质：阿利亚什觉得自己已近毁灭，而蔻塔·何明白，她的爱不足以给他救赎。

蔻塔的手越过桌面，抚摸着阿利亚什稀疏如尖刺的红发。“打不成绺了。”她笑起来。他也笑了笑。

“为什么剪这么短？”她问，其实已经从中感受到了他的自我憎恨，但希望听到他的亲口承认。

“洗起来方便。”他说着，脸上飞快闪现一丝笑容，以警告她别在这方面继续深究。

“那倒是。”她说，被他短促而无意瞪她的那一眼惊到了。他的蓝眼睛里空无一物。“那倒是，”她继续说着，撇开了视线，“肯定方便多了。”

“你有没有想过，这一切本可能会不同？”他这种陈述事实的语气惹怒了她。因为他在明知故问。

“你觉得呢？”她说，“不管怎样，想这个问题根本不会让我更好过，”她说着低下头去，拨弄着指甲，“所以我不去想了。”然后她重新转过头来，抬起眼好让他看清她此刻郑重而悲伤的表情，好让他明白她的感受，接着她说：“事实上，我根本不想谈这件事。”于是他意识到，很久以前，他就像一个把珍贵的东西误当成玩具的孩子，没有发现自己打碎了联结起两人的事物。而那些碎片再也无法复原如初。

阿利亚什记得，他曾经认为在离开蔻塔后，自己还可以找到更多女人，完全不用着急，可以适时再挑个最喜欢的。当时确实有很多女人。但他再也没有从任何女人身上感受到他当初对蔻塔的那种感觉。他也再也没有遇到像蔻塔那样懂他的女人。有些女人喜欢他阳光的一面。但蔻塔明白他心中的恐惧与黑暗，即便如此也爱着他。他再也没有找到这样的女人。如今一切已经太迟了。

“你有时候会不会觉得，”阿利亚什说，“人一辈子就那么一两次机会？”还没等蔻塔张口回答，阿利亚什又开了口：“如果把机会都丢掉了，是不是就再也没有了？”现在轮到他低下头去：“你懂我的意思吗？你遇到一个机会，你以为后面还有好多。可后面再也没有了。你把机会都浪费了，你的生活也完蛋了。”蔻塔低头看着他，面无表情。她知道他在说什么，却不想承认。“你懂我的意思吗？”阿利亚什又问了一遍，“没有第二次机会了。”然后他撇过头去，因为他懂。已经太迟了。他那么想告诉蔻塔他爱她，但他知道自己不该说这种话，那会让他们之间变得虚情假意。一切都迟了，他们唯一剩下的就是此刻共享的宁静。

他猛地抬起头，看向她，而她看见了此前从未见过的景象：他吓坏了。他抬眼看她，说出了这个晚上两人都没提过的那个名字。

他说："杰玛。"而后停下了。

然后他说："在杰玛那件事后。"又一次停下了。

然后他说："杰玛那件事后，有天早上，我醒了，我根本不知道我为什么要那么做，相信我，蔻塔，我都不知道我在干什么，然后，我跳起来就跑，跑啊跑，根本不敢回头看。"

那天夜里，他躺在她的床上，和她一同入睡。不是为了做爱，而是最后一次一起入眠。对蔻塔来说，那一夜是一个终结，而对阿利亚什来说，是一次悔悟。是蔻塔邀请他在自己家过夜的，他也更想睡在蔻塔的生活气息中，好过哈利家布满灰尘的回忆氛围。也许阿利亚什在这份新发现的家庭氛围中找到了些许慰藉，让他得以逃离他深深恐惧的现实，可如今我能看到，那种现实的混乱，将从短短几天后"猪喘"的那通电话开始飞快地卷土重来，并像那条河一样，把阿利亚什带走。

但我在看着的不是那次通话。我在看着的，是那天夜晚结束时，他们躺在床上，她拽来一张白色旧床罩盖在自己和他的身上。尽管光线昏暗，阿利亚什依然注意到那张床罩洁白得非同寻常，上面却有一块泛黄的斑驳。于是现在，我看到他们侧卧着睡下了，像两把失去光泽的勺子。他抱着她，紧紧地揽着她，仿佛他们身边正刮起一阵大风，如果他不抱紧她，风就要将他们吹跑，永远分离。先是房子，然后是卧室，它们一个接一个地消失了，很快连床也不复存在。他感觉这里只剩下他们两人，被最为野蛮、最为凶猛的野兽包围着。它们一个个长着奇形怪状的脸，心怀叵测，一等他们分开，就要将两人撕碎；它们守在现实之外虎视眈眈，如果他不抓紧，野兽就会吞食掉所有人。她动动身体，他便会抱得更紧，令她抱怨起来。但他依然没有松手，于是他看到，他们骑在云上，飞跃一片熊熊燃烧的火海，从焰浪中逃脱。只要他抱得够紧，只要他能感受到她皮肤的温暖，她身体随着呼吸的起伏，只要他能把鼻子埋上她后颈，嗅闻她的味道，他就感到安全、放松，暂时放下他们不得不再度分离时又会重回他心中的那种恐惧。于是他侧躺着，颤抖着，她的手绕到背后，拉起那张白色床罩，盖过他的肩膀，这让他再次看到了那片陈旧的琥珀色痕迹。突然有一瞬间，他觉得那上面包含着某种图像，某种启示，某些真相的片段，它的恐怖和美丽几乎让他惊叫起来。但紧接着这种感受猛然消失，一如来时。他蜷缩在蔻塔·何的背后，像只吓坏了的动物。她问他怎么了，他说不出口，只能在她背后贴得更紧，身体发着抖，鼻子嗅着她皮肤上的汗水；他的恐惧庞大全然，无可名状。

于是他们睡着了，就这样睡着了。

“奶桶”

让我告诉你一件事。那不是幻象。我开始看到幻象之前，甚至溺水之前，就已经看到它了。旁观阿利亚什和蔻塔睡在一起，让我想起了这件事。有时我在睡眠中，仿佛受到什么驱使，进入了一个噩梦。

有时，我会在梦里看到一朵恐怖的死亡之花：它的雄蕊是块石头，花瓣是水流中夹杂着鲜血的泡沫。一个人在那片泡沫中消失，另一个人则从中浮现。而那另一个人正是我。

蔻塔·何说：“那种梦什么都说明不了。”她这样说着，我刚刚从床上弹坐起来，浑身冰冷，汗如雨下，惊魂未定，不住地颤抖。

我转过身去，用冰冷的手指触摸她温暖的面颊。我的牙齿格格打战。我的头颤着。

“没有任何意义。”蔻塔·何说。过了一会儿，她让我重新躺下。在那张泪水浸染的床罩上，我在它水流般柔软的触感中睡着了。

但是现在，我的噩梦附身于我，它不肯离去，蔻塔·何也已经踪影全无。无论我向哪边望去，都能看到它。而随它一起在我眼前出现的，是我噩梦中最坏、糟糕至极的一种，正在展开，变为现实。

他们已经进入峡谷中心地带，到达“奶桶”瀑布。那里的水流太猛，橡皮艇没法冒险冲下去。于是他们沿着河岸，用绳子把艇拖到瀑布上口的一处环涌，从那里引艇上岸，绕过悬崖。团员们需要背着装备爬上崖壁，那片崖陡峭得令他们震惊。这种艰苦的体力活让团员烦不胜烦，但离开汹涌的河流回到陆地上的感觉又让他们松了口气。于是他们开始既无热情、也无怨气地跟在阿利亚什和“蟑螂”身后。而两个向导则像建筑工人搬运原木一般，把沉重的食物桶斜扛在肩上。

一声尖叫。然后是大喊。“救命！救命！”短促、急切而绝望。“阿利亚什！‘蟑螂’！”阿利亚什和“蟑螂”丢下他们沉重的行李，开始奔跑。他们奋力攀上陡峭的卵石坡，爬过岩石间的窄缝，顺着小路向前跑，一路上扒开灌木丛，还有背着装备慌成一片的团员们。呼救声近了。“是德雷克！”又是一声。“他快撑不住了！”就在小路朝山下拐去的地方，他们看到了他。

“哦，天哪。”“蟑螂”说。德雷克就挂在一块近乎竖直的岩面上，距崖顶三分之一处，吊在一棵孤零零的互叶白千层上。那棵树针头般的根很久以前就扎进了岩石间，树干至今还没长到手腕粗细。探头向下直看过去时，几乎看不到德雷克本人。能看到的只有一截树干、两只抓住它的手和一顶红色漂流头盔的帽顶。那是给团员们发的头盔。镶在这圈红色背景外的，是下方二十米远的瀑布。“真是蠢货，”“蟑螂”说，“他怎么掉到这下面去的？”

“不是他掉下去了，”旁边的一名团员说，“是他的包。他想去抓，人才掉下去了。”

“那他还是个蠢货。”“蟑螂”说。嘴里即便骂骂咧咧，“蟑螂”手上已经开始做救援准备了。他把保险绳系成攀缘用的防护绳。“长绳呢？”他问一个团员。没等对方来得及回答，他又大叫道：“该死的长绳哪里去了？”

“在队尾的艇上。”阿利亚什说。

“里奇！”“蟑螂”喊道，“快去拿！跑起来，快他妈用你吃奶的劲跑啊！”“蟑螂”转回头来，远远地朝下方的德雷克大喊着安抚他：“别担心，德雷克。我们会把你弄上来的，伙计。注意点别摇晃就行了。”阿利亚什感觉到他滚烫而粗重的呼吸急促地冲出鼻翼。

半哭半叫的一声，有些许滞后地沿着崖壁爬上来，在瀑布震耳欲聋的背景音下，让人几乎难以辨清。“他在说什么？”“蟑螂”说。

“他说他坚持不了多久了。”希娜说。

“老天爷。”“蟑螂”说。

“马上就好了，”阿利亚什喊道，“别往下看。看看石头，看上面的纹路。想想你早上那碗该死的粥。”

“蟑螂”怔了一下，徒劳地朝小路来的方向看去，希望跑去取绳子的人已经带着它回来了。“你去救？”他问，“还是我去？”

阿利亚什感到恐惧在腹中升起，像一记从肠子往上直捶到喉咙的拳头。他是领头向导，的确该他下去救人。他久未训练，体能大不如前，恐高的老毛病比以前更严重了。但他明白，他别无选择。于是他应下了，以为“蟑螂”问的是谁要吊着绳子下去。但“蟑螂”不是这个意思。“蟑螂”是在问，谁要现在就爬下去，不用绳子。

阿利亚什本想说自己不擅长攀岩，这是实话，但他停住了。两种恐惧来回撕扯着他：害怕爬下峭壁，但更怕被“蟑螂”和团员们视为懦夫。

“现在？”阿利亚什说，“你疯了吗？没有绳子。”

“那该死的绳子还要他妈的五分钟才能拿来。”“蟑螂”说着，越过自己的肩，朝悬崖的方向鄙夷地甩了甩拇指。“那个蠢货撑不了那么久。就算他还能撑，那棵该死的树也马上要完蛋了。”阿利亚什环顾四周，希望找到点能帮到他的东西。什么也没有。“我下去了，”“蟑螂”说，“现在就去。”

“别！”羞耻感让阿利亚什突然大喊出声，甚至吓到了自己。“你别去，我去。”话音还没落，他就已经开始顺着崖壁侧面那丛陡峭生长的灌木向下爬去。

*天哪，我到底做了什么孽，要受这种罪？*如今旁观着倒是有趣，看他如何像台机器一般迅速地爬下崖壁，在团员面前把恐惧藏得滴水不漏。但阿利亚什别无选择。不过他想，这也许是件好事。他知道，自己毕竟不能输给恐惧，不能对别人说“不了，还是你去，我要待在这里，这里安全”。如果有团员死亡，责任都在他。他朝旁边看去，映入眼帘的瀑布让他感到眩晕。他再向上望，团员们正围站成半圈，傻乎乎地瞪着他，阿利亚什根本不明白，他们怎么敢把他

这样的一个人当成救命稻草？他真想说：“傻瓜们，看不出来我跟你们一样吓得要死吗？”但他没有，而是摆出一脸内行似的无所谓，笑着说：“我们马上就把他救回来。”于是他爬了下去，试图把眩晕感抛诸脑后，心中暗暗惊讶：在责任面前，恐惧不值一提。也许这就是士兵上战场时的感受，阿利亚什心想。豁出去了。

但沿着崖壁爬下去一小段后，他停下了，半天找不到任何可以抓握或落脚的地方。恐惧重新占据他的脑海，他意识到自己已经没法爬上去了，于是他紧紧抓着悬崖，就在盯着他的团员们下方不过五米处，他很清楚自己此刻看上去是多么滑稽而无能。他为随时可能掉下去摔死而心惊胆战，又为下方正在乞求他下来救命的德雷克而百般煎熬。

“蟑螂”也听到了德雷克的哀求，听到他喊着那棵树已经快折断了。“蟑螂”知道，他们已经浪费了不少时间，阿利亚什此刻又寸步难行。于是他转过身，开始缓慢而小心地爬下悬崖。阿利亚什看着他的动作。他很擅长于此，阿利亚什心想，一股羞耻感让他脸红。是个好手。“蟑螂”爬到了阿利亚什旁边的位置，完全不加掩饰自己的鄙夷，飞快地给阿利亚什指了条爬回上方灌木丛的路径。

“你早该告诉我你爬不了。”阿利亚什慢慢地爬上去，羞耻得无以复加。“蟑螂”如今距离德雷克只有十米，从悬崖上只能看到他的头顶。他已经找不到可以借力的石头了。他尝试了两条路线去靠近德雷克，但均告失败，之后他退了回来。他尝试了第三条路线，下到了和德雷克水平的位置，但距离后者仍有六米。“蟑螂”对德雷克喊话，安抚他，让他像拥抱母亲一样紧紧抱住岩石，找到些可以用脚踩倚的小洞，别把体重全压到那棵摇摇欲坠的树上。

“绳子来了！”阿利亚什转过头去。里奇带回了绳子，他面色通红，脸上沾着泡沫状的口水。阿利亚什把绳子系在他所能找到的最结实的树上，然后拉拽着绳子向外压了压，测试那棵树和绳结能否承受他的体重。他借助那根绳子穿过陡峭崖壁上的灌木丛，向下爬到悬崖边缘，朝“蟑螂”大喊着，把余下的绳子朝他丢去。雨后的岩石极为湿滑，他担心“蟑螂”抓不住。

“蟑螂”抓住了那根绳子，在身上缠了一圈，扣在之前拴好的紧急攀缘防护结上，随后朝岩石踢了一脚，把身体荡向整条命正在一棵脆弱树干上的德雷克。靠近德雷克时，他看到那棵树已经从它差不多吸取了一个世纪养分的石缝里半脱了出来，树干在压力之下已经快要折断。有两只手，其中一只在坠落时流了血，正抱着那棵灌木。从下方，阿利亚什听到了一个知道自己随时会死亡的男人那急促、可怖的喘息，闻到了在真切的恐惧下，那种刺鼻的氨的气味。

“蟑螂”

这狗娘养的是要死在我手上了，“蟑螂”想着，心慌极了。这恐惧抽离了他身体之中的全部力量，让他感到虚脱，全然无力。他开始怀疑自己能否救下德雷克。但他努力把恐惧压抑下去，专注地看着滑溜溜的岩石，仔细地研究它被地衣勾勒出的轮廓，看着南水青冈和露兜树的幼苗，看它们从和他嘴一般大小的裂隙中生长而出，看着点缀于它们蜡质一般的叶片上细密的水珠，看着生机勃勃的它们和袖珍硬水蕨组成一个完整而美好的微型世界。他一边注视着、惊叹着，一边缓缓地朝德雷克移动。

“蟑螂”听到德雷克夹杂在喘息中的祈祷声。“我们……哈……在天上……哈……的父……哈啊……”他听到德雷克说。

“德雷克。”“蟑螂”叫他。然而德雷克听不见。他沉浸在祈祷中，一心盼着上帝能救他脱离绝境。他喘着气的祈祷声碎成了匆匆一串吐字不清的哀歌。

“上帝啊上帝啊上帝啊上帝啊。”就好像不断重复上帝之名，便能让他现出真身，便能将无所不在的他召唤至此时此地，上帝会用手臂托起德雷克，并从激流中带出一并升起的温暖的上升气流，将他送至上方的小径。

“抓住绳子，”“蟑螂”在德雷克祷告时插话，“我们一起爬上去。”德雷克没有理会他，仿佛这样稍微的分心都会让他乞求天恩的努力化为泡影。此刻他只会重复“上帝上帝上帝上帝上帝上帝”，听起来像一只饥饿的海鸥乞求着面包渣。

“抓住绳子！”“蟑螂”喊了第二次。他在德雷克身后小心翼翼地移动着，向上托着德雷克的腋窝，稍微分担这个胖子压在树上的重量。“德雷克，”“蟑螂”说，“听我说。抓住绳子。求你了。”德雷克缓缓地转过头来，他那双蝗虫一般的硕大眼睛中满是泪水，看向“蟑螂”的样子仿佛在直面死亡。他拒绝了，只是比起摇晃，他的头更像在颤抖。

“我相信上帝，”德雷克说，“我相信，我相信你会救我的，上帝啊。”

“听我的，德雷克，”“蟑螂”说，“你必须听我的。”

德雷克的头又颤抖起来：“不。上帝让我干什么都行，只要肯救我。”

“你给我抓住绳子！”“蟑螂”吼道。

“我信全能者天主父。我信其子耶稣基督第三日自死者中复活。我信其升天，坐于全能者天主圣父之右。我信其日后——”

“蟑螂”以一声怒吼打断了德雷克的祈祷：“抓住那该死的绳子！”

德雷克又哭了起来。哭号让他的身体起伏着，把那棵树的根部又扯出了一些，于是“蟑螂”不敢再责骂他，开始竭力让他镇静下来：“行了，伙计，行了。不会有事的，别哭了。你也不会有事的。上帝与我们同在，相信我，上帝会救你的。只要你别哭了。求你了。”德雷克望向“蟑螂”，眼中重新充满信赖与自信。天哪，“蟑螂”想。他扣上了绳子，阻止自己继续下滑。

“能看明白吗？”“蟑螂”对德雷克说，“我把这堆绳子缠在你身上，然后把它连到长绳上。然后我爬上去。然后我们把你拉上来。看在上帝的分上，抓紧了。”德雷克失焦的眼睛和“蟑螂”对视着。“蟑螂”不确定他到底听懂了没有。“准备好了吗？”“蟑螂”问道。德雷克点了点头。“千万别突然动弹，知道吗？”德雷克已经完全失去了挣扎的力气。无论命运要把他交给生或死，他都会听之任之。他们现在的姿势不方便活动，“蟑螂”没法用绳子在德雷克身上打一个标准的攀登用结，便只好绕着他肥胖的腰缠了几圈，把两端用安全扣扣在一起。

随后，在采取任何其他行动之前，“蟑螂”又用一个安全扣把两个人身上的绳子连在了一起，作为安全保障。德雷克立刻放开了那棵茶树。“蟑螂”大叫道：“给我抱紧！”但已经太迟了。“蟑螂”叫着：“不！”但德雷克已经撒手了。“蟑螂”想，天哪，这下我们真要死了。他们向下坠落了两米，“蟑螂”闭上双眼，身体放松，心想着，就这样结束了。但绳子不过是拉紧了一些，他们用来固定绳子的那棵树被拔出了一段，之后便承受住了这股下落的力量。“蟑螂”从绝望中回过神，不由得在后怕中颤抖起来。他们悬在空中上下摆动着，他看向下方在巨石间奔腾的瀑布，心想，不知在撞击的那一刻，你能有什么感受。

他能感觉到，两个人的重量已经让那棵固定绳子的树偏移了一点。他还意识到，此刻德雷克全身上下只由腰间的绳索拉拽着。“抱住我的脖子。”“蟑螂”对德雷克说。而德雷克一动，身体就失去了平衡，于是他的双臂迅速扣住了“蟑螂”的脖子，双腿缠住了“蟑螂”的腰。“蟑螂”觉得自己的脖子要被这股力勒断了。“蟑螂”张开双臂，用力回抱住德雷克。这样很疼，得用脖子和手臂去支撑这个胖子的体重，这让他疼得要死，但他如果松手，这个胖子就会摔死。他们保持着这个古怪而别扭的拥抱姿势，在瀑布上方摆动着，轻轻地碰撞着峭壁。

一个人体钟摆，以敲击峭壁的方式缓慢计时。

“为什么是我？”德雷克问，“我不过是来旅游的。”

然后，毫无理由地，德雷克突然发起疯来。他把全部力量放到“蟑螂”的脖子上，把他当成一架梯子，想顺着他的身体往上爬。“别！”“蟑螂”喊道。但德雷克疯狂的动作让两个人失去了平衡，让他们互相拥抱的身体从垂直向水平摆动。身体开始倾斜，“蟑螂”感觉自己马上要滑出缠在身上的绳圈。于是他本能地抬手去抓上方的绳子，想阻止两人的下滑。然而，毫无理由地，疯了似的德雷克在“蟑螂”松开自己的同时也松开了对方，就好像他感到自己已经被彻底背叛。他向外张开双臂，仿佛被钉上十字架一般放开了“蟑螂”，他的身体向后倾倒，从绳圈中滑脱，坠落下去。

德雷克从空中坠落。下落了足足十米。他身体落地的一瞬间，背部撞上一块圆顶大石，但没有砸出任何入耳的声响，完全掩在瀑布喧闹的水声中。“蟑螂”望着德雷克的尸体，好像那只是一具昆虫褪去的外壳，是一团烂泥，瘫软地从大石上滑落进水中，起初缓慢、随后迅速地消失在泛着泡沫的激流中，踪影不再。让“蟑螂”感到惊讶的是，就在这一刻，他心底却毫无感触，而当他想到，这件事将盘桓于自己的余生，他庆幸至少在这一刻，他还可以无动于衷。

伊莱莎·奎德，一八九八

我要先明确一件事。此时此刻。此身此地。我根本不想死在这里。溺水而亡。你可能觉得我已经向命运低了头——也许如此，但那不是重点。即便我接受了自己即将溺亡的事实，那也不能说明我希望这样死去，或是我会放弃求生。我从来不是个会服从命运的人，因为命运总带来明晃晃的不幸，因为生活总不在我的掌控之中；而我，挥舞着手臂反抗，而这反抗总归是徒劳的，就这样被生命的洪流冲走，翻涌着不停前行，直到卡在这个地方。在这河流的尽头落下句点。

你可能觉得我絮絮叨叨说这么多，还不如集中精神想出个自救的方法，从这个充水的牢笼里把自己的身体捞出来，试试，或许呢，胡乱活动一下身体，说不定哪一下就能滑出去。试试。或许。说不定。我的一生都充斥着尝试，或许，说不定。然而没有哪次真的改变过什么。因为走到现在，我的意志一直在暗中推动，我的命运也始终在促成此事。站在我的立场上想想吧[1](这么说来，我能感觉到我的鞋已经被河水冲走有一会儿了)，你会发现我早已输掉了身体上的争斗。这些癫狂离奇的思绪，这些幻象，也许它们代表了某种终极的精神冲突。也许这些幻象是引领我回归存在的一条摇摇欲坠的路。

如果我就此死去（这不是在说我愿意，相信我，我还没有放弃生机），要死在这里，我的死亡至少会有一个积极的结果。它意味着我再也不会老去，再也无须直面身体日复一日、无法停止的分崩离析。因此，这场死亡的目的以及它给人的感受似乎和有氧运动类似——都是在阻止衰老。就这点来说，二者的不同在于，有氧运动终究是要失效的，而死亡会最终取胜，只要你足够幸运，能在年纪轻轻时受到死神垂青。

然而，紧接着我就被一个叛逆的想法击中了：如果衰老其实比死亡更好呢？如果我能宽容地接受变老，以及这个过程中身体的日渐衰弱呢？智慧的增长和心灵的丰裕不够为身体机能的退化提供足够的补偿吗？蹦床一般地从一个年轻女孩的床上跳到另一个更年轻女孩的床上，指望着从她们紧实的肉体和清澈的双眼中感染青春活力，就像染上某种通过人际交往传播的疾病——比起这样，我是否更享受在爱人身边慢慢长出皱纹的感觉？在眼下生死攸关的时刻，这个困扰着我的问题显得极为不合时宜，也与我们这个时代设下的条条框框和倡导的良方背道而驰。只是想想这个问题，都让我觉得自己愚钝至极，因为很明显，它只不过是大脑在极端痛苦中的造物，可我一定要把它梳理成句。

① 原文“Put yourself in my shoes”，与后文的“鞋”双关。

青春逝去后，生命还有意义可言吗？

我想着这个问题，琢磨了一阵，然后我想，是的，有意义。而我需要这份意义，我想享受它有意义的层面，不去憎恨它的无意义。这想法看似荒谬，抓住老去的价值？但谁说不可以这样想？

我想变老。

我想活下去。

可是……可是。

我感到无比恐惧。

但我越来越难集中注意了。我的思绪横冲直撞，忽明忽灭，我的头脑昏昏沉沉，沉重不堪，而我的想法却轻飘飘的，越变越轻盈。就在我马上要抓住它们时，它们却跟着水中的气泡打着漩从我面前飘远，向上升去，往生的方向飘去。

我看到一个女人苍老的脸，其上的沟沟壑壑不仅标志着年纪，更显示出无止尽的苦痛与艰辛。那些纹路那么深，那么重，就像是用凿子在肉体上雕刻而出。这张脸正看向一张泛黄发脆的纸，那上面草草书写着对她而言最不可思议的信息，她至今都无法理解它的意思。她坐在破旧的厨房里，对着灶台的火，腿上搭着一条毯子。当她那已经失去牙齿和记忆的丈夫走进来时，她折起了那张字条。无数次的折起或摊平早已让纸的折痕处开裂，她唯有怀着无尽的小心和轻柔，将字条完整叠起，而不至让它四分五裂。她把它放回她刚刚就着煤油灯阅读的祈祷书中夹好。她丈夫为打扰到她表示抱歉，并问她有没有见到他妻子。她让他坐下来，坐舒服一些，别乱跑了，于是他感谢她，能对他这个陌生人这么体贴。

“我们每个人都是别人的陌生人。”她说。但他没有听到，因为他又开始说话了，这次说的是他兄弟的事。

“他可真是个大人物。帕拉马塔镇长。你会喜欢他的，特别喜欢。”他说。

“他有妻子吗？”她问。

“哦，有啊，不用问。他有妻子吗？哈！当然有。是个漂亮女人。还是个好太太。特别好的女人。”

一个红头发的小女孩跑进厨房。“罗丝，”老太太说，“你来干什么？”

“艾琳姨妈让我给你和外祖父送一块面包。”罗丝说着，跑到老头身边吻了他的额头。

“我不是你外祖父，”老头说，“你外祖父是帕拉马塔镇长。”

“别理他，”老太太微笑着对罗丝说，“他今天不对劲。”老头露出了伤心和困惑的表情。孩子走后，她望向他，说：“你什么都不记得了？”

“记得什么？”他问，“我记性好着呢。”

“耐德逃跑了，死在路上。你娶了我，把孩子当成你自己的养大。”

“可他们就是我的。”他茫然地说。

“当然啦，”她安慰他，“当然是你的。”

几分钟后，他陷入了梦乡，开始打鼾。老太太把字条重新从书中取出，继续仔细地看着它。然后，她看向火堆，看着那几乎已经消隐的红色火苗朦朦胧胧地舔舐着煤块，幻化成她第一任丈夫，她所有孩子的父亲——耐德·奎德的模样，他也是她第二任丈夫科拉姆的兄弟。科拉姆正倚在对面的椅子上熟睡，松垮的唇边挂着一条叹号般的口水。

伊莱莎看着那封信，又读了一遍。她差不多已经读过它上千遍，却依然无法解开这封信的谜团。

我最敬爱、最尊贵的伊莱亚夫人——

让我们在新耶陆撒冷再会。

爱着你的、你卑微的仆人……在上帝的注视下

耐德·夸德 签名见下

信的下方有一个凯尔特十字架的轮廓，一个在圆圈里的十字架。这是他的签名，没错。

让我们在新耶陆撒冷再会。

那是什么地方？到底在什么时候？

“蟑螂”

“蟑螂”转过脸来对着悬崖，开始缓慢地顺着绳子爬向崖顶。他的身体甚至觉得这种攀爬很是放松，毕竟刚在原地悬挂了那么久。崖顶的阿利亚什用力抓住了他的手腕，准备借他最后一把力，将他拖回山顶小路。但阿利亚什没有立刻拉他上来。他发觉自己正盯着“蟑螂”的眼睛。

“蟑螂”无法对阿利亚什说德雷克已经死了，因为他无法确认死亡的事实。但他清楚自己都看到了什么。何况，他认为自己要对此负责，毕竟是他去营救德雷克，也是他的救援行动遭遇了失败。阿利亚什从“蟑螂”的沉默中明白了一切。他也将责任归咎于自己，

因为他没有采取行动。这件事同时噬咬着他们俩。两人都将罪过视为自己独有的，谁也无法忍心让对方承担。阿利亚什手上猛一发力，把“蟑螂”拽了上来，让他径直越过了自己，回到了小路上。而我看到，阿利亚什并没有回头去看他的同伴，而是继续盯着下方，“蟑螂”刚才抓着绳子悬挂着的地方。或者，更准确地说，他的视线穿过了那里，望向那宽阔的、奔腾的、不知疲倦的洪流，又越过了那里，望向峭壁，望向山脚，望向整片峡谷。然后他看到了自己的脸，不再与周围的世界有所区隔：它看起来早已死去，并石化了千年。就好像它和他都不过是峡谷、山峦、峭壁和洪流的一部分。就好像他是块坚硬如斯的岩石，风和雨漫长的侵蚀在脸上凿刻下皱纹，雨水从上面流淌而下。就好像他真有那么坚硬，就好像他真是这样。就好像他是孤独一人。那就是他在想的事，没错，而现在一切又回到了我的身上。

我如此孤独，孤独。

于是，阿利亚什和“蟑螂”不再交谈。从“奶桶”瀑布底下的河道搜寻到“寂静之声”的一路上，他们只会交换一些必要信息。

他们漂流了五百米，抵达克鲁斯卡德斯河段。这一路上，他们顶着峡谷两侧朝头上逼来的峭壁，查看着途经的每一处漩涡和死水。阿利亚什和“蟑螂”留意到了河岸上的水线：水位如今已经相当高，并且还在上涨。他们在克鲁斯卡德斯河段的营地停了下来，那里基本高出水线一点。阿利亚什吩咐团员们待在橡皮艇上，等他去和“蟑螂”查看营地的情况。但他们没有直接去营地。这一对向导，一个矮小敦实，一个高挑细长，一起爬上了河岸，绕到河边的大石头上，去查看这条河段。两人扫视着这片洪荒，寻找德雷克的尸体，站在一块大如一座房子的巨石上，上上下下地打量着这条河。峡谷阴森而宽广的剪影被大雨柔化了边缘，两人身处其中，就像两根伸出的小树杈。他们已经麻木了，情绪停滞了，因为他们还没有找到尸体，而又还抱有一丝侥幸，希望德雷克是被冲到了下游某处的岸上，也许还活着。其实两个人都觉得这种可能微乎其微，但谁也无法斩钉截铁地放弃它。

“那我们就在那里过夜了？”“蟑螂”指着河岸上的营地问。

阿利亚什点点头。

“不会被水淹了吗？”

阿利亚什摇了摇头。可是他们都一起看向了那边的崖壁，考虑着，要是他错了，要是水真涨上来淹了那片营地，他们十个人要怎么在那里过夜。

“算了，淹就淹吧。”“蟑螂”说着，转身走向停艇的地方。

团员们安营扎寨时，两个负罪的人沿河而上，回到“奶桶”那边，仔细地在水流和石块间搜寻着。他们像疯了一样地寻找着，不放过任何一个德雷克的身体可能搁浅的地方，却固执地假装他可能还活着。他们设法爬回德雷克落地点附近的那片巨石，从混进水中的浅淡血迹确认了具体的石块。他们站在它正对面的另一块巨石上，谁也没有说话。那块石头又圆又光滑，瀑布落水激打出不断上浮的水沫，又沿着石底直接冲回了上游的方向。水沫舔舐着石块的边缘，让黏稠的血迹渐渐散成漂动的血斑，然后溶解在水中，把水沫染成了轻微的粉红色，整个景象宛如一朵中心鲜艳、边缘浅淡的花，那块石头就是它的雄蕊。可没有一丝血迹能引领他们找到身体，没有发现任何身体。只有河流如同一具身体。他们游过那块大石，钻出水中，头发和脸覆上大片大片粉红和棕褐色的泡沫，仿佛某种恶毒的水下生物。水中没有留下任何身体。

于是他们站在奔腾的瀑布底下，耳边只剩震耳欲聋的水声，沾着泡沫的脸缓缓浸湿、溶开在上方激流向他们抛来的喷薄水雾里，数吨级落水激起的强风将那些泡沫吹得一干二净。从下游很远处，坐在橡皮艇里的希娜朝他们看了过来。如今我看着他们，这才注意到，除了她之外，再没有人往上游看回去。她看到在巨大的瀑布下方，那块隐藏在峡谷阴影中的大石上多出了两个小黑点。她已经无法确定它们究竟是谁，或者是什么了。

到天黑时，他们确认德雷克的尸体必然在“奶桶”下游的某个地方。既然在“寂静之声”找不到它，那么它不是被洪水冲到了更下游的地方，就是卡在了某处，要等到水位下降，等到腐烂产生的气体将它鼓胀起来，让它如小气艇般浮上水面。

“大地脑袋”

雨继续下着。

沉重地敲着他们的帐篷顶，沉重地落在雨林的树冠上，沉重地落于四周的群山，形成一道道支流汇入富兰克林河。

夜幕降临时，这片消沉的营地里又来了一个奇怪的加入者：一艘破破烂烂的黄色橡皮艇，划艇的是他们几天前碰上的那个秃头舞者。他迷失了方向，冷得瑟瑟发抖，携带的全部食物也弄丢了，此前那种傲慢的疏离感也多多少少淡化了一些。他们把最暖和的烤火位置让给了他，还塞给他一碗加了红薯的蔬菜咖喱，他充满感激地全部接受了这些拥有“攻击性能量”的东西。他给他们讲述了自己的经历。

和他们偶遇后的第二天，吹鼻笛的女人声称对两个男人同时抱有忠贞不渝的感情，但只对留脏辫的男人有肉体欲望。秃头男人感到愤怒和怨恨，毕竟这整场河上旅行从一开始就是他的主意，他们从悉尼过来的机票也都是他付的钱。他如今可以爽快地承认，自己感到愤怒和怨恨，还有明明白白的嫉妒，于是那时，他认定他们最好分成两队行动。他接着宣布，他自己一队，另两个人一队。他立刻出发，然而第二天就倒霉地翻了船，橡皮艇还被大水冲到了下游。他在雨林里度过了凄苦的一晚，没有吃的，没有衣服，也没有火，只能用蚌壳蕨的叶子覆盖身体，咒骂着这条河、那个女人和他最好的朋友。第二天，他不得不做决定，是等那两个闹掰了的朋友过来会合——他现在承认那才是最理智的选择——还是试着自己去下游找到橡皮艇，追上前面阿利亚什的旅行团。对能力的自负和不想再跟那对男女扯上干系的怨气压倒了一切，于是他启程在灌木丛中穿行，沿河而下。到了下午三四点时（他的表也丢了，因此细节难免有出入），他在一处涡流中发现了自己装衣服和睡袋的背包。他为这个发现而备受鼓舞，又在大雨中跋涉了整整一天，终于在行进的这一侧河边找到了被几根树干卡住的橡皮艇。他用互叶白千层的树干、线绳和他找回的背包里的搪瓷盘和塑料碗自制了一把新桨，带这套东拼西凑的装备继续朝下游漂流，一心想追上阿利亚什的队伍。

他不得已独自划过的那些洪流给他留下了恐惧的阴影和卑伏之心。他问阿利亚什，他接下来能不能跟着他们一起行动。阿利亚什和“蟑螂”答应了。他说，他名叫乔治，不过“蟑螂”立刻宣布，他在今后的旅程中要叫“大地脑袋”，因为这个名字比乔治更适合他。对于这样的宣言，“大地脑袋”只是转过头去，耸了耸肩。他既然已经决定接受他们的食物、他们的庇护，还要仰仗他们的河上经验，如今也只能接受他们给他的任何名字。

“大地脑袋”想知道，在他讲述经历时，这群人为什么表情那么凝重，全程那么沉默。于是希娜（为什么是她？我现在才开始好奇，为什么她依然拥有“蟑螂”和我已消失殆尽的勇气）告诉了他那天在“奶桶”发生的变故。

“老天爷，”“大地脑袋”说，“这注定是个倒霉透顶的假期。”他摇了摇头。几天之内，他的头上已经冒出了一圈圈的黑色发楂，仿佛撒上去的铁屑，而他的脑袋就是供它们吸附的磁石。

第二天一早，河水已经拍打着河岸，水位离他们最低的帐篷不过半米。团员们沉浸在压抑与恐慌的情绪中。“蟑螂”向团员讲述了他前一晚没能告诉他们和“大地脑袋”的事，因为他不得不告诉团员，那天在悬崖下究竟出了什么变故。他讲到一半就哭了起来。阿利亚什感到耻辱而羞愧，什么都说不出来。团员们不再找他问没完没了的问题，而是直接转向了“蟑螂”——如今他才是他们心中真正的领队。

雨继续下着。

他们飞快地拆除了帐篷，部分因为他们必须在水位继续上涨前走出峡谷，部分因为他们还抱着渺茫的希望，想要找到德雷克，或至少他的尸体。他们背着包，拎着桨，提着防水箱，走下克鲁斯卡德斯河段中这些滑溜溜的巨石，在这些将他们衬得无比渺小的巨石间匆忙地上上下下，就像搬运食物残渣回巢的蚂蚁。奔走在他们前面的是阿利亚什和“蟑螂”，拉扯着他们的橡皮艇，时而拖拽，时而拉抬。阿利亚什感到自己被一股疯狂魇住了。这疯狂来自他对之前那件事的愧疚、愤怒和耻辱。这疯狂给了他力量，让他觉得自己无坚不摧，因为他再也不在乎或担心自己。他明白，“蟑螂”也是一样。他们将这种疯狂用干活发泄出来。他们在凹凸不平的石块上负重行进，肺里烧灼着，但他们感觉不到痛苦；或者也许该说，他们感到痛苦，却觉得还不够，想要痛得更加强烈，直到把因德雷克而感到的愧疚、耻辱和愤怒一扫而空。他们发疯一样地向前冲着，因为他们确实发了疯，因为他们此刻情绪正涌上头脑，因为他们必须赶在河水上涨前尽快走出峡谷，必须赶在洪峰的前面。为了尽快完成转移，两个向导必须赶快和大部分只用带好自己行李的团员们一起，将橡皮艇、食物桶以及向导自己的那份行李统统搬到河底。阿利亚什和“蟑螂”冲回去搬下一趟时，看到那些背着自己的小防水包和单人桨、跑得脸红气喘的团员绊倒了、摔跤了，还要给他们加油打气，提醒他们注意。团员们看到两个向导的疯狂，他们自身的恐惧也在不断加深，因为他们知道，某种他们曾视为刺激的模糊担忧已经成为事实：河流冷酷无情，河流充满危机，河流会置人于死地。向导们突然间的无所畏惧同样加深了团员们的恐惧，还有他们身上非人的负重、他们劳作的飞速，以及他们仿佛河流一样难以预料、失去理智的行事风格，这些都令团员们不寒而栗。“干得不错，继续啊，帮她一把。”向导们催促着。可团员们只能回以恐惧的目光，看着向导，也看着河流。他们之所以还能前进，只是因为对他们来说，停下来比往前走更恐怖。

他们下到底，然后登上橡皮艇，准备漂过克鲁斯卡德斯河段最底部的这段水道。“大地脑袋”的橡皮艇被固定在装备架上，他本人则接替了德雷克的位置，乘上了大橡皮艇，漂进大河。尽管阿利亚什的那条橡皮艇下边沿撞在了岩石上，进了不少水，他们还是成功地顺流而下。一行人在接下来的两段激流中转到左侧，顺着好走的坡道漂下去，又划了几百米，停在岸边。他们继续前行，沿宽阔的“雷冲涧”左侧巨石旁的激流而下。他们此时的分工协作成了瓢泼大雨中的一幕景色，组成一条长长的人链，在被雨水打湿后滑溜溜的巨石上爬上爬下，以接力的形式抛着背包和装备。峡谷里气温很低，但仍有汗液从团员们浮肿的脸上滴落，当他们伸舌从鼻子下面舔过时，依然能尝到被流下的雨水稀释后汗液的咸味。这种出自自己身体的新鲜盐分令他们啧啧称奇，这种味道他们自孩提时代后便已遗忘。在散发着异味的防寒泳衣下，他们面团颜色般的身体就像熟过头的果子一样，轻易便泛起瘀青。他们的脚和后背疼痛不堪，急匆匆吸进的每一口气都像火焰一样灼烧着喉管。他们跑下河岸，和涨起的河水状况赛跑，天知道谁更快一些？他们的防寒泳衣因为汗水而变得湿滑，可尽管气温寒冷，天气状况早就不在他们担心的范围之内了；他们只在乎一件事：必须在洪峰到来并吞没他们之前跑出峡谷。他们的恐惧压倒了一切。峡谷就是死亡的化身，他们一心想把它抛在身后，免得它再从他们之中夺去一条性命。他们由共同的恐惧和动力拴在一起，甚至不再交谈，这种团结一致也带来兴奋感，让他们本已在钢丝上摇摇欲坠的心态不至于跌落进恐惧的深渊。而在他们身边跑前跑后地运送所有重物的，是能让他们回到真实世界中的生命线——两个穿得花花绿绿的向导。两人提醒着他们，奔跑着；帮助着他们，奔跑着；肯定着他们，奔跑着；他们还搜寻着，查看着每个地方：每处漩涡、每块半露出水面的石头、每丛被水淹没的灌木，期望能找到德雷克的尸体。而自始至终，雨一直在下，河水一直在涨，泛着棕色泡沫的浪花一点点侵吞了河岸。

偶尔，团员们歇息一下，从石头上抬起视线，便会看到、听到、嗅到一股巨大的力量滚滚而来——河流。当河流开始涨水时，便不再冷静、安宁、温和，不再是那条他们直到两天前都以为比小溪宽不了多少的水道。它是一种超凡绝伦的物理存在，谁也无法对它的力量视若无睹。整座峡谷似乎都在它激流涌动的声浪中震颤起来。河发出低沉的嗡鸣，不时加入一声巨石被冲滚的轰隆声，咔嗒的坠落声，噼啪的爆裂声。在痛苦般的呻吟中，河床的模样就此重塑。还有那一声声树木的撞击，长生树木与漂在水面的原木撞向岸边低矮的植被，而洪水一路冲破这些缠结的屏障，到达至此。整条河如同一队前进的大军，不断踏平所至的土地，不断攫取前方的一切，路过的每一块爬满苔藓的漉湿岩石、每一条高涨的支流，都让它的力量更强一分。这群划着橡皮艇的人类就像难民一样，忙不迭地躲避着它的力量，躲避它的怒火与那些令人无法承受的残暴时刻；而他们前进的力势也与难民一样，无情地被河流的行军速度所左右。他们每走一步，都要低头看向下一步的落脚点，试图用人类的尺度重新规划这个分崩离析、地动山摇的世界，让它变回某种他们能够理解和控制的对象。

阿利亚什想，他们在河岸上扎营的那天是否给了这条河足够的尊重？这件事错在他。是他没听到互叶白千层弯下腰发出的嘘声，是他没读出河水的漩涡中蕴藏的信息，是他没发现它们朝营地岸边蜿蜒而去的样子多么异常，是他没领会激流中汩汩水泡涨落的寓意。

所有这些迹象都努力给过他警告，而他，这样一个对河流的语言了如指掌的人，却对此视而不见。

徒步越河直到“雷冲涧”的底部时，他们遇到了一条非常宽的河道，必须乘艇划过。阿利亚什和“蟑螂”意识到，现在为了不让团员们心生疑虑，他们已经没时间思前想后了。这两个河流向导身陷狂热的情绪中，已不把这条他们本该畏惧的大河放在眼里。他们一边有条不紊地把装备放回艇上，一边在震耳欲聋的水声中大喊着，指挥团员们干这干那。等所有人上了艇，阿利亚什给他们捋了一遍这条河的走法，告诉他们，在巨浪翻滚出的一片狼藉和澎湃汹涌的发白水花中，他打算沿哪条路线前进。他调转艇头，进入激流，立刻就感到了自己的极端渺小。他感到河水的力量拎起了橡皮艇，把它冲向断崖。艇旋转得太快了，阿利亚什一行人以一种自杀式的姿态——艇侧朝前——向断崖冲去。“快往左转！往左！”他朝团员们喊道，但他们都被水的力量、被巨浪的喧嚣、被将他们的感官糊成一团的飞沫与浪头全然震慑了。他们已经分辨不清自己身在何处，是已经冲过了断崖，还是正在朝那边赶去。他们依然在挥桨，动作却迟缓而无用。阿利亚什意识到，他这条艇已经失控了。而团员们也意识到，阿利亚什已经失去了对艇的控制，于是停下了手中的桨，有人尖叫起来，所有人都徒劳地拧过身体，侧对着河水流动的方向，在巨浪前背过脸去，仿佛这样就能获得拯救。阿利亚什拼命用桨划了一大圈，把艇稍稍转正了一些，就在此刻，他们冲到了断崖边。“到中间来！”他喊道，“过来！”话音未落，他就抓住马尔科，把他掼平在艇面上，然后自己扑上去，一边用左手抓住艇上的固定网。他感到艇尾高高翘起，几乎垂直地坠下断崖，一抬眼便看到铺天盖地的白色水墙从四面八方涌来，朝他们可怜的橡皮艇重压而下，然后看到艇的一侧再次翘起，几乎垂直。橡皮艇像暴风中的一只纸袋，猛烈地摇晃着，被推来搡去、抛来掷去，他和马尔科的身体从艇面的一端滑向另一端。

此时阿利亚什意识到，自己并没有在河水中绝望地胡乱拍打，并没有被吸进河流深处，并没有在快要冲过下一个断崖时，突然被抛出水面。他意识到此刻他们已经通过了上一段落水，橡皮艇没有翻；所有人都奇迹般地勉强算是待在艇上，没有掉进水里，被冲刷而去。他重新坐回浮筒上，发现橡皮艇正朝左侧的岩石冲去。“划啊！”他喊道，抓住挤在艇尾部的几个人的后颈，费尽全力把他们拽回坐姿，“用力划！”待他们开始划动后，他继续喊着，只喊一个词，直到他们终于跟上他喊声的节奏：“用力！用力！用力！”橡皮艇向一侧倾斜，撞上一道不大的碎浪，猛地截住了下落之势。这道碎浪没大到能掀翻艇的程度，阿利亚什便刚好趁这个瞬间，借力将艇拧向右边。

橡皮艇从碎浪上划开，缓慢而笨重地调转方向，这下他们总算扭对了朝向，脱离了危险。阿利亚什腾地站了起来。他从艇尾向后眺望，望向他们刚刚冲过的那条磅礴的激流，向空中挑衅似的挥舞拳头。“太棒了！”他喊道，“成功了！”拳头一下又一下地击打着空气，他感受到一阵兴奋，阔别已久的兴奋，那种与大河的力量、峡谷的激烈融为一体的感觉，那种有所归属、尽情活着的感觉。他沉浸在胜利的惊喜中，有那么短短一瞬，忘记了其他一切，甚至德雷克的死。他转过身来看向团员们，咧开嘴笑了：“你们这些呆瓜，瞧啊。”他把手挥向身后，指着那铺天盖地、迅速上涨的白色大河，在这巨大的背景下，他们的橡皮艇不过是一个摇摇晃晃的小红点。“你们刚从那里下来的。”团员们不敢相信。阿利亚什感到自己的身体像是就此爆炸，散入了峡谷的每一寸空间。他感到拍来的每一片浪花、落下的每一颗雨滴都如同爱抚，感到从雨林那边吹来的热流扑打在后颈上，而河面上升起的冷气宛如在摩挲着感官。他看到峡谷四下的每一丝细节，就像是此前朦胧的视野忽然有了焦点，他能看清楚每种颜色的每一分色度，捕捉到瀑布激起的水雾中的每一颗微粒，能分辨出河流与船艇发出的每一丝声响。他有一种感觉：就好像自己也成了雨林，成了河水，成了奔腾的激流。就好像时间停止，而他能通往无限，去探索、去把握这个美妙时刻里的每一个层次、每一处细节。团员们没人动弹。“我们是最棒的，”阿利亚什对他们说，“我爱你们。我爱你们所有人。”阿利亚什收回笑容，换上短促而严肃的一瞥，然后把手放在马尔科的肩膀上：“在这个时候，我甚至爱马尔科。”他知道他看起来很滑稽，如同落汤鸡般的拿破仑在感谢手下的士兵。于是，他索性加倍沉迷于这种荒诞，在艇上跳来跳去，像一个着了魔的传教士给教众头顶涂油膏一样，亲吻着团员们的头盔，他大笑着，反复喊叫着“好哇！”“你们真他妈棒！”，还不时朝天挥舞着拳头，呼喊“太棒了！太棒了！太棒了！”。然而，当他低下头看向团员们，却只在他们脸上看到了恐惧，看到他们清楚地意识到，自己也许会迎来与德雷克同样的命运。在他们眼里，没有任何事值得这样的喜悦。他们太过忌惮于可能面对的境遇，完全无心承认刚刚完成的壮举。团结一致的瞬间烟消云散。阿利亚什感到德雷克的死重新压回他心头，感到他面对这件事时的恐惧愈演愈烈，感到自己失败的痛苦一次又一次地卷土重来。

“你疯了。”坐在艇头的希娜说道。她的声音阴沉。这一刻，她说出了所有团员的心声。

“是吧。”阿利亚什说。在他们的恐惧面前，他感到自己残余的兴奋也消退了下去。“可能吧。”他冷冰冰地说，“可能我是疯了。”没有人再接他一句话。他能感觉到，只要团员需要听他的，他们就会听，可他现在这样吓到了团员。他觉得自己像一块爬满了苔藓的岩石，俯视着在洪流上摇晃前进的橡皮艇，疏离、悲伤、冷漠，与他注视的对象失去了关联。但他没有说出口。他说的是些他认为能安慰到团员的话，那些能团结他们、而非让他们心生嫌隙的话：“到下一个瀑布再下去抬一次行李，然后再轻轻松松划一个小时，我们就离开‘欺骗’峡了。”他们用桶舀出了艇里的水。“我想说的是，”阿利亚什把一桶水泼进河里，以一种近乎乞求的语气说道，“你们马上就能划出这该死的峡谷了。”

他们看着“蟑螂”带队的那条艇从断崖上跃下。从这么远的距离看去，“蟑螂”的橡皮艇就像一条玩具船，在水中颠簸着。他们担心着“蟑螂”和他的团员们，程度并不亚于刚刚担心自身的安危。“蟑螂”没有急着冲下来。他小心地让艇头切入瀑布顶端的漩涡，避免了重蹈阿利亚什的艇被冲到打横的覆辙。他们尝试着冲了三次，每次都因为路线没完全对齐，而被“蟑螂”在最后一刻止住行进。随后，他们消失在大浪间，再度出现时已经以准确的角度到达了瀑布顶端。他们又消失在瀑布间，然后朝右侧冲出，轻轻松松地渡过了剩下的河段。既然已经通过了水流湍急的部分，“大地脑袋”便把他拴在装备架上的橡皮艇解了下来，放进水里。他跳了进去。他看上去很想树立点小小的独立感，尽管他们马上又要回陆路上搬运行李。两条大橡皮艇和一条小黄艇顺流而下，走完了剩余的数百米。

从上面看去的景色十分美丽。前方，河流骤然消失为一条线，雾气从那里升腾而起，其下便是被他们称作“大锅”的瀑布。下午时分昏暗的光线中，两条亮红色的橡皮艇结伴朝瀑布漂去。艇的四周，巨大的逆浪卷起白色的浮沫，形成一条条缓慢变幻的长尾，如同繁复的佩斯利图案[①]，一道道涡纹环环相扣。

“大锅”右侧有一大块板岩倾泻而下。它的宽度在瀑布顶端不过数米，在底端却超过十米，呈对角线状，占据了瀑布的四分之一。他们就要沿着这块斜面把橡皮艇搬下去。阿利亚什知道怎么走，在前方开路。他先划出湍急的河段一百来米，让艇头靠右，贴紧右侧的悬崖，慢慢接近瀑布口。他得保持在距离崖壁仅仅数米的地方，必须避开那里最强的水流，以免橡皮艇被直接冲下瀑布。他没有像他习惯的那样在艇尾掌舵，而是换到艇头，一点点卷起首缆，抓在握桨的那只手里。那片倾斜的岩石上有一处缺口，约有艇身前部宽度的三分之一，阿利亚什灵巧地把艇头卡了进去。艇头一碰到岩壁，他就飞身出去，带着首缆爬上了那片倾斜的岩石。他把橡皮艇系好，催促团员们快点爬出来。等所有人都下了橡皮艇，他们把它拖到那块岩石上，免得它被接近两米远处阔如河流的瀑布冲刷下去。团员们的目光越过巨大的岩石，望向头顶几乎遮天蔽日的峡谷。“太美了。”马尔科抬头看着，说道。阿利亚什则低下头，把自己的目光用来在这滑溜的岩石上找到一个安全的落脚之处。

① 一种历史悠久的装饰图案，形似花卉或巨大的逗号，内有一圈圈漩涡状的花纹。这种图案据说来自印度教里的“生命之树”，因而具有一定神话色彩。

“蟑螂”遵循阿利亚什的路线，只不过选择待在艇尾。他发现河对面一棵枯死的南水青冈树腰上栖着一只海雕。他们的艇靠上了那片岩石，阿利亚什抓住他们的首缆，抬起艇头，把它拖到了岩石上。艇上的人像支抢滩登陆的军队一样匆忙爬了出来。

最后轮到“大地脑袋”下艇了。这人此刻已填饱了肚子，又知道最糟糕的时刻基本结束了，于是重拾过去的某些姿态。他跪坐在自己的橡皮艇里，巡视着四周广阔的峡谷，仿佛他是一个拥有这片土地的疯狂之人，作为所有者，他有权为所欲为。他顺水漂过瀑布口前的最后一段距离，好像一个新世纪[①]乡绅，阿利亚什和“蟑螂”挥手让他划到崖边的静水区，而他回以一个轻轻的讥笑，却不给出任何行动。他听任橡皮艇漂到河中心，认定既然这里没有激流，水就不会有多大力量，并对自己的能力重拾信心，相信自己能成为任何人，去往任何地方，随他所愿。当向导们不再挥手，而是开始大喊，他不为所动般将他用树枝和碗做的简易桨轻轻蘸进水中，想这么把艇拨回岸边，朝着石头上的那个缺口进发。可是，他拨的第一下毫无作用。第二下也是徒劳无功。第三下也不行。慌乱的第四下，完全崩溃的第五、第六、第七下，统统没用。他干瘦的胳膊挥舞着那把用互叶白千层树枝、饭碗和搪瓷盘子自制的桨，唯一的效果就是让艇转了半圈，艇尾朝前，被更加迅疾地朝瀑布口推去。

“蟑螂”和阿利亚什现在已经开始尖叫了，这声音终于让“大地脑袋”回想起了他不久前还深入骨髓的恐惧。到了这一刻，“大地脑袋”忽然想起，这些向导之前没能救回德雷克。他吓坏了，从橡皮

---

① 原文“New Age”，用来形容一些与灵修相关的非科学性活动及从业人士，如冥想、占星等。

艇上站起来，跳进了水里。他弃离橡皮艇，朝那块岩石游去。岩石距他只有三米，他觉得自己很容易就能游到，至于橡皮艇如何，已经无所谓了。他靠着笨拙的自由泳确实前进了一些，但就在距离岩石只剩一米远时，暗流攫住了他套在木棉救生衣里起起伏伏的身体，就像一只大手扫去餐桌上的食物残渣，把他抛下瀑布口。

上方，站在那块岩石上，阿利亚什和团员们眼睁睁地看着这一切发生。一种身临灭顶之灾的感觉让他们久久无法回神。“大地脑袋”的身影消失在瀑布口时，“蟑螂”拼命把他那艘橡皮艇拖回了安全的静水区。阿利亚什感到恐惧悄悄在身上蔓延，意欲将他麻痹。*又来了*，阿利亚什胆寒地想着。*又来了*。于是突然间，他甚至还没想好该做什么、能不能做，就已经喊出声来：“不！”说着，他奔跑起来，边跑边解开挂在身边的绳索袋，沿着那块岩石湿滑的边缘跑下去，他知道这一次，无论付出什么代价，他都要去做这件事。这一次他依然感到恐惧，但已经不在乎了；这一次，是有生以来第一次，他喊出了“不”，他不会再袖手旁观，而一定会有所行动。他兴奋极了，他终于感到自由，在那么、那么久以后。而就在这一刻，他感到左脚在岩石上打了个滑，自己翻滚了下去，摔出了岩石边缘，身体撞向水面，宛如迎上一阵迎面袭来的绵软，温柔得不可思议；他感到水推着自己骨碌滚动，又感到身体突然撞上了什么，停了下来，感到岩石卡住他的臀与胸，像老虎钳一样狠狠挤压过来，感到起初几秒时那样仁慈的水骤然转性，变成一个迫不及待的疯癫虐待狂，把他的头与身体一再压向深深的水底。

他知道，这一刻的到来，他已等了很久。

十

于是现在我看着他们所有人，站在那块倾斜的岩石上，在我的幻象之下，在我的身体之上，他们在思考接下来该怎么办，会发生什么，思考他们正目睹的究竟是不是一条生命的丧失，他们是否该对我的生死再关心一点，又是否该为还在想着这种事而感到难过。后面这个问题有些滑稽，而前者则给他们身临其境的悲剧感，对他们更有吸引力。我能看到他们所有人，看到他们的面孔，看到奥蒂斯和马尔科，他们甚至显得很理智，站得离岩石边缘远远的；总在犯蠢的里奇站得太靠边了；“大地脑袋”浑身湿透，沿着瀑布游下来的经历虽然糟糕，但给予他的震慑力其实不大。还有希娜，可爱的希娜，我曾以为残废了的希娜，她正看向“蟑螂”，想要他告诉自己，眼下的情况没什么大碍。最后，我看到了“蟑螂”。他恐惧至极。因为只有他了解事情的严重性，又知道他自己是多么无力，什么都改变不了。于是他靠着行动来逃避，更加疯狂的行动，同时也拒绝告诉团员们那个我和他都清楚的事实：已经没有任何出路了。水位这么高，甚至还在上涨，我没救了。我多希望像抱住一个孩子那样抱住“蟑螂”，告诉他我爱他，告诉他别怕，因为我不怕。

可我能看到他们，他们却看不到我。他们站在瀑布边那块向下倾斜的巨大岩石上，俯视着汹涌激荡的洪流。就在那片岩石不远处，我的手指向天空。离得那么近，他们甚至能手脚相接组成人链，去够我的手。“蟑螂”在人链的末端，伸出岩石边缘约有一米，惊险地悬在怒涛之上，指尖刚好能碰上我的。我的手随着瀑布汹涌的落水来回摆动，仿佛一根被卡住的树枝。我的手指和“蟑螂”探出的手指钩连起来。我能感到他的恐惧，试图通过手指给他些许安慰。

但他看不到我。我被这片美丽的水覆盖起来，被它毁灭，这水是那么爽利、那么冰凉，感觉像是有人在用冰做的磨盘，就着我的喉咙磨砺下去。这片水，这片茶色的水，以能清晰地倒映出一切而闻名于世。当我睁开眼睛，望进这片满是狂乱气泡的棕褐色激流，却完全看不到我自己的倒影，只有其他人，只有其他人的面孔。有他们陪伴，我感到一阵奇异的开心。

现在，我感到头脑出奇清醒，里面不再充斥着不受我控制的杂乱景象与面孔，而正相反，出现了一条怪异而超然的逻辑链，试图理性地辨明自己现在的处境。

这条逻辑链始于对我此刻生理状况的探查，我所有其他的想法都以此为源，而这一方面很明显出现了异常。接受过的急救训练教会我，溺水分为两种情况：湿性淹溺和干性淹溺。前一种情况下，水灌进肺中，呼吸道和肺泡大量积水，导致肺部功能衰竭，溺水者会在较短时间内死亡；后一种情况更有趣，在溺水案例中也更常见：气道关闭，以防止水进入肺部。这样一来，身体会自动停止一切不必要的机能，把最珍贵的资源——氧气——分配给最重要的器官。

这时心脏甚至也会停跳，但大脑会获得仅够它活下去的微量氧气，从而保持运作。在这种情况下，溺水者在很长时间内都不会死亡，有案例记载，有人在落水数小时后才被救出，看似丧失了生命体征，最后仍然被救活了过来。

我再也感受不到包围着我的水，再也感受不到它的力量、它在我身边流动的节奏，再也感受不到它彻骨的寒冷。如果说我还能感受到什么，那就是我的身体在水中摇来摆去，大概是跟随席卷着它的水流。但这只是我的猜测。我甚至不能完全确定这具身体是我自己的。也许我借助某种奇异的第六感，感知到了其他什么事物的运动。也许那根本不是一具身体，而是某段倾倒的树干，比如一棵被洪水冲断的南水青冈。有些树枝在胡乱摆动，而我的部分意识告诉我，那是前来营救的人在拉拽我的手臂。但这也不过是猜测而已。我再也无法知晓，是否有人在朝各个方向拉扯我的手臂，却无法成功救我出来；无法知晓如今我是否陷入了痛苦，而那种感觉又是否已经吞噬一切，令任何我能用以判定痛苦的正常状态都荡然无存。如果我已经失去了对身体的感知，却仍然可以思考，那么我想，我一定还活着。我知道，对于水上的人来说，我被压在水下的时间已经太久了，我知道，这就意味着我应该已经死了，“干性淹溺”这个概念不再是一个想法，更接近一种无谓的慰藉。而这就形成了一个悖论：如果我真是以这种方式渐趋死亡，我推断，我还有很大机会活下来。

但我一想到这里，各种疑问便纷至沓来。一个最糟糕、最深重的问题不断侵扰着我，逼迫我正视它的存在：这个溺水的人，他究竟是谁？

这个问题，我无法轻松而迅速地作答。我多想大声喊，这必然是我啊——阿利亚什·柯西尼，河流向导。我多想继续在河水中看到我的人生片段，好证明自身的存在。可这些念头，这些关于孩提时代、关于爱与恐惧、关于欲望与失落的剪影，脆弱得不堪一击。

而强烈的是，我感到我不过是一具空壳。这感觉摧枯拉朽地碾过，让我这一生仿佛不再连续，分崩离析。

我感觉我就像警察用粉笔描摹车祸现场血淋淋的尸体画出的人形。这些粉笔印人形会在柏油路面上残留数日，有时数星期，直到被风风雨雨和碾过的无数车胎抹去。行人经过时，会好奇于这些粉笔轮廓原本是谁，现在却只残余下肿大的四肢和空荡荡的面孔，没有耳朵可以聆听，没有眼睛可以视物。我感到我既是那些好奇的行人，又是那个画出的人形。所以，这个人是谁？我问我自己。

于是，如同做出回应一般，我发现我开始向上漂去，漂过了我生命中的一切，我活过的日子，我去过的地方。然而，当我向下望去，这一切看起来都那么陌生，因为它们再也不像原来那样，不再是一个整体，不再连贯，不再一致。充盈我耳中的唯有混乱而癫狂的气泡发出的声响。我感到自己不过是个粉笔人形，没有实体，没有身份，也没有个性。我听到下方传来的声音，胡言乱语，词不达意。我想，这些话，这些疯狂的、自相矛盾的音节拼凑在一起究竟想表达什么？我以前怎么会把自己搭建在这堆毫无意义的言语上，还想从里面发展出什么意义或目的？狂乱的思绪不断向我袭来。在一个可以随心所欲为一切事物赋予任何意义的时代，也许存在的唯一方式就是成为密码，成为一道围绕着无尽的疯癫，用一丝希望描出来的单薄脆弱的轮廓。

我看到那些人形被切割炬粗暴地从钢板上切下，一排排竖立在霍巴特的莫里街，竖在蔻塔住处旁的栅栏上。它们钢质的脚试图逃离栅栏底部灼人的钢质火焰，手臂则伸向天空，伸向霍巴特背后，那些被杏色云朵环绕的山峰下蕴藏的巨大水体。它们被悬吊在地狱与天堂之间，同时被痛苦与感知折磨着，却无法分辨两端的差异。它们是我吗？是我吗？

还没等来得及得出一个结论，我就感到一根细长的管子狠狠地插进了我的左眼。

天哪，到底发生了什么！

我痛恨这个举动，倒不完全是因为它引起的疼痛，那和我身体其他部分承受的痛苦相比不值一提。我恨它，是因为它背后非同寻常的屈辱意味。此刻我正沉浸在溺水中——真的，我几乎已经听天由命了——结果却被一根管子捅进了脸。这样还不够，他们——我指的是手段粗暴的救援者，不过我猜也只有“蟑螂”一个人选了——开始顺那个管子吹进气来，在我眼前吹出一堆气泡，扑打着我的脸。

圣母啊！

让我安宁地死了吧，我真想这么大喊。可能喷出口的却只有水。那根管子在又误戳进我的鼻子以后，终于找对了我嘴的位置，用力插入我的嘴唇。空气被强行吹进我嘴里，连带着将我嘴里、喉咙里的水逼进胃部，水又迅速倒灌回来，还把我早饭时喝的烧煳了的粥带了出来。管子被我从嘴里喷了出来，其后是一小股呕吐物。随后又有数次类似但轻微些的呕吐反应，之后，救援者终于成功地让我衔住了那根管子，把空气输进了我的身体。

我得救了吗？能活下来了吗？我终于不再是透明的了吗？其他有过濒死体验的人会走进一条隧道，看见尽头一团明亮的光。但我看到的都是人，一个个围成圈，全都肮脏、难闻，一帮看着可憎但终究会令人心生喜爱的人。我想，如果我不幸回到了我身体这个令人失望的肉体容器里，我必须学会和他们，和那些在厨房、办公大楼和郊外的人，那些穿着粉红色休闲套装的人和谐共处。

那根黏糊糊的管子在我嘴中扭转，把空气注入了我被水泡涨的身体，让它的各种感知渐渐恢复正常。这对我来说并不好受。我不再是一个寻找属于我的世界的粉笔人形，而是恢复成了一具苦痛绝顶、备受煎熬的肉体，它的全部感受知觉只来自即时的生理反馈：水的冰冷，胸腔的灼烧，头上锤击般的疼痛，双腿和躯干的酸痛，还有我抬起的那只手，感受着如烧火棍横插在肩膀一般的痛感。我猛地意识到一个令人震惊的事实——与活着的暴虐相比，死亡根本不值一提。

突然间，那根管子不再粗暴地朝我体内灌注空气。它怪异地松弛下来，然后像一条疲惫的虎蛇一般，软塌塌地滑出我的嘴，继而被凶猛的水流冲下了瀑布。我看不到发生了什么，只能猜想是谁——可能是里奇，或者马尔科——不小心把管子从岩石上碰掉了。碰掉了那根管子，以及我活下去的机会。

“黑珍珠”，一八二八

我看到的幻象变短了，并且更加混乱。出现在我眼前的景象总是不一会儿就消失，甚至还没等我看清那是什么，就再度了无痕迹。

我看到一些事物，那么多事物，那么多不同的世界，纷纷迅速闪过我的视野，又变回模糊的一片，让我来不及读懂它们的含义。

此刻我的痛苦已经超越了自身，它也不再以某种节奏来把握着幻象的起始与终结。我再也无法判断，此刻看到的某个幻象，与此前看到的另一个是否息息相关；我也不能确定，我几乎完全失去氧气供给的错乱大脑，是否仅仅借助一连串看似真实、符合逻辑的诡异碎片，便无中生有般拼凑出一个所谓完整统一的世界。我模模糊糊地意识到，我能看到的越来越少了，而我必须与这种感受相搏。

我的视线穿过浑浊的河水，它的表面汹涌澎湃，底下却只有一圈圈惬意打着转的气泡。我看到哈利站在他的祖母身边，那个被所有人都称呼为“艾丽姑妈”的女人，看起来像一枚皱巴巴、黑乎乎的李子。

可我越盯着她看，她身上的皱纹与沟壑便变得越发平整，直到最终，回复我视线的人已变成一个年轻的女孩。她看了我相当一段时间，仔细观察着我的鼻子和眼睛。她示意我跟她走，然后转过身，沿着一条沙子路走去，沿路围满绿叶肥厚，花朵靡艳的“猪脸花”。她给了我些吃的。那条小路蜿蜒进入茂密的苦槛蓝树丛，我们走了好久，好久，事实上，直到夜幕降临，一轮近乎全满的月亮升起，我们还没走到尽头。那条小路伸下了一片海滩，尽头有一团跃动的篝火。

我们朝篝火走去。过了片刻，我渐渐看出了火旁坐着的人——一个白种男人和三个黑种女人。三个女人看上去都脏兮兮、醉醺醺的。那个男人更糟。四个人身上都裹着用海豹和袋鼠皮草草缝在一起的古怪衣服。

我知道——尽管不清楚得知的途径——这个男人是海豹捕猎人，而那三个女人是他从塔斯马尼亚的一个部落拐来做奴隶的，她们被带到这个位于巴斯海峡中的偏远岛屿，帮他捕杀海豹，晾晒海豹皮。

她们在争论上帝。“他个头大不？”一个有只眼睛斜视的女人问。

“他喜欢抓袋鼠不？”另一个问，“他咋走路的？是像针鼹，还是像白人？还是像黑人一样老老实实、安安静静的？”她们惹得海豹捕猎人心烦不已，不过喝到这个时候，他已经醉得懒得搭理她们了。他现在的兴趣都集中在右手上，他正用它圈着一个戴着红色羊毛针织帽的女人，揉弄着她的胸脯。

“无所不能的上帝在水上行走。”他对她说。

“那他就是个该死的鸭嘴兽咯。”戴黑色便帽的女人说。三个女人咯咯地笑开了。戴红帽子的女人大起胆子，拨开海豹捕猎人的胳膊，问道：“那白人为啥要把鸭嘴兽钉到十字架上？”女人们笑得更欢了。这句对海豹捕猎人信仰的嘲讽，立刻让他的情绪从欲火中烧变成了勃然大怒。

“你们这群渎神的婊子！”海豹捕猎人喊道。他对这种对话的耐心已然耗尽。他锐利的蓝眼睛中冒着火。他的锐利的蓝眼睛。

海豹捕猎人抓住戴红色羊毛针织帽的女人。她什么也没说，直视着他的脸。毫不躲闪地直视着那双蓝色的眼睛。他钳住了她的双手，这种有条不紊的暴力让我感到眼熟。他在她半边脸上扇了一个耳光，说了些什么，然后转到另半边脸再扇了一个，又说了些什么。他的声音凶狠。

“给我记着。记好了。”

啪。

“我就是按上帝的样子造出来的。”

啪。

“白种的。”

啪。

“白种的。”

啪。

“所以上帝允许我做他所有生物的主人。”

啪。

“包括你。”

啪。

“包括你。”

啪。

接着他把她推到地上，开始像操羊一样从后面干她。他的右臂扣住她的头往后扳，让她的挣扎都化为身体无力的抽搐和扭动。她能感觉到自己身后那张白人的脸，她知道她永远也不会忘记这一刻的恐惧与屈辱；她知道她不会忘记，她的孩子们和孩子们的孩子们以及他们的孩子们也不会忘记，哪怕很久以后，他们所有人早已记不起这份恐惧来自何处，或是理解不了自己为何会无故胆寒。她感到后颈上他的呼吸，滚烫的，就像“维罗瓦”在雨林间穿梭着、宣告着有人已死的吐息。于是她想，可究竟是谁死了？

我站在这里，见证着这一古怪而悲剧性的事件，感觉到脚下沙子的黏腻。他们仿佛离我近在咫尺，我甚至能嗅到海豹脂肪和捕猎人呼吸中劣质朗姆酒的气味，却找不到丝毫合适的证物，能证明我眼前发生的一切真实存在。我本可以拾起捕猎人那件镶着小袋鼠毛边的上好海豹皮夹克，充当真实世界的信物，它就平摊在我左边，但我身边的那个年轻女孩——哈利的祖母，我的曾祖母艾丽姑妈——却抓着我的右手。她的手掌和手指在告诉我绝不能动，只要我的身体有哪怕丝毫晃动，肺里就会立刻被火焰充满。

于是我继续看着，沉默、消极、惊恐地看着，看着其他女人开始抽打海豹捕猎人，打他的腹部和头，试图把他拽开，然后，他从口袋里拔出一把枪乱挥着，她们退缩了。

那个被强暴的女人开始吟唱一首古怪而凄凉的歌。她的歌声一如空旷的沙滩与海洋，回荡着远方海雕的啼叫，召来了黑色凤头鹦鹉刺耳的应和。“闭嘴，‘黑珍珠’，”海豹捕猎人在她体内抽插着警告她，“给我闭嘴。”

可“黑珍珠”依然在唱着，唱给她的蓝舌蜥蜴兄弟，唱给她的河流母亲，唱给她的岩石父亲，唱给她的闻起来像女人的淡水螯虾姐妹。

“闭嘴。”他又叫道，一边朝她头上揍去。

“黑珍珠”依然在对她的家人们歌唱。看到殴打全无效果，海豹捕猎人环顾四周，恍然大悟似的大笑起来。他把枪管塞进她的嘴里，把一根早已被切断的残指放在扳机上。

“看你还唱不唱。”他说，又大笑起来。

可“黑珍珠”含着冰冷的金属，嘴中依然发出歌唱与叹息的声音。任何东西，哪怕是她胸中的恐惧与腿间的灼痛，都无法将她的歌声抑止。她唱啊，唱啊，直到男人感到餍足，提起裤子，任她侧身歪倒在沙子上，自己踉踉跄跄起身，去找朗姆酒瓶。

“黑珍珠”唱啊，唱啊，直到海豹捕猎人呕吐过后，烂醉如泥地睡着了，另两个女人才走过来，和她躺在一起。她们躺在她们曾经自豪地站立的土地上。她们互相依偎着取暖，另两个女人也开始加入合唱，低沉的歌声仿佛在整片沙滩上蔓延。她们唱啊，唱啊，那歌声渐渐与涛声合二为一，即使她们进入了梦乡，黑色的凤头鹦鹉与海雕仍在接着歌唱。穿过苦槛蓝的风把歌声带向穿过橡胶林的风，橡胶林的风又把它教给穿过南水青冈与芹叶松的风，它们会再接下去，把它唱给河流，唱给岩石。

我们如今离她们如此之近，我能看到，“黑珍珠”即使睡着了，也没有闭上眼睛。她的瞳孔是黑色的。她的脸上没有泪痕。我意识到我正在见证这一幕：艾丽姑妈的外祖母怀上了她的母亲，而我整个人便来源于此。我感到恐惧。那双黑色的眼中开始出现漩涡与跃动的气泡。我意识到我被这铺天盖地的水困住了，它成了我的坟墓。

碧绿的海浪不知疲倦地拍打着白色的石英砂海滩。我听到一个女人痛苦的哭号，被她嘴里塞着的什么噎得不甚分明，听到一个男人逐渐急促的呻吟和得胜般的呼吼，听到其后空气的凝滞，再其后的一片虚无。

可那支歌在此间的每一个角落回响着。

它无休止地回响着。此刻在这片被上帝遗忘的水域里，它可憎的旋律一直盘踞在我的脑海。

现在，这支歌的旋律中汇入了一阵低闷的嗡鸣，我感觉到那正是从卡住我身体的岩石上传来的颤动。我感受到这些颤动的同时也看到了它们来自哪里：一架直升机，上面漆着一道亮眼的某商业电视台的台标。谁知道这东西怎么会出现在这里？也许是个电视制作团队，正在拍摄记录西南部野外风光的资料片，正好撞上“蟑螂”从地面上发来的救助信号。在这片杳无人烟的荒野中撞上这样一则货真价实的新闻，让制作团队既恐惧又欣喜。谁会在意呢？我肯定是最不在意的人之一，毕竟我只能看着直升机在半空中盘旋，看着它侧悬着顺水波方向停下，打开一侧的舱门。

借助偶尔反射在黑洞洞的舱门口的阳光，我能看到他们在做什么。他们在用摄像机记录我的死亡，从我在汹涌的水流中抬起的前臂和手，到上方那些无助而不幸的救援者们——他们知道数小时后自己会出现在全国性电视节目上，因此倍感压力——这一切都尽数纳入了镜头。他们的到来为这一幕引入了观众，于是我的死亡就在他们眼中得以升华，从徒劳无望的挣扎求生上升到悲剧般的高度。无论哪一种，都无法带给我任何慰藉。我的救援者们也许获得了些许新的动力，又开始朝不同方向扳动我那只举起的手臂，但带给我的唯有更剧烈的痛苦。而当我意识到，停在那里的直升机只是为了记录我的厄运，而非意图去做些什么以改变它，我的灵魂便充满了绝望。这架直升机上本该有人带着装备下来，本该带来能救我一命的技术，本该重燃我的希望，而不是记录我悲惨至极的绝境。但只要它还在，只要我周围的岩石依然在震颤，我就仍有一线生机。他们在拍摄完后一定会来帮我的。也许他们已经用无线电联系上了另一架直升机，后者此时正带着必要的装备和人员朝这个偏远荒凉的地方拼命赶来，一定不会让我就这样死去。也许他们只是在严谨地评估眼下的状况，之后就会采取行动。他们一定想出什么绝妙的救援方案，只待彻底研讨后便能实施。再过几分钟就一定有人来救我了，说不定还更快。但我的思绪已经又开始飘散了。我必须让它保持专注。

一分钟有多长？我在这里待了多久？几分钟？几小时？还是几天？

我能在这里待多久？

我的时间不多了。

不！不！几分钟！几小时！几天！我一定能撑下去的。我能。

我必须活下去。

绝不能让他们把我丢在这里死去。

求求了！求求你们！我在这里，我是个人！请别走！

但就在这些嘶吼在脑中掠过时，我感到周围岩石的震动减弱，最终消失了。那架直升机拍够了关于我死亡的素材，转身返回霍巴特，好把视频发回去，登上晚间新闻。

我的一切希望、绝望以及痛苦，似乎都随着直升机远去了。留下的唯有一片漫无边际的静止。

于是第一次，那真正属于我的国度在我脑中显露出清晰的轮廓。当生命的云团向我下方坠落，当死亡的蓝色自上方召唤着我。

伊莱莎，一八九八

伊莱莎闭上了眼睛。有一瞬间，她起了个最幼稚的念头：一艘小船会穿云而来，把她带走。她睁开眼睛，苍老而无力的眼睑眨了眨，驱散掉那愚蠢的幻觉。接着，她再一次闭上了眼睛。最后一次。

想着：让我们在新耶陆撒泠再会。

阿利亚什

我飘到河面上方高一点的位置，能看到一群人正用着力，从涨水的瀑布下面拖拽什么东西。他们的工作看起来艰难而危险，站在滑溜溜的岩石上，脚下就是奔腾的洪流。他们穿着蓝色的连体工装，后肩用大写字母印着“警方搜救”。我能看到白浪中露出一只僵硬的手和前臂。这群人用尽一切办法，想要从震耳欲聋地骇叫着的水中，拖出那浸没着的、似乎还连着手臂的身体。他们把绳索系在那看不见的身体上，用对讲机喊来一架直升机，再从上面降下一根绞车用的钢丝绳，与系着身体的绳索挂在一起。直升机慢慢地升高。

“要是太用劲了，”我听到一个人说，“说不定会把胳膊扯断，或者把飞机从天上拽下来。”

“把那么小的飞机拽下来还真费不了多大劲。”另一个人说。用直升机拖拽的尝试失败了，他们挥手让它飞走，然后停了一会儿动作，抽起烟来。

他们谈论着从水里拖尸体有多难，谈论着此前遇到的一些令人发指的经历：有的尸体已经被分解得差不多了，人一抓，肌肉就化成糊状，只抓上来一根胳膊或大腿骨。他们紧张兮兮地开着玩笑，说应该用刀把尸体分割开，从腰部锯成两半，这样就能把两部分都取出来了。他们走回岩石边上，挥着手里的烟，朝那只伸出的手臂指指点点，谈论着拖出尸体时遇到的技术难题。

他们的领队站在岩石顶端，用对讲机朝那架飞走的直升机喊话。

他看起来愁眉不展。毫无疑问，拖出这具尸体的工作对他来说绝不是个简单的活儿。他说不定答应过妻子，今天要早点回家。又或许他在发愁，回霍巴特以后要对媒体说什么，媒体又会如何评价他的工作。或许他在斟酌，如何在不让尸体面目全非的前提下把它拖出来。他突然发现手下的人站得离岩石边缘太近了，立刻冲他们大喊：

“老天啊，小心点别掉下去！已经要了一条该死的命了！”那些人阴沉下脸，陷入沉默。

一条该死的命？

谁的命？我不记得有谁在这条河里淹死了。

一代人逝去，会有新一代人出现。但是什么能将两代人联系起来？又有什么会留下来？又有什么会永远地留在大地上？

我听到一声大笑，像马的嘶鸣，又像某种喷鼻息的声音。

我在和谁说话？

我看到，围坐在两桌旁尽情欢笑着的醉酒动物们穿过峡谷，像一阵风般从每个人的头顶飞过。而当它们翻滚着又飞得更高，我感觉载着它们的那阵狂风也开始把我托向天空。我渐渐发现，那群动物看起来越发不像动物，反倒越发像人。紧接着它们飞走了。我看到一条伐木工的小船，上面满载失落的灵魂，它自刮着狂风暴雨的天空降下，上面的每一个人都在召唤着我。

圣母啊！

这些幻象，这些疯狂的、疯癫的幻象啊。好像都与我似曾相识。好像永远不会消失。好像很早以前便已写定，好像日光之下再无新事，人类的愉悦、苦痛、泪水、欢笑，不过是一次又一次的重蹈覆辙。好像所有人共享同一个故事，它可以被写在针尖那么小的地方，里面有每一个人的每段过往。此刻它们越来越快地向我奔涌而来。也许幻象始终存在于我的身体里。从我出生时起，当我从那个困住我的浑浊的红色球体中望向玛利亚·马格达莱娜·斯维沃，与她黑葡萄般的眼睛相对时，它们就已经在那里了。甚至是在更早的时候。也许我的头脑从来都不是一块白板，任凭我历经的孤独书写着只属于它自己的渺小故事，却浑然不觉它也属于许许多多其他的故事。也许正是因此，这些幻象并不仅属于我自己，而是属于一个完整的世界。这个世界将带我去往我所在之地，然后越过那里，奔赴我们所有人共同的目的地。

我感到打着漩的水流过我周围，流过我的身体，如今又穿过我的身体。我的思绪也打着相似的漩汇入其中。我生命的气息，流出自我的耳朵、我的鼻子、我的嘴巴和肛门，混进水里，自相交缠在一起，缠成一个个解不开的凯尔特结[①]。那水不再毁灭我，而是在将我重塑为别的事物。我再也无法确定我是否还是我，抑或我是河，或者河是我。

这时，我感知到了最后一缕身体上的疼痛，虽然短促，却透彻难忍。它会让我永远记得我曾经的样子。岩石给了我的胫骨最后一击。在最后一个永恒的瞬间，旋转的水流把我的身体推向更深处，冲击着我的脸。而我身体的重量此刻成了一种不可承受的苦痛，就好像我突然失去了锚，开始向上飞去，高高地飞过瀑布，飞过正要离开的直升机，轻盈得如一只被剪断了线的风筝。遥远的地面上，瓢泼如注的大雨让那群警察放弃了用短刀开工的念头，他们退了回

---

① 一种源自凯尔特文化的编织风格，具有鲜明而复杂的象征意义，例如其环状结构代表了某种永恒性与联系性的主题。

去，烦躁地等待着。我很想留下来看着他们，看他们最后会用什么方法把尸体弄出来。是的，我想旁观这个场面，那很有趣。可我感到我在加速上升，飘走，远离这片狭窄而荒凉的峡谷。我知道，我再也回不来了。

就在我向上飘升的时候，一个简单而可怖的问题在我内心回荡。

我是不是孤独一人？

十一

一片广阔的蓝。

天空般的蓝。一个斑点在这片巨大的虚空中央，一个飞着的物体。在移动。

一个灵魂。

是我的灵魂吗？

十二

我继续旅行，走过了一段似乎极为漫长的时光。在不时被打断的旅程中，在富兰克林河与戈登河沿岸，在麦考瑞港一带的陆地与水上，我看到了许许多多事物。奇异的事物，美妙的事物。我看到大地隆起，聚为山峰，看到草木绽放花朵，有些生得巨大而夸张，在大地上肆意蔓延。我看到冰与雪侵吞了大部分土地，雨林退守回最低洼、最温暖的山谷。我看到个头比人还大的巨袋熊、巨袋鼠和巨鸸鹋相继抵达。我看到人类出现，带来他们关于火的真理。我看到他们用火的形象创造了一片新的天地：迷幻人心，而又彼此冲突；亘古如时光，而又崭新如火焰；毁灭一切，却又哺育所有。我看到那些巨大的动物永远地隐匿了踪迹。我看到冰与雪几乎消融殆尽，而雨林重现。我看到白种人到来，看到这个世界翻天覆地。我看到了这一切，远不止这一切。我看到了这所有，而这远未终止。

我看到一群被屠戮的鲸，那是体形庞大、昏昏欲睡的生灵，正飞过“法国人帽”山，我在下方惊叹地注视着，笼罩于它们在我身上投下的小小影子。我看到一群被屠戮的海豹，同样在空中盘旋着，飞过那群鲸的队列。我看到一座散布着蜂箱般小屋的土著村庄，那里的女人们被拐走，又带着可怖的故事与飘荡不散的诡异歌谣回来。我借他们的火，和他们共舞。他们用闪烁的手掌抛出陨石，自砸落之处便生长出山峦、谷地、丘陵、河流与森林，供我于其中踽踽独行。我路过一座岛，那里有逃出生天的犯人们建起的聚居地，奉行最严格的公共契约，它的开辟者是个身形健硕的女族长，颈上环着一圈黑痣。我没有借他们的火，而是继续前行。我看到船只沿着“银河”卸下一舱舱罪犯，他们那喜鹊般的粗糙羊毛囚服，幻化作壮阔的南极极光里星星点点缥缈的色彩。所有人都转着圈，微笑着，最终摆脱了一切桎梏。他们此刻全都围绕着我转动。鲸群，人们，树木，走兽，飞禽。我继续在这万般美好的隧道中前行。但是我将去往何处？我在沿着河流漂向下游。但这条河流，我从未见过。

于是得见晨光

“我们到了。”

斯麦格希向上看去，他的思绪加速回归躯体，又感到一股感官的潮水漫过全身。他感到身体疲惫得无以复加：手中的桨，忽然像拖拽着的一节火车头，连动都动弹不得；疲惫深重到好像连入睡都要费尽力气；屁股感觉像是由两块河石拼成的；嘴唇焦渴不堪，夹着一片卵石般的舌头；身体黏腻湿冷，甚至让他胆战心惊。他已经看不到老波的故事了。此时，他看到的是，晨曦慷慨地泼洒在四处，在那些正对码头的商铺和酒馆，它们的挡风板拼凑成斯特拉恩的主街道。他看到三辆车停在酒馆门外：医生的那辆小奥斯汀、一辆他认不出型号的斯蒂庞克和一辆锈迹斑斑的运原木旧卡车。他看到木质的老捕鱼船，舱里高高地叠着柳条编的捕龙虾筐。

“我们成功了，斯麦格希。”

于是斯麦格希抬头看去，看到老波的脸裂成一个他所见过的最欢快也最多褶的笑容。他从来没见这老杂种的脸这样闪亮过。

“我们真他妈干得不错啊。”

于是，在这新一天早晨广阔而丰盈的黄色光辉中，阿利亚什睁开眼睛，看到了他的家园和他的乡亲，看到覆盖着皑皑白雪的特里格拉夫山雄伟地矗立在斯特拉恩背后，看到码头上密密麻麻的黑人和一大堆其他的人们，聚在一起快乐地大吃着鱼和螯虾，看到“黑珍珠”爬上港口，她浑身湿漉漉的，光滑而黝黑，像一头海豹般赤裸着，手中捧着一只巨大的螯虾。她径直挤入整片人群，一直走到他们中央，所有人都像自行车轮的辐条一般，从她站立的那个精准的圆心散射出去。他看到那边烟雾缭绕，吵吵嚷嚷，那正是哈利著名的烧烤聚会开始了，火光四溢，噼啪作响，烤架的一边铺满了沙袋鼠肉饼，另一边排列着烤肠。人们围了上来，迫不及待地想尝尝哈利久负盛名的鲍鱼饼，不过它们还没上架，得用南水青冈烧的木炭来烤。他们围着烤架推推搡搡，欢声大笑，相互吹嘘。阿利亚什看到了他们，还看到了他——哈利，他正蹲着，从烤架下的砖砌烤炉里，取出刚烤好的长条面包。而在哈利身后与四周，阿利亚什在斯特拉恩的码头上，看到了耐德·奎德拥着伊莱莎·奎德，她手上拿着根啃到一半的鸡腿；他看到了罗丝，看到了索妮娅，看到了和哈利从一个模子里刻出来的男人——哈利的双胞胎兄弟阿尔伯特，他正一边抽着卷烟，一边和乔治、巴吉尔与波伊·刘易斯闲聊；他看到米尔顿坐在地上捉起地鳖和蜗牛，亲吻它们，然后把它们扔到烤肉盘子上，惹得哈利十分不悦；他看到艾琳和特隆斯，还有已经醉醺醺的乔治，他正撅起屁股，让丹·贝文解读上面的一颗瘊子；他看到威利·何与雷吉·何，后者正在跟艾丽姑妈搭讪；他看到雷格海象般的大胡子上沾着酱汁，他一手拿着杯啤酒，另一手抱着还是婴儿的黛西。他看到了这一切——他的家园和他的乡亲。

接着，他听到泥炭纷纷剥落的声音，嗅到了它黑色堆叠的气息。最后，他终于知道这首歌是什么，他知道了。

他多么爱这一切啊！

接着，他看到“黑珍珠”把什么抱在胸前。她的前臂中垂下一段胖胖的小腿，脚上套着一只黄色的羊毛软靴，那穿着黄色羊毛软靴的小脚正踢来踢去，于是他看到，“黑珍珠”怀抱中的杰玛正在咿咿呀呀地笑着。“黑珍珠”抬起杰玛的小手，向阿利亚什的方向指去，他听见“黑珍珠”在让孩子看那落栖在高高的南水青冈树顶的海雕，告诉她，它身上附着她祖先的灵魂。

但“黑珍珠”话音还未落，他便感到一股温暖的上升气流，裹着他的身体向上扬去，他的双翼张开，羽毛清晰地感知出每一道气流的交错：一圈圈如圆弧般扩散，他如此盘旋，如此飞远。

图书在版编目(CIP)数据

河流引路人之死 / (澳) 理查德·弗兰纳根著 ; 刘昱含译. -- 海口 : 南海出版公司, 2022.1
ISBN 978-7-5442-9716-5

Ⅰ. ①河… Ⅱ. ①理… ②刘… Ⅲ. ①长篇小说-澳大利亚-现代 Ⅳ. ①I611.45

中国版本图书馆CIP数据核字(2021)第199375号

著作权合同登记号 图字: 30-2021-111

河流引路人之死
〔澳〕理查德·弗兰纳根 著
刘昱含 译

出　　版　南海出版公司　(0898)66568511
　　　　　海口市海秀中路51号星华大厦五楼　邮编 570206
发　　行　新经典发行有限公司
　　　　　电话(010)68423599　邮箱 editor@readinglife.com
经　　销　新华书店

责任编辑　黄宁群
特邀编辑　周雨晴　高　欣　吕宗蕾
营销编辑　李筱竹　王　靖
装帧设计　韩　笑
内文制作　田小波　张　典

印　　刷　北京盛通印刷股份有限公司
开　　本　850毫米×1168毫米　1/32
印　　张　10
字　　数　218千
版　　次　2022年1月第1版
印　　次　2022年1月第1次印刷
书　　号　ISBN 978-7-5442-9716-5
定　　价　59.00元